Verdorbener Wein

Patrick Salm

novum pro

Bibliografische Information
der Deutschen Nationalbibliothek:

Die Deutsche Nationalbibliothek
verzeichnet diese Publikation in
der Deutschen Nationalbibliografie.
Detaillierte bibliografische Daten
sind im Internet über
http://www.d-nb.de abrufbar.

ISBN 978-3-99048-271-1
Lektorat: Dr. Annette Debold
Umschlagfotos:
Marilyn Barbone, Sergey Sikharulidze,
Majivecka | Dreamstime.com
Umschlaggestaltung, Layout & Satz:
novum Verlag

Gedruckt in der Europäischen Union
auf umweltfreundlichem, chlor- und
säurefrei gebleichtem Papier.

www.novumverlag.com

Personen

Alphonse Morrier	Bankdirektor
Claude Bunnet	Rebbaufachmann
Commissair Vallone	Polizeikommissar in Nizza
Daniel Petit	Dubioser Notar
Eduard Cresson	Kellermeister
Fernand Barreau	Dubioser Treuhänder
Geneviève Ruipart	Besitzerin Weingut
Guido	Freund von Marco Sternenberg (Aus Motorradzeit)
Jelena Pawltow	Raumpflegerin
Laszlo Cosmatu	Lektor
Louis Delacroix	Wirtschaftsanwalt
Marco Sternenberg	Neuer Geschäftsführer auf dem Weingut Domaine Ruipart
Nicolas Murback	Winzer aus Gigondas
Pascal Ruipart	Verstorbener Ehemann von Geneviève
Paul Duront	Anwalt Erbschaft- und Familienrecht
Philippe Dosseau	Staatsanwalt
Rolf Brücklin	Geschäftspartner von Marco Sternenberg

Suchen Sie etwas Bestimmtes, Monsieur?"
Nach einer Weile erst sehe ich die Dame am offenen Fenster im ersten Stock, an der mit dichten Reben überwucherten Fassade.
„Guten Tag, Madame. Ich suche Madame Ruipart, sind Sie das?"
„Ja, das bin ich."
„Ich komme auf Ihre Annonce im ‚Le Matin du Soleil' und bin an der ausgeschriebenen Stelle als Gutsverantwortlicher interessiert."
„Sie sind nicht Franzose, Monsieur?"
Offensichtlich ist ihr mein Schweizer Dialekt nicht entgangen. Das leichte Nachhallen ihrer Stimme lässt ihre Verunsicherung fühlen.
„Ich bin Schweizer und möchte mich hier an der wunderschönen Côte d'Azur niederlassen."
Ein kurzes Räuspern, eine Gedenksekunde und zögerlich ihre Frage: „Haben Sie Kenntnis im Rebbau und trauen Sie sich zu, ein Weingut zu führen?"
„Madame, ich möchte Ihre Fragen gerne beantworten, wäre es möglich, wenn wir uns vielleicht kurz an einen Tisch setzen könnten."
„Nur einen Moment, ich bin gleich unten."
Sehr schlank, ungefähr um die fünfunddreißig Jahre, ohne schmeichelndes Make-up in ihrem Gesicht, steht sie blass und in schlichter Kleidung nun im Türrahmen. Ein kurzer Augenblick des Herantastens, ein gegenseitiges Aufnehmen der Eindrücke verschaffen unbewusst mehr Wissen vom Gegenüber als unzählige Worte und Gesten. Ihr zöger-

licher Händedruck bestätigt mein Gefühl vom bereits gewonnenen Eindruck ihrer Unsicherheit.
„Ich heiße Geneviève Ruipart und Ihr Name, Monsieur?"
„Marco Sternenberg. Ich komme aus Basel. Das liegt im nördlichen Teil der Schweiz."
„Freut mich, Monsieur Sternenberg, folgen Sie mir bitte ins Wohnzimmer."
Die weiche Stimme und ihre Einladung einzutreten, lässt vermuten, dass ich den ersten Test bestanden habe.
Sie geht voran durch die Diele, auf direktem Weg ins Wohnzimmer.
Auffallend die gepflegte Sauberkeit und Ordnung im Innern des Hauses, dies ganz im Gegensatz zum äußeren Erscheinungsbild ihres Domizils mit der Ausstrahlung eines verblassenden schon fast heruntergekommenen Weingutes.
„Nehmen Sie bitte Platz, Monsieur. Darf ich Ihnen ein Glas unseres Weißweines anbieten oder möchten Sie lieber einen Kaffee?"
Ich entscheide mich für den Kaffee.
Wohnzimmerboden aus dunkelroten Terracotta-Platten, die Wände in hellem Ocker, viel dunkles Holz an der Decke, dazu massive Möbel aus hellen Nadelhölzern schaffen Behaglichkeit. Zwei kleine Vasen mit Frühlingsblumen verleihen diesem Ambiente zusätzlichen Charme. Die Kaffeemaschine in der Küche ist verstummt, zwei Porzellantassen mit Untertellern stellt Madame Ruipart behutsam auf den Holztisch. Einige Stücke einer *Tourte de blettes* liegen auf einer Glasschale, Zucker aus der Dose und Rahm aus dem Porzellankännchen gesellen sich dazu. Sie nimmt Platz vis-à-vis.
Wiederum eine Gedenksekunde, sie scheint ihre Fragen reiflich zu überlegen.

„Also, Sie bewerben sich um die Stelle als Gutsleiter in meinem Weingut. Haben Sie Kenntnis vom Rebbau, Monsieur, und weshalb gerade hier in Südfrankreich?"
„Darf ich zuerst ein bisschen ausholen, Madame?"
„Bitte, Monsieur Sternenberg."
„Wie Sie schon festgestellt haben, bin ich Schweizer und wohnhaft in Basel."
„Diese Stadt ist mir übrigens nicht fremd. Von dort beziehen wir die Chemie zur Behandlung unserer Reben. In der Stadt selber war ich leider noch nie."
„Zusammen mit einem Geschäftspartner betreibe ich eine Elektronik-Firma in dieser Stadt. Wir haben uns auf Alarm- und Überwachungsanlagen spezialisiert. Wegen zunehmender Vandalenakte, Einbrüchen und Kriminalität sind unsere Auftragsbücher voll. Unser Geschäft läuft erfreulich. Was mir fehlt, und das schon seit einiger Zeit, ist die Herausforderung für etwas Neues, Erstrebenswertes zu kämpfen. Einen Anteil meiner Firma habe ich vor einem Monat an meinen Geschäftspartner verkauft. Nun möchte ich mich beruflich verändern. Etwas vollkommen anderes anpacken, dabei die Natur spüren und erleben, wie aus dem Nichts etwas Wundervolles entstehen kann. Etwas selber erschaffen, das ist es, was ich suche. Ich bin angetan vom Charme der Provence. In einem Weingut erfolgreich edle Tropfen zu produzieren und dies im herrlichen Südfrankreich, das wäre mein Traum."
Ich steigere mich in meinen Ausführungen in eine Leidenschaft, die mich seit meiner Kindheit begleitet.
„Haben Sie keine privaten Verpflichtungen?"
Sanft, den Blick prüfend auf mich gerichtet, führt sie den fein duftenden Kaffee zu ihrem Munde. Ich fühle ihr Interesse.
„Ich bin nicht verheiratet, auch beruflich frei von jeglichen Verpflichtungen, mein Partner führt nun das Geschäft selbstständig weiter."

„Nun, das tönt alles sehr interessant, Monsieur Sternenberg, aber glauben Sie wirklich, in einem völlig fremden Business, dazu in einem fremden Land diese ambitiösen Ziele erfolgreich umsetzen zu können?"
„Ich glaube an mich. Und wenn ich mich für etwas begeistern konnte, ist mir bisher alles in meinem Leben gelungen."
Längere Zeit ruht ihr Blick auf mir, Verunsicherung und Zuversicht sehe ich gleichzeitig in ihren dunkelbraunen Augen.
„Ich selber befinde mich in einer sehr schwierigen Lage", beginnt sie mit ihren Ausführungen. „Seit dem Tode meines Mannes vor fünf Jahren sind unsere erwirtschafteten Resultate stetig gesunken. Mein Treuhänder, Monsieur Barreau, führt seither die Geschicke des Weinguts. Trotz seines intensiven Engagements ist unsere Ertragslage weiter unbefriedigend."
Erneut erscheint der heruntergekommene erste Eindruck vom Weingut in meinem Bewusstsein, Wörter wie unbefriedigende Ertragslage oder sogar Rendite scheinen mir hier fehl am Platz. „Hat ihr Treuhänder die Sache im Griff?", überlege ich und bezweifle dies im selben Augenblick, zu sehr scheint die Aussage von Frau Ruipart durch die rosa Brille gefärbt.
„Monsieur Barreau ist strikt dagegen, einen Gutsleiter einzustellen, weil wir uns schlicht und einfach keinen Gutsleiter leisten können, so seine Meinung. Ganz anders sieht dies mein langjähriger Rebbaufachmann Claude Bunnet. Er meint, es liege nicht am Wein – unser Wein wurde schon mehrmals ausgezeichnet –, was uns fehle, sei ein Profi im Verkauf und ein Kenner von betriebswirtschaftlichen Zahlen. Claude hat mich deshalb überzeugt, diese Stelle auszuschreiben. Monsieur Barreau war wenig begeistert, als ich

ihm dies eröffnete. Auf jeden Fall will er die Bewerbungen vor meiner Zusage genau prüfen."

„Madame, darf ich eine Zwischenfrage anbringen?"

„Ja, bitte."

„Ich spüre Ihre tiefe Verbundenheit mit Ihrem Weingut und Ihre Bereitschaft, dafür zu kämpfen. Liege ich da richtig?"

„Ja, da haben Sie völlig recht."

„Möchten Sie noch einen Kaffee oder eventuell jetzt ein Glas unseres preisgekrönten Weißweines?"

„Vielleicht ein Glas Wasser, später nehme ich gerne ein Glas Ihres erlesenen Weines."

„Ich teile die Meinung Ihres Rebbaufachmannes. Wie heißt er noch? Bun...?"

„Ja, Claude Bunnet."

„Ein Unternehmen erfolgreich führen, heißt zuerst einmal die Zahlen kennen und beherrschen."

„Ist die Buchhaltung Ihres Unternehmens hier im Hause? Wer entscheidet über Ausgaben und notwendige Investitionen?"

„Alle Fragen in dieser Richtung erledigt mein Treuhänder, auch die Buchhaltung führt er in seiner Agence."

Unser Gespräch verläuft in eine falsche Richtung, wir beginnen uns bereits in Detailfragen zu verlieren. Eines weiß ich mit Sicherheit. Ich möchte diese Stelle als Gutsleiter, diese Herausforderung hier auf dem Weingut reizt mich sehr. Ich bin bereit, alles zu geben.

Entsprechend keck meine Frage: „Madame, könnten Sie sich vorstellen, mich als Gutsleiter einzustellen?"

Verblüffung und ein erstes Lächeln, als ich sie mit dieser Frage überrasche.

„Ich möchte diese Stelle auf jeden Fall, ich weiß auch, dass wir", es ist das erste Mal, dass ich ‚wir' gebrauche, „einer erfolgreichen Zeit entgegensteuern."

„Da haben Sie mich aber völlig überrumpelt, Monsieur Sternenberg. Eine wichtige Frage haben wir noch nicht einmal diskutiert."
„Und die wäre?"
„Wie hoch ist Ihre Lohnvorstellung?"
Auf diese Frage war ich vorbereitet, ich hätte sie auch gestellt.
„Ich bin bereit, so lange unentgeltlich zu arbeiten, bis Ihr Weingut Gewinn abwirft."
Ihre Verblüffung ist noch grösser als vorhin.
„Monsieur Barreau möchte ja die Bewerbungen vor einer Zusage prüfen."
„Lassen Sie Monsieur Barreau ausrichten, dass Sie die Gelegenheit hatten einen erfolgreichen Unternehmer, mit betriebswirtschaftlichem Studium zu exzellenten Bedingungen einzustellen."
„Das tönt alles sehr interessant, Monsieur Sternenberg, aber ich glaube, ich bin es Monsieur Barreau schuldig, ihn vorher zu orientieren."
Meine Hirnzellen arbeiten auf Hochtouren. So wie sie mir diesen Treuhänder beschrieben hat, wird er sich kaum auf diesen Handel einlassen.
„Madame, ich mache Ihnen noch einen Vorschlag, den können Sie mir wirklich nicht ausschlagen. Sie geben mir eine Frist von einem Monat. Nach dieser Zeit können Sie frei und ohne Verpflichtungen entscheiden, ob sie mich weiter beschäftigen möchten oder nicht. Diese Aufgabe bei Ihnen fasziniert mich wirklich sehr."
Länger verweilen unsere Blicke im Vis-à-vis.
Lächelnd und mit einer nicht erwarteten Spontaneität streckt sie mir ihre Hand entgegen.
„Monsieur Sternenberg, Sie haben mich überzeugt. Ich bin mit ihrem Vorschlag einverstanden. Herzlich willkommen

im Weingut ‚Domaine Ruipart'. Das Schriftliche können wir später erledigen. Sie können sich auf mein Wort verlassen."
Unsere gegenseitige Erleichterung ist fühlbar.
Mit Lachfalten im Gesicht lässt Madame Ruipart den edlen Weißen ‚Domain Ruipart' in die Gläser fließen. Wir beglückwünschen uns auf eine erfolgreiche Zusammenarbeit.

Viermal reiste ich im letzten halben Jahr in die Agglomeration von Nizza, immer auf der Suche nach einer Traumwohnung. Jedes Mal habe ich die Fahrten durch Italien, dem tiefblauen Mittelmeer entlang genossen. Im „Vista Palace", oberhalb von Monte Carlo, habe ich an einem Gin Tonic geschlürft, habe den Hafen mit den „Kleinoden" arabischer Fürsten und Oligarchen bewundert und von meiner zukünftigen Ferienwohnung geträumt.

Die Immobilien-Agentur lenkte mein Interesse bereits beim ersten Besuch auf eine Attikawohnung, in einer vor Kurzem erstellten Überbauung an wunderschöner Hanglage in Mandelieu-la-Napoule. Eine Dachwohnung im dritten Stock nach Süden orientiert, mit Meersicht und Blickrichtung von Nizza bis weit in den Westen: viereinhalb Zimmer, 120 Quadratmeter Wohnfläche und exklusiver Ausbaustandard mit großem Balkon.

Dann war es so weit.

Der Agenturleiter drückte mir ein letztes Mal die Hand. Würdevoll ruhten die Hausschlüssel auf dem roten Satinkissen. Außer den beiden Champagnergläsern, wir hatten soeben auf die Übernahme der Wohnung angestoßen, belebte nur noch ein Stoß Zeitungen aus der Region Nizza den edlen Klubtisch. Ein neuer Lebensabschnitt stand vor mir. Nicht Geldverdienen stand im Vordergrund. Durch den Verkauf eines Teils meiner Firma an meinen Kompagnon und die Dividenden, die ich als Mehrheitsaktionär weiterhin erhalte, bin ich finanziell völlig unabhängig.

Die neue berufliche Herausforderung sollte mir Genugtuung und inneren Frieden bescheren, wenn möglich im Einklang mit der Natur und wenn immer möglich in der landschaftlich reizvollen und durch Fruchtbarkeit gesegneten Provence. Eine Annonce fesselte mein Interesse: Gesucht wurde ein Gutsleiter auf einem Weingut bei Tourrettes-sur-Loup. Der Name der Kontaktperson, Geneviève Ruipart – wahrscheinlich die Besitzerin des Weingutes – stand in bescheidenen Lettern am Fuße der Annonce.

Ungefähr dreißig Kilometer von meiner neuen Heimat entfernt lag das Weingut.

Es war abends gegen fünf Uhr, als ich mit meinem Citroën-C5-Mietwagen auf den Kiesweg zum Weingut einschwenkte und ihn auf einem Seitenweg vor dem Eingangstor abstellte. Nicht ohne Grund fuhr ich unangemeldet und erst kurz vor Dunkelheit dort vorbei. Bevor weitere Schritte folgen sollten, wollte ich mir einen ersten Überblick über dieses Weingut verschaffen.

Die im März tief stehende Sonne ließ die herrliche Umgebung in berauschenden Abendfarben erscheinen. Das schmiedeeiserne Eingangstor hatte offensichtlich schon bessere Zeiten erlebt. Ein Torflügel ließ sich nicht mehr schließen und die Inschrift „Domaine Ruipart“, angerostet und leicht schief hängend, vermittelte den Eindruck eines abserbelnden Unternehmens.

Dem Weingut vorgelagert war das Wohnhaus mit einem großen Kiesparkplatz und auf der anderen Seite des Platzes stand ein kleineres Gebäude, ein Gästehaus, so vermutete ich. Ein älterer roter Renault-Kangoo-Kastenwagen stand vor dem Eingang zum Wohnhaus. Etwas weiter zurück beim Gebäude in respektablen Dimensionen, ich vermutete die Kellerei, parkierten zwei weitere Fahrzeuge, ein älterer, weißer Peugeot-Kastenwagen und ein roter Toyota-Hi-Ace-Brückenwagen. Menschen sah ich keine, auch ein Hofhund gehörte offenbar nicht zur „Domaine Ruipart“, sicherlich

hätte er mein Näherkommen mit lautem Gebell angekündigt und mich veranlasst, den Beobachtungsstandort vorzeitig zu verlassen.
Das Weingut erstreckt sich in westlicher Richtung, die Rebenreihen entschwanden meinem Blick durch das Terrain, welches leicht abfiel. Die Lage dieses Weingutes war phänomenal, großzügig in der Dimension, umgeben von Gebüschen und Schatten spendenden Pinien mit einer fantastischen Sicht auf das weit im Süden tiefblau schimmernde Mittelmeer. Eigentlich müsste man hier nicht Wein produzieren, eine Siedlung mit jeglichem Luxus fände auf diesem erhobenen Plateau ihre potenten Käufer.
Hatte da nicht soeben mein Geschäftssinn einen falschen Anreiz gesendet? Den inneren Frieden finden im Einklang mit der Natur, das war mein Ziel und nicht Maximierung einer Rendite.
Mit diesem Weingut musste einiges schiefgelaufen sein. Ich war trotzdem fasziniert und fühlte die innere Energie und eine Chance, hier etwas bewegen zu können. Dieses Weingut wollte ich auf Vordermann trimmen.
Ich beschloss, morgen vorbeizugehen und mich um diese Stelle zu bewerben.

Vor nicht einmal vierundzwanzig Stunden haben wir meine Einstellung besiegelt und nun parkiere ich den Mietwagen bereits auf dem Kiesplatz neben ihrem Renault Kangoo.

Madame erwartet mich vor dem Eingang.

„Herzlich willkommen, Monsieur Sternenberg."

Wie gestern beim Begrüßen unter der Türe reichen wir uns die Hand, ihr Händedruck ist nicht wiederzuerkennen. Das Gästehaus vis-à-vis von ihrem Wohnhaus wird nun mein neues Zuhause.

Sie lässt es sich nicht nehmen und trägt beim Hineingehen ein leichtes Gepäckstück von mir und stellt es auf einen runden Tisch.

Derselbe Eindruck, den ich bereits in ihrer Wohnung hatte, wiederholt sich hier. Alles sehr sauber, die Wohnungseinrichtung schlicht und in warmen Farben gehalten. Ich fühle mich sofort zu Hause.

„Installieren Sie sich, Monsieur Sternenberg, um zehn Uhr möchte ich Ihnen meinen Rebbaufachmann Claude Bunnet vorstellen. Mit ihm werden Sie zukünftig eng zusammenarbeiten."

Untersetzter, kräftiger Körperbau, zerfurchtes braun gebranntes Gesicht, Hände, die anpacken können, schütteres Haar, weißer Schnurrbart und gutmütige dunkle Augen – der Mann ist mir auf den ersten Blick sympathisch.

Er wirkt älter als sein wahres Alter von fünfzig Jahren, sicherlich ein Tribut an die langjährige anforderungsreiche Arbeit eines Winzers unter der provenzalischen Sonne.

„Sie sind also der Neue! Geneviève hat sie mit Vorschusslorbeeren bedacht“, und herzhaft, „Claude, ich freue mich auf unsere Zusammenarbeit.“ Er reicht mir die Hand. Bestimmt sein kräftiger Händedruck.
„Ganz meinerseits, Claude. Ich heiße Marco.“
Mit einem kleinen Leuchten in den Augen verabschiedet sich Geneviève.
„Also meine Herren, dann wünsche ich einen erfolgreichen ersten Morgen. Wir sehen uns beim Mittagessen in meinem Hause.“
Die Erleichterung in ihrer Stimme ist nicht zu überhören.
„Claude, ich schlage vor, dass du mir das Weingut auf einem Rundgang zeigst.“
Etwas, was ihn besonders beschäftigt, ist der Zustand des Geräteparks. Zielstrebig führt er mich zum Geräteschuppen. Was er mir zeigen will, wird mir beim ersten Blick in den Schuppen sofort bewusst.
Der Zustand der Geräte widerspiegelt den Eindruck des Weingutes, welchen ich bereits bei meinem unangemeldeten Besuch von vorgestern hatte.
„Da fängt unser Problem an, Marco. Die Hälfte unserer Maschinen sind nicht mehr einsatzfähig. Wegen der fehlenden Geräte können wir in diesem Jahr nicht einmal mehr fünfzig Prozent der Rebbaufläche bewirtschaften. Das nötige Geld fehle, um Investitionen zu tätigen, muss ich nun schon seit einigen Jahren aus dem berufenen Munde des ehrenwerten Monsieur Barreau hören.“
„War dies schon zur Zeit, als Pascal Ruipart das Zepter führte?“
„Damals war der Betrieb in voller Blüte mit Spitzenweinen und vollen Auftragsbüchern. Unser Betriebsklima war getragen von Freude und Erfolg und einem Vorzeige-Ehepaar mit der bildschönen Gutsherrin. Zur Zeit von Pascal

Ruipart hatte unser Chef die Zügel straff in der Hand! Und heute …, mir bricht es das Herz, wenn ich sehe, wie sich die Dinge verändert haben.
Auch Geneviève ist nur noch ein Schatten ihrer selbst. Ich mache mir große Sorgen um sie. Dieser Barreau ist ein richtiger Drecksack! Er ist verantwortlich für das Desaster. Es scheint ihm sogar Freude zu bereiten, dieses Weingut in den Abgrund zu reißen. Ich verstehe nicht, weshalb Geneviève diesem Scharlatan noch immer die Stange hält. Es wird dir schwerfallen, das Steuer wieder herumzureißen, Marco. Mit einem Barreau, der jegliche Investition im Keime erstickt, werden wir nicht mehr lange überleben." Und nach einer Weile: „Marco, entschuldige, wenn meine Emotionen hochgehen und ich mich sehr direkt äußere. Aber es spielt wirklich keine Rolle mehr, ob mir gekündigt wird oder unser Weingut in nächster Zeit in Konkurs geht. Meine Stelle werde ich sowieso verlieren. Barreau müsste beseitigt werden, dann hätten wir vielleicht eine Chance. Wenn du dem Schwein auf den Schwanz trittst, dann bist du erledigt. Ich habe mich auch schon zu weit vorgewagt, nur dank Geneviève bin ich noch hier. Ich wünsche dir auf jeden Fall viel Glück, Marco."
Es tut ihm gut, seinen Frust von der Seele zu reden.
Ich habe ihm zugehört, ohne ihn zu unterbrechen, und in kurzer Zeit ein eindrückliches Bild über das Befinden meines neuen Arbeitgebers erhalten. Dieser Barreau scheint in dieser Negativspirale eine entscheidende Rolle zu spielen.
Aufgeben? Nein, ich bin nun noch mehr motiviert, dieses Weingut aus dem Schlamassel zu reißen.
„Claude, ich danke dir für diese ehrliche Meinungsäußerung. Es wird uns gelingen, dieses Unternehmen wieder in Schwung zu bringen, das verspreche ich dir. Wir beide werden dafür

besorgt sein. Übrigens, woran ist Monsieur Ruipart gestorben?"
„Er war im Auftrage des französischen Weinverbandes auf Geschäftsreise in Rumänien. Beim Verlassen des Hotels in Bukarest wurde er von einem Auto angefahren und zog sich dabei tödliche Verletzungen zu."
Noch vor dem Mittagessen begeben wir uns auf Besichtigung der Rebanlage in dieser wunderschönen malerischen Landschaft. Immer wieder gleitet mein Blick über das tiefblau schimmernde, weit entfernte Mittelmeer.
„Und hier endet unser aktiver Rebbau."
Wie Tag und Nacht das Bild, einerseits gepflegte Rebenzeilen in saftigem Grün und andererseits eine öde, verwahrloste, abstrebende Rebenlandschaft.

Geneviève strahlt verlegen, als sie die herrlich duftende Bouillabaisse in unsere Teller schöpft. Sogar ein Hauch von Röte schmeichelt ihrem blassen Teint. „Also ihr beiden, erzählt einmal von euren Eindrücken und Absichten."
„Entschuldige, wenn ich zuerst das Wort ergreife, Geneviève", eröffnet Claude die Diskussion. „Ich hatte heute Morgen das dringende Bedürfnis, Marco zu orientieren, wie es wirklich um unser Weingut steht."
Sichtlich beunruhigt lauscht Geneviève Claudes Ausführungen. Ein leises Zucken um ihre dunklen Augen und die ernste Miene lassen erahnen, dass es ihr ungelegen erscheint, den Neuling bereits am ersten Tag mit demotivierenden Tatsachen zu konfrontieren.
„... und ich sage es nochmals, Geneviève, das Problem lässt sich nur lösen, wenn Barreau nicht mehr das Sagen auf diesem Weingut hat. Er versteht überhaupt nichts vom Geschäft, er hat nichts erreicht. Das Gegenteil ist der Fall."
Mehr ein Seufzen.

„Was soll ich denn machen, deiner Meinung nach, Claude?"
„Ich verstehe nichts von Buchhaltung. Jemand muss doch die Administration leiten und den ganzen Verkehr mit Banken, Lieferanten und Behörden regeln."
Die so feine Bouillabaisse will nun plötzlich nicht mehr so richtig unsere Gaumen erfreuen. Einige Löffel später ergreife ich das Wort.
„Bevor ich meine Firma in Basel gründete, hatte ich ein Studium in Betriebswirtschaft abgeschlossen. Ich kenne den Aufbau eines Unternehmens bestens und kann mit Zahlen umgehen. Mir scheint wichtig, dass alle Zahlen hier im Hause und nicht auswärts verwaltet werden. Ich werde mir erlauben, bis morgen eine Liste der Dossiers zu erstellen, die wir zukünftig hier bearbeiten sollten: Buchhaltung, Bankverkehr, Kreditoren und Debitoren gehören einfach in das operative Unternehmen."
Mein Optimismus lässt die Bouillabaisse wieder munden und als Steigerung zur Vorspeise serviert Geneviève eine Dorade provençale.
Ein leichter roter Domaine Ruipart, Jahrgang 2005, in großen Schwenkern, verhilft der Dorade zu zusätzlicher Würde.
„Heute Nachmittag werde ich Marco unsere Kellerei zeigen und ihm Eduard vorstellen", meint Claude, zu mir gewandt.

Eduard leitet seit mehr als fünfzehn Jahren mit viel Geschick den Kellereibetrieb. Er ist ein wahrer Künstler und gilt in der Weinszene als große Koryphäe.
Tief beeindruckt ob der unerwarteten Pracht schreite ich bald darauf, von Eduard und Claude begleitet, durch das unterirdische Weinschloss.
Eichenfass an Eichenfass, sauber ausgerichtet und in drei Schichten übereinander gelagert, präsentiert sich das große Kellergewölbe im sanften Licht großer Pendelleuchten.

Boden, Seitenwände und Gewölbe in roten Steinplatten verleihen dem Weinkeller zusätzliche Würde. Zuhinterst auf einem Nebenarm im Gärraum das kalte metallische Gegenteil der hell glänzenden großen Stahlbehälter.

Hier scheint die Welt in Ordnung zu sein, nichts deutet auf ein Weingut in Nöten. Ganz anders die Meinung von Eduard.

„Unsere Eichenfässer müssen dringend ersetzt werden. Ein weiteres Jahr können wir sie unseren Trauben nicht mehr zumuten. Das Tannin ist ausgeschwemmt, wir dürfen nicht mehr von Barrique-Ausbau sprechen."

Es ist fünf Uhr abends, als wir uns auf dem Kiesplatz vor Genevièves Haus verabschieden.

Ein schwarz metallisierter Citroën prescht auf den Kiesplatz, seine Reifen hinterlassen tiefe Spuren und eine trockene Staubfahne schwebt über dem Areal.

Ein gestresster Mittvierziger, korpulent, mit aalglatten, nach hinten gekämmten schwarzen Haaren stürmt zur Haustüre. Mein „Bonsoir Monsieur" wird nicht erwidert, scheinbar existieren die drei im Staube stehenden Herren der arbeitenden Zunft für diesen Managertypen nicht.

Mehrmals und heftig betätigt er die Klingel, um dann ebenso ungehobelt an Geneviève vorbei ins Haus zu stürmen.

„Marco, dreimal darfst du raten, wer dieser feine Herr ist."

Aus dem Innern dringen Laute, als ob sich ein Ehepaar heftig in die Haare gerät. Der gehörnte Ehemann hat offensichtlich erfahren, weshalb der Briefträger zweimal am Tag die Post vorbeibringt.

„Verstehst du nun, weshalb ich beim Mittagessen Klartext mit Geneviève gesprochen habe?", sagt Claude.

Noch immer unter dem Eindruck der erlebten letzten fünf Minuten stürmt der korpulente Treuhänder, er wäre auf der Treppe beinahe gestürzt, aus dem Haus und baut sich vor mir auf.

Widerlich, diese Erscheinung mit festgeklebten, ungewaschenen Haaren und Schweißperlen auf dem fettigen Gesicht. Schriller, sich fast überschlagender Wortschwall ergießt sich aus dem schleimigen Munde. „Sie können die Koffer wieder packen, hier auf diesem Weingut haben Sie nichts zu suchen, ich gebe Ihnen eine Frist bis neunzehn Uhr."
„Entschuldigen Sie, Monsieur, darf ich wissen, mit wem ich es zu tun habe?"
„Ich sorge für Ordnung auf diesem edlen Gut; ein Grünschnabel, dazu noch ein Schweizer, hat hier nichts verloren."
„Noch haben Sie meine Frage nicht beantwortet, mit wem habe ich das Vergnügen?" Meine Tonlage hat sich der seinen angepasst, in der Lautstärke versteht sich, bleibt jedoch sachlich in der Formulierung.
„Barreau, hier habe ich das Sagen. Also bis neunzehn Uhr, sonst lasse ich Sie wegen Hausfriedensbruch verhaften."
Am selben Fenster wie bei meinem ersten Besuch lauscht Geneviève. Ich kann sie nicht sehen, aber ich weiß trotzdem, dass sie von dort die heftige Diskussion mitverfolgt.
Klar und noch bestimmter als vorher ergreife ich das Wort: „Ich habe eine Abmachung mit der Gutsherrin, Madame Ruipart, nur das zählt für mich. Ich finde es unverschämt, wie Sie sich hier aufspielen."
Wie ein gereizter Pfau faucht er mich an.
„Wenn Sie es auch von ihr persönlich wissen wollen, dann kommen Sie mit in die Wohnung."
Unsicheren Schrittes und am Geländer festhaltend, tastet sie sich die Treppe hinunter.
„Also Geneviève, sag nun diesem eigensinnigen Herrn, dass er hier nichts zu suchen hat. Mit einem Anfänger können wir nichts erreichen, wir brauchen –"
„Madame Ruipart ist, soviel ich weiß, volljährig und völlig im Besitz ihrer geistigen Kräfte. Sie ist eine Frau mit Charakter

und ihr Wort gilt, was ich bei Ihnen jedoch sehr infrage stelle."

Meine zynische Bemerkung bleibt nicht ohne Wirkung.

„Wollen Sie damit sagen, dass ich ein Lügner bin? Passen Sie auf, Sie, noch ein falsches Wort und ich werde Sie zur Schnecke machen –"

„Mit Madame Ruipart habe ich eine Vereinbarung getroffen, welche vollkommen rechtens ist. Madame Ruipart wird Ihnen bestätigen, welche Vereinbarung wir getroffen haben."

Unsere Blicke treffen sich, ich fühle, dass sie sich weigert, dem Druck von Barreau nachzugeben.

„Die Aussage von Monsieur Sternenberg ist richtig, ich stehe zu dem, was wir abgemacht haben. Deine Bemerkung ist eigensinnig, ich finde sie sehr verletzend, sie ist absolut nicht angebracht, Fernand. Wir haben vereinbart, nach einem Monat zu entscheiden, ob eine Verlängerung der Anstellung erfolgen wird oder nicht."

Unwirsch und heftig die Reaktion von Barreau.

„Dieses Greenhorn wird dein Unternehmen in den Abgrund reißen, das garantiere ..."

Erneut meine Intervention. „Diese Worte aus Ihrem Munde, Monsieur Barreau, kommen einer Verhöhnung von Madame Ruipart gleich."

„Seit Sie die Geschicke des Weingutes Ruipart leiten, steuert das Unternehmen auf direktem Wege dem Ruin entgegen."

Nun ist er völlig von der Rolle. Wäre ich nicht mindestens einen Kopf größer, ich glaube, er würde mir an die Kehle springen.

„Und noch etwas, Monsieur Barreau, ab sofort wird die Buchhaltung im Hause Ruipart geführt. Nach Absprache mit Madame bitte ich Sie, alle diesbezüglichen Unterlagen und auch die Bankdossiers innert fünf Tagen hierher zu verlegen."

„Das wird Sie teuer zu stehen kommen."
Dies seine letzten Worte, dann stürzt er seine Masse dem Ausgang entgegen und überrennt beinahe Claude Bunnet, der das heiße Gespräch vor der Türe mitverfolgt hat. Kieselsteine fliegen durch die Gegend, die Räder hinterlassen erneut Spuren, dieses Mal so tief, dass der Grund des Platzes sichtbar wird.
„Das hätte ich dir nicht zugetraut Marco, das war Klasse. Endlich hat jemand dem Barreau eins an die Schnauze geknallt." Anerkennend schüttelt Claude meine Hand.
Geneviève erscheint unter der Türe. Tiefe Sorgenfalten, vom Schatten der Abendsonne noch verstärkt, zeigen sich auf ihrer sonst so sanften und glatten Haut.
„Jetzt bin ich völlig auf mich gestellt."
„Wenn unser Experiment scheitert, dann habe ich niemanden mehr, an den ich mich wenden kann. Monsieur Barreau wird kaum mehr bereit sein, mich zu unterstützen." Und zu Claude gerichtet: „Wahrscheinlich wird er auch die Vereinbarung mit Jelena zu Fall bringen."
Jetzt wäre der Moment, wo ich die schwächelnde Frau in die Arme nehmen möchte.
„Geneviève, ich werde nicht zulassen, dass Ihr Weingut untergeht. Ich bin bereit, Sie finanziell so lange zu unterstützen, bis die Wende geschafft ist."
Sprachlos, mit aufflackerndem Leuchten in den Augen lauscht sie meinen letzten Worten. Claude bewegt sich derweilen nervös von einem Bein zum andern, auch ihn hat meine Aussage völlig überrumpelt.

Bis tief in die Nacht bin ich mit den Vorbereitungsarbeiten zur Übernahme der Dossiers und Verwaltung der Domaine Ruipart beschäftigt. Schreiben an Banken, Versicherungen und Behörden sind vorbereitet. Geneviève muss sie morgen noch auf richtige Formulierung und Textfehler korrigieren. Ich halte darin fest, dass Madame Geneviève Ruipart ab sofort alle Schriftstücke alleine zeichnen wird. Die Funktion von Monsieur Barreau beschränkt sich auf beratende Funktionen sowie das Erstellen des Jahresabschlusses.

Nach einem erneut feinen Mittagessen mit anschließendem Kaffee und in Anwesenheit von Claude Bunnet diskutieren wir meine vorbereiteten Papiere.

„Wenn die Bank Ihr Schreiben bestätigt hat, Madame, werde ich zur Absicherung des Kontokorrents vorerst einen Betrag von 40‘000 Euro darauf einzahlen."

Fragend ihr Blick, die Sache ist ihr nicht geheuer.

„Was erwarten Sie als Gegenleistung, Marco?"

„Ich erwarte keine Gegenleistung. Ich bin besessen von der Idee, Ihr Weingut wieder auf Kurs zu bringen; mit Unterstützung Ihrer zwei hervorragenden Mitarbeiter wird es uns gelingen."

Mein Blick wandert zu Claude, seine kräftigen Hände streifen verlegen über ein zerfurchtes Gesicht.

„Bei der gestrigen Besichtigung Ihres Gutes hat Claude von einer Landwirtschaftsmaschinen-Messe in Cannes berichtet."

„Ich schlage vor, diese Messe am Freitag zu besuchen, begleiten Sie uns auch, Madame?"

„Danke für Ihre Einladung, Marco. Leider fühle ich mich in letzter Zeit nicht so sehr in Form.
Ich glaube, dass dies vorübergehend ist, sicherlich bin ich bald wieder bei Kräften."
Aus den Augenwinkeln betrachtet mich Claude. Hat er nicht davon gesprochen, dass Geneviève nur noch ein Schatten ihrer selbst sei, völlig abgemagert und sehr schwächlich?
„Geneviève, gestern haben Sie kurz den Namen Jelena erwähnt, dies offensichtlich im Zusammenhang mit Monsieur Barreau."
„Ja, davon habe ich Ihnen noch nichts erzählt, Marco."
„Jelena arbeitet seit gut einem Jahr bei mir. Jede zweite Woche hilft sie mir einen Tag im Haushalt. Sie hat sich seinerzeit auf mein Stelleninserat gemeldet und Monsieur Barreau hat den Arbeitsvertrag erstellt. Ich befürchte nun, dass Monsieur Barreau als Folge unseres Zerwürfnisses dieses Arbeitsverhältnis mit ihr kündigen könnte.
Jelena arbeitet sehr speditiv, sie ist eine richtige Perle. Ich würde es sehr bedauern, wenn sie kündigen würde."
„Ich frage mich nur", meldet sich Claude dazwischen, „weshalb diese extrovertierte Schönheit noch Haushaltsarbeiten ausführt. Die könnte doch jeden reichen Knacker um den Finger wickeln." Und mit einem Augenzwickern: „Die würde nicht einmal ich von der Bettkante schubsen."
Geneviève lässt mich nicht aus den Augen. Welche Reaktion erwartet sie von mir? Bereits bei meinem Vorstellungsgespräch hatte ich eine gewisse Zuneigung gespürt. Tauchen nach der Bemerkung von Claude etwa Bedenken auf, dass auch mir diese Jelena gefallen könnte?
„Also, wenn Jelena diese Anstellung kündigt, davon müssen wir ausgehen, wird es ein Leichtes sein, wieder eine tüchtige Hausangestellte zu finden. Warten wir einmal ab, was die nächsten Tage bringen, Geneviève", schloss ich.

Am Freitag machen Claude und ich uns in meinem Mietwagen auf nach Cannes. Erste Schilder mit dem Hinweis „Exposition de machines agricoles“ weisen uns den Weg. „Eine Maschine zur Bearbeitung und Auflockerung des Bodens, ein Vibrationsaustrag mit Rüttelwanne und weitere kleinere Geräte für die Rebenpflege müssten dringend angeschafft werden.“ Claude blüht auf beim Aufzählen seiner Wunschgeräte. „Und, wenn wir uns noch neue Eichenfässer leisten würden, dann glaube auch ich an eine Wiederauferstehung unseres Weingutes.“
Auf der Rückfahrt, vor Antibes, machen wir Halt um uns einen kleinen Imbiss zu genehmigen.
Leuchten in den Augen Claudes, wir erheben die Gläser.
„Weißt du, Marco, irgendwie kann ich es noch nicht so recht fassen. Mein Leben lang habe ich für den Wein und das Weingut Ruipart gelebt, viele Höhepunkte durfte ich erfahren und dann zuletzt den langsamen Zerfall *meines* Weingutes – dann tauchst du auf wie Phönix aus der Asche. Manchmal glaube ich zu träumen. Mich beunruhigt dafür umso mehr Genevièves Gesundheitszustand. Ist dir ihr Zittern nicht auch schon aufgefallen? Das war vor einigen Monaten noch nicht so.
Schon mehrmals habe ich ihr nahegelegt, einen Arzt aufzusuchen, auf mich hört sie leider nicht. Sprich doch du einmal mit ihr. Ich habe den Eindruck, dass sie dich mag, mehr als nur geschäftlich.“
Vielsagend sein Augenzwinkern.

Diese erste Arbeitswoche auf dem Weingut, geprägt von Hektik und der Erkenntnis, hier etwas bewegen zu können, lässt die Zeit verfliegen. Ich sitze noch im Mietwagen in der Tiefgarage bei meiner Wohnung in Mandelieu-la-Napoule. Daneben steht mein Mercedes Kombi. Es wird

mir erst jetzt richtig bewusst, dass ich das erste Mal seit meinem Stellenantritt wieder in meiner so lange ersehnten Wohnung an der Côte d'Azur sein kann. Meinem Hobby frönen, mit dem Rennrad die reizvolle Gegend zwischen Cannes und Fréjus erkunden, die Luft der Provence inhalieren, einfach genießen, das ist mein Ziel für den heutigen Tag.
Ein wunderschönes Straßencafé eingangs Saint-Raphaël lädt ein zum Verweilen. Im Schatten einer großen Platane lasse ich mich am hübschen Bistrotisch nieder.
„Monsieur, haben Sie schon gewählt?"
Die adrette Serviertochter im kurzen Jupe und dem vielsagenden Dekolleté lächelt unschuldig.
„Bringen Sie mir bitte ..."
Ein roter Ferrari lenkt meine Aufmerksamkeit von der Bestellung ab und lässt mich einen Moment innehalten.
Sie folgt meinem Blick und meint weiter lächelnd: „Auch ich träume von einem solchen Schlitten, aber träumen darf man doch noch, nicht wahr, Monsieur?"
Ich erwidere ihr Lächeln, sage ihr natürlich nicht, weshalb mich dieser Ferrari besonders interessiert. Meine Aufmerksamkeit gilt der Person, die sich nun mühsam aus dem engen Cockpit schält. Es ist dieser ehrenwerte Monsieur Barreau. Anscheinend fährt er sein Sonntagsspielzeug spazieren.
Vieles wünsche ich mir im Moment, nur nicht eine Begegnung mit diesem unsympathischen Treuhänder. Wohlwollend nehme ich zur Kenntnis, dass alle Tische in meiner unmittelbaren Umgebung belegt sind.
Zielstrebig und ohne Notiz der übrigen Gäste steuert er einem Tisch entgegen, welcher bereits von einer Dame besetzt ist. Sie erhebt sich, erst jetzt fällt sie mir auf: groß gewachsen, bis tief in den Rücken fallendes hellblondes Haar und üppig gesegnet mit verführerischen Kurven.

Dieser Barreau scheint kein Kostverächter zu sein.
„Hier, Monsieur", meine kurz berockte Servierdame stellt die Spezialität des Hauses „Omelette maison" mit Schinken, Bergkäse und frischen Eiern einladend vor mich hin, wobei sie es geschickt versteht, auf ihre besonderen Reize aufmerksam zu machen. Sie lächelt. „Das Pichet Rotwein und das Mineral bringe ich Ihnen sofort."
Aufgrund seiner Gestik und dem leicht nach vorne gebeugten Oberkörper signalisiert Barreau, die ihm vis-à-vis sitzende Blondine schon vorher gekannt zu haben.
Sein Haar, noch immer aalglatt nach hinten gekämmt, klebt am fleischigen Kopf, dieses Mal scheint er es gewaschen zu haben. Seidenes schwarzes Hemd und dunkelbeige Schurwollhose, könnte von Hugo Boss stammen, hinterlassen offensichtlich, so entnehme ich es aus dem Gehabe der Dame, einen anziehenden Eindruck auf sie.
Genüsslich verfolge ich die Szene aus der Distanz.
Die beiden sind sehr miteinander beschäftigt, den Mann mit Sonnenbrille im Velodress am ungefähr fünfzehn Meter entfernten Tisch nehmen sie nicht zur Kenntnis.
Den beiden wird ein Apéro serviert. Nach einer Terrine folgt ein Fischgericht, begleitet von einem wahrscheinlich exklusiven Bordeaux, einem Soufflé Glacé, Kaffee und zum Schluss einem Cognac aus großen Schwenkern.
Bereits anderthalb Stunden sitze ich beobachtend am Bistrotisch, das Bedürfnis, Wasser zu lassen, macht mir zusehends zu schaffen. Unruhig auf dem Hintern hin und her rutschend, erwarte ich das Aufbrechen der exklusiven Klientel. Der Weg zur Toilette führt unweigerlich am Tisch von Barreau vorbei.
Ich harre aus und verbringe die mir immer länger scheinende Zeit weiter damit, dieses eigenartige Paar zu beobachten.

Endlich, die beiden Turteltauben haben Dringendes zu erledigen; nach dem letzten Schluck aus dem Schwenker entschwinden sie eng umschlungen Richtung Parkplatz.
Die High Heels erlauben der aufreizenden Dame nur kleine Schritte. Den Gästen im Restaurant bleibt ihre provokative Erscheinung offensichtlich auch nicht verborgen, die Blicke, vor allem diejenigen der Männer, sprechen Bände.
Der Ferrari braust davon, die Blondine in einem dunkelblauen Mini-Cooper-Cabrio hinterher, und ich mit ebensolcher Geschwindigkeit dem erlösenden Häuschen mit dem Männchen entgegen. Aus meinem ersten Kaffee wurden schlussendlich deren vier.
„Monsieur."
Die wohlwollende Servierdame legt die Rechnung auf den Tisch. Ihr Lächeln ist nach dem großzügigen Trinkgeld noch einladender, offensichtlich interpretiert sie mein langes Ausharren am Tisch als Zeichen meiner Zuneigung.
„Ich bin Michèle, darf ich Sie bald wieder hier begrüßen, Monsieur?"
„Marco. Freut mich, Michèle, die Route liegt nicht unmittelbar an meinem Weg, aber wenn ich wieder vorbeifahre, dann ganz bestimmt."
Gedankenabwesend, ohne die wunderschöne Küste wahrzunehmen, verlaufen die restlichen Kilometer zurück nach Mandelieu-la-Napoule.
Diese auffallende Blondine, kurz gelang es mir, in ihre Augen zu schauen, beschäftigt meine Gedanken. Irgendwie passt sie in das Charakterschema, welches ich auch schon von Barreau gewonnen habe.
Im Gegensatz zu Barreau ist sie erotisch attraktiv, wahrscheinlich auch berechnend, vielleicht sogar kaltblütig. Sicher keine Frau, die ewige Treue als oberstes Ziel in die Wiege gelegt bekam.

In der Folgewoche lerne ich das Handwerk eines Winzers kennen. Claude zeigt sich als ein sehr begeisternder und geduldiger Ausbildner. Viel Zeit verbringen wir gemeinsam in den Reben mit dem Herausschneiden von jungen Trieben.
„Je weniger an der Rebe hängt, umso erlesener die Qualität.“ Der Kenner Claude hat gesprochen.
„Ist dieser Barreau eigentlich verheiratet?“, frage ich.
„Soviel ich weiß, ist er geschieden. Ich kann mir auch kaum vorstellen, dass es eine Frau bei einem solchen Rüpel lange aushält.“
Das Ereignis im Restaurant vom Sonntag erwähne ich nicht, es würde ja dem Gegenteil entsprechen von dem, was er mir soeben erzählt hat.
Überhaupt sollte ich das Wort Barreau zukünftig aus meinem Vokabular streichen.
„Claude, ich möchte eine Liste der Kunden, welche bei uns Wein bestellen, und auch eine Liste derjenigen, welche wir verloren haben. Diese Kunden müssen gepflegt oder reaktiviert werden. Hilfst du mir beim Erstellen dieser Liste?“
„Natürlich, Marco, sehr gerne.“
„Ab sofort werde ich in regelmäßigen Abständen diese Kunden besuchen, wenn immer möglich in Begleitung von Geneviève. Mit ihr als Repräsentantin des Weingutes steigen unsere Verkaufschancen.
„Finde ich super, wenn du die Chefin miteinbeziehst. Sie braucht die Abwechslung. Ihr neuerdings sinnliches Auftreten ist sogar mir nicht entgangen.“
Sein erneutes Augenzwinkern. Dieser Kerl versteht nicht nur etwas von Reben, sein Schalk lacht aus jeder Falte seines zerfurchten Gesichts. Das herzhafte Lachen macht Claude noch sympathischer.

Wie nicht anders zu erwarten war, sind die von Barreau gewünschten Buchhaltungsunterlagen bis heute nicht eingetroffen. Sollte ich voreilige Schritte einleiten, wozu?
Wir haben unseren Blick nach vorne gerichtet und wichtigere Prioritäten gesetzt, zurückschauen werden wir, wenn die Kunden uns vor lauter Bestellungen in Bedrängnis bringen. Immerhin laufen die Bankgeschäfte und das Rechnungswesen nun über die Domaine Ruipart. Jede Rechnung wird zuerst von Claude, Eduard oder mir visiert und erst dann Geneviève zur Zahlung vorgelegt.
Unser Team arbeitet perfekt zusammen, die Freude an der Arbeit beflügelt unseren täglichen Arbeitsablauf, die Aufbruchstimmung ist allgegenwärtig.
Auch Geneviève lässt zurückgewonnene Lebensfreude fühlen. Ein neuer, eng anliegender, ihre verführerischen Rundungen betonender Pullover, ein raffinierter Lidschatten und neuerdings rote Lippen sagen mehr als viele Worte.
Mein anerkennendes Lächeln beantwortet sie mit einem ebensolchen und ein verführerisches Glänzen in ihren Augen signalisiert eine wohlwollende Zuneigung.
Ihr Schlafzimmer liegt im zweiten Stock ihres Wohnhauses, direkt vis-à-vis von meiner Unterkunft.
Vielleicht bilde ich es mir nur ein: Beim Zubettgehen erlaubt sie mir, durch Gardinen jedoch diskret verhüllt, einen Einblick in ihr Ausziehprozedere und verführerisches Hineinschlüpfen in ein reizendes Nachthemd. Die Literatur lässt sich genüsslich darüber aus, und Feministinnen brauchen es als Aufhänger für ihre Angriffe, auf die einfach gestrickte männliche Fantasie, scheinbar mache ich da keine Ausnahme.
Jeden Abend mit Licht im Zimmer schlüpfe ich in der Nähe des Fensters ebenso bewusst aus den Kleidern und bilde mir ein, dabei von Geneviève beobachtet zu werden.

Am Freitag werden wir ein erstes Mal, das war seit fünf Jahren nie mehr der Fall, drei ehemalige Kunden besuchen. Wir überlassen nichts dem Zufall, entsprechend seriös vorbereitet mit den neusten Preziosen im Gepäck, wollen wir verloren gegangene Kunden zurückgewinnen.

Die Tage auf dem Weingut eilen durch den Kalender, und ohne es richtig wahrzunehmen, schreiben wir bereits Donnerstag der zweiten Woche.
Geneviève lässt mich rufen, sie möchte mir ihre viel gepriesene Haushaltsperle vorstellen. Auf dem Kiesplatz parkiert ein alter, verbeulter und schmutziger Nissan Sunny. Offensichtlich der Wagen der Haushaltshilfe.
Der Zustand des Wagens und die Art, wie er parkiert wurde, lassen einen Vorgeschmack über die Besitzerin erahnen, und der ist nicht der beste. Vor der Türe noch immer über die Verbindung sinnierend, Hausperle und Zustand des Wagens, steht nun Geneviève lächelnd vor mir. Die Haushaltshilfe schwebt aus dem dunklen Innenraum und streckt mir ebenfalls lächelnd ihre Hand entgegen.
Bin ich nur sprachlos oder einfach schockiert? Auf jeden Fall fehlen mir im Augenblick die Worte.
Wie ein kleiner Schulbube, der beim Diebstahl einer Orange erwischt wurde, fällt mein Blick auf Geneviève. Ich fühle ihre Verunsicherung.
Tatsächlich scheine auch ich von dieser Person gefangen zu sein, so oder ähnlich muss Geneviève in diesem Moment empfinden.
Ich gewinne die Kontrolle zurück und strecke ihr die Hand entgegen. „Marco, freut mich sehr, Sie kennenzulernen. Geneviève hat über Ihr effizientes Arbeiten bereits viel Lob verteilt.“
„Sie Schmeichler, ich tue nur mein Bestes, ich kenne nichts anderes.“

Der abgetakelte Nissan Sunny müsste jetzt im Kiese versinken. Sie ist groß gewachsen, hält ihr Haar hochgesteckt, und die Arbeitsschürze lässt ihre Rundungen erahnen. Die Worte von Claude gleiten durch mein Bewusstsein.
„Marco, kommen Sie doch herein zu einem kurzen Kaffee. Wir haben uns sicherlich einiges zu erzählen."
„Sehr gerne würde ich Ihrer Einladung folgen, Geneviève, aber für den morgigen Kundenbesuch muss ich noch einiges vorbereiten."
„Bestimmt wird sich demnächst einmal eine Gelegenheit zu einem interessanten Kaffeegespräch finden." Ich verabschiede mich mit Händedruck. „Hat mich gefreut, Jelena, Ihre Bekanntschaft zu machen. Ich wünsche Ihnen noch einen schönen Nachmittag, und bis Donnerstag in zwei Wochen."
Verunsicherte Schritte und schwere Beine auf dem rutschigen Kies tragen mich zu meiner Wohnung.
„Sie ist es", hämmert es in meinem Kopf. Obwohl ihr blondes Haar hochgesteckt und die Kurven züchtig mit Berufsschürze kaschiert, ist es ohne jeden Zweifel jene auffällige Blondine im Bistro vom vergangenen Sonntag. Jelena ist die Geliebte von Fernand Barreau!
Unruhige Gedanken lassen mich diese Nacht nicht einschlafen.
Geneviève lässt den Schatten ihrer Silhouette heute nicht über die Gardinen gleiten.
Mein schuldbewusster Schulbuben-Ausdruck muss sie sehr getroffen haben.
Noch mehr beschäftigt mich der Umstand, dass weder Geneviève noch Claude von dieser Beziehung zwischen Barreau und Jelena wissen.
Weshalb verschweigen sie diese Tatsache?
War diese Anstellung von Jelena Zufall, oder steckt eine Absicht dahinter?

Je länger ich darüber nachdenke, umso klarer meine Erkenntnis, Jelena wurde in das Weingut eingeschleust!
Ich werde es herausfinden. Diese letzten belastenden Gedanken und das kalte Lächeln von Jelena begleiten mich in eine unruhige Nacht.

Um neun Uhr hatten wir vereinbart zu den Kundenbesuchen aufzubrechen.
Noch reagiert Geneviève nicht auf meine Klopfzeichen an der Haustüre. Ich trete etwas zurück, um vom Kiesplatz aus einen bessern Blickwinkel auf ihr Schlafzimmerfenster zu erhalten.
„Geneviève, Geneviève!"
Erst nach wiederholtem Rufen erscheint sie schlaftrunken am Schlafzimmerfenster. Es bereitet ihr offensichtlich Mühe, die Fensterflügel so weit zu öffnen, um ungehindert mit mir sprechen zu können.
„Marco, es tut mir so leid …"
Auch das Kommunizieren fällt ihr schwer.
„Ich hatte eine schlechte Nacht und fühle mich im Moment nicht in der Lage, Sie heute zu den Kundenbesuchen zu begleiten. Es geht mir wirklich nicht sehr gut."
Ihr seidenes rosafarbenes Nachthemd, erstmals sehe ich ihr reizvolles Accessoire ungefiltert am Fenster, fällt ebenso kraftlos am Körper hinunter, wie ihre Arme kaum in der Lage sind, sich gegen die Schwerkraft am Fensterbrett abzustützen.
„Kann ich etwas für Sie tun, Geneviève? Vielleicht ein paar Einkäufe tätigen oder Sie zu einem Arzt begleiten?"
„Marco, das ist sehr aufmerksam von Ihnen, aber diese Schwäche ist sicherlich nur von kurzer Dauer. Machen Sie sich keine Sorgen."
Und ob ich mir Sorgen mache.
Meine Version von vergangener Nacht, Geneviève sei wegen meines schuldbewussten Blickes frustriert, muss ich schleunigst

korrigieren. Wieder werden die Erinnerungen vom Sonntag wach und der Gedanke vom „Einschleusen" Jelenas in das Weingut Ruipart lässt mich nicht mehr los.
Mein Ermittlerinstinkt ist geweckt.
Mit raffinierten Überwachungsanlagen hat meine Firma viel zur Aufklärung dubioser Machenschaften beigetragen. Vielleicht gelingt es mir durch Einsatz solcher Mittel, etwas Licht ins Dunkel der Beziehung zwischen Jelena und Barreau zu bringen und mehr über den schlechten Gesundheitszustand von Geneviève zu erfahren. Während meiner beruflichen Recherchen war die Wirklichkeit oftmals ernüchternder, als die Vorahnung es erwarten ließ.

Seit dem Besuch Jelenas vom vergangenen Donnerstag war ich aktiv, nicht primär im Weingut, sondern mit Kontakten zu meinem Geschäftspartner in Basel, Rolf Brücklin, und einem Anwalt in Nizza.
Spontan auf die erste sich bietende Möglichkeit, habe ich bei Anwalt Doktor Duront für den Termin auf heute Mittwoch um elf Uhr zugesagt. Seine Adresse wurde mir von meiner Wohnungsagentur vermittelt. Monsieur Duront gilt als Kapazität in Erbschafts- und Familienrechtsfragen.
Die Empfangsdame bittet mich einzutreten und bietet mir einen Platz am gediegenen Edelholzschreibtisch, vis-à-vis des exklusiven Lederchefsessels. „Einen Moment, Monsieur Sternenberg. Monsieur Advokat Duront wird in Kürze eintreffen."
Nun steht er vor mir im dunklen Nadelstreifenanzug mit Gucci-Krawatte, grau melierten, nach hinten gekämmten Haaren und von der Sonne der Provence braun gebrannt. Eine markante Persönlichkeit, wie man sie auch in der Regierung der Grande Nation des Öfteren am Fernsehen erleben kann.

Er streckt mir die Hand entgegen, kräftiger Händedruck und klare Stimme. „Guten Tag, Monsieur Sternenberg, setzen Sie sich bitte." Ohne Umschweife kommt er zur Sache. „Ich habe mich in Ihre Fragen eingearbeitet und bin in der Lage, die von Ihnen gewünschten Auskünfte zu geben:
Geneviève Ruipart hat vor zwölf Jahren in das Weingut Domaine Ruipart eingeheiratet, welches sie zusammen mit ihrem Manne bis zu seinem Tode vor fünf Jahren gemeinsam führten.
Selber kinderlos, gibt es auch in ihrer unmittelbaren Verwandtschaft keine Angehörigen, welche in eine Erbschaft des Weingutes eintreten könnten. Dasselbe trifft auch zu auf Angehörige ihres verstorbenen Mannes. Die wenigen Verwandten, man findet sie erstmals im dritten Rang, haben ebenfalls keinen Erbanspruch. Bei einem Ableben von Madame Ruipart würde nach französischer Rechtssprechung der Staat in das Erbe eintreten, das heißt, das Weingut würde an den französischen Staat übergehen. Wenn sie jedoch einen Verwalter beschäftigt, welcher mindestens zehn Jahre ununterbrochen in dieser Funktion tätig ist, wird das Erbe zwischen Verwalter und Staat aufgeteilt. Aus langjährigen Erfahrungen wird der Verwalter den Rest des Erbes vom Staat zu günstigen Konditionen erwerben. Sie haben mir von einem Treuhänder erzählt – wenn er all diese Anforderungen erfüllt, könnte er von dieser Situation profitieren."
Ich lausche gebannt seinen Ausführungen. Die ersten Teile des Puzzles passen ineinander.
„Darf ich Sie fragen, Monsieur Sternenberg, wie der Verwalter von Madame Ruipart heißt?"
„Fernand Barreau ist sein Name."
„Oh, oh, oh … das tönt interessant."
„Ihre Reaktion irritiert mich, Monsieur Duront. Wie soll ich das verstehen?"

Verlegen streichen langgliedrige Finger durch grau melierte Haare. Er tut sich offensichtlich schwer mit einer Formulierung.
„Nun, Fernand Barreau, genießt nicht unbedingt den Ruf von dem, was wir unter einem guten Treuhänder verstehen. Verstehen Sie mich richtig, es ist nicht meine Absicht, über einen Berufskollegen schlecht zu reden. Bei ihm ist es jedoch anders. Er hat keinen anerkannten Abschluss und ist nicht einmal in einer Treuhandvereinigung angemeldet."
„Das allein wäre eigentlich noch nicht Grund einer Verurteilung von Monsieur Barreau", wende ich ein, „er ist mir persönlich auch nicht sympathisch, aber weshalb Ihre nicht zu überhörenden Bedenken?"
Wieder verstreicht ein Augenblick des Nachdenkens.
„Nun, Monsieur Sternenberg, es ist ein offenes Geheimnis, dass Monsieur Barreau Kontakte in osteuropäische Kreise pflegt. Dies bedeutet noch nichts Negatives. Wir vermuten aber, dass diese Kontakte in Organisationen stattfinden, ähnlich denjenigen, wie wir sie bereits im südlichen Italien kennen. Sie wissen, was ich meine."
Ich bin hellwach und noch mehr beunruhigt. Meine grauen Zellen konstruieren Ereignisse und verwerfen im gleichen Atemzug.
„Machen Sie sich deswegen keine Sorgen, Monsieur Sternenberg. Barreau ist über zehn Jahre älter als Madame Ruipart, und wie wir beide wissen, ist die Lebenserwartung von Frauen einige Jahre höher als bei Männern. Für eine Erbnachfolge stehen die Zeichen schlecht für Monsieur Barreau."
Er versinkt einen Augenblick ins Nachdenken.
„Madame Ruipart ist doch nicht etwa krank?"
Meine Antwort lässt eine Unsicherheit fühlen. „Nein, natürlich nicht, sie ist bei bester Gesundheit", sprudelt es aus meinem Munde.

„Kann ich sonst noch etwas für Sie tun, Monsieur Sternenberg? Wenn Sie weitere Informationen brauchen, dann stehe ich Ihnen jederzeit gerne zur Verfügung. Übrigens, Sie sind ja neuerdings auch ein wenig Franzose … Ihre Wohnung in Mandelieu-la-Napoule muss etwas vom Feinsten sein in der Umgebung."
Wir reichen uns die Hand und wenig später empfängt mich die einladende Frühlingssonne am Strand der Promenade des Anglais in Nizza.
Der Blick vom Straßencafé über die doppelspurige, von einer Palmenallee getrennte Fahrbahn auf das tiefblaue Meer und der Assiette Jambon et Melon lassen mich relaxen und das Gespräch in aller Ruhe nochmals Revue passieren.
Einerseits bin ich durch die bestätigte Vermutung, dass Barreau keine saubere Weste trägt, beruhigt, andererseits lässt mich der Gedanke nicht los, Barreau könnte mehr als nur ein Interesse daran haben, wenn Geneviève etwas zustoßen würde.

Am letzten Freitag, unmittelbar nach dem beunruhigenden Gespräch mit Geneviève habe ich bei meinem Geschäftspartner Rolf Brücklin eine Bestellung aufgegeben. Die von mir gewünschte Sendung sollte inzwischen eingetroffen sein. Am Nachmittag besuche ich deshalb meine Wohnung in Mandelieu-la-Napoule.
Das Paket aus Basel füllt den Briefkasten fast vollständig. Fein säuberlich ausgebreitet liegen nun die gewünschten elektronischen Hilfsmittel auf dem Wohnzimmertisch. Mit Ehrfurcht halte ich die neuste Generation einer hoch entwickelten Überwachungskamera in meiner Hand. Kaum größer als die Miene eines Kugelschreibers, ausgestattet mit Weitwinkelobjektiv, Mikrofon, Bewegungsmelder und Sender, wird es ein Leichtes sein, dieses Wunderding un-

bemerkt an einem geeigneten Ort in Genevièves Wohnung zu verstecken.
Die kleine Reichweite des Senders von nur zehn Metern wird schon eher zum Problem.
Zwischen Genevièves Wohnhaus bis zu meinem Gästehaus sind es ungefähr vierzig Meter.
Mit einem Signalverstärker ist das Problem lösbar, er müsste jedoch im Bereiche dieser zehn Meter angebracht werden. Die einzige Möglichkeit, ihn zu platzieren, bietet sich nur durch die große Pinie auf dem Kiesplatz zwischen den beiden Häusern.
Wie schaffe ich es, diesen Signalverstärker unbemerkt, immerhin 500 Gramm schwer und groß wie drei Tafeln Schokolade, zu installieren? Am Tage ist Leben auf dem Areal und in der Nacht könnte ich von Genevièves Schlafzimmer aus beobachtet werden.
Ich will und werde eine Lösung finden!

Ein-, zweimal pro Woche bestellt mich Geneviève zu einem Gespräch mit Kaffee und Kuchen in ihr Wohnzimmer. Diese Gespräche verlaufen freundschaftlich und lassen fühlen, was ich aus ihrem Zubettgehen-Prozedere vermute. Beim Kaffee in ihrem Wohnzimmer, vis-à-vis am Tisch sitzend, mit warmen Lächeln auf den Gesichtern, wird die gegenseitige Zuneigung fühlbar.
Noch weiß ich nicht, wie ich mich verhalten soll, nie in meinem bisherigen Leben habe ich mir Gedanken darüber gemacht, wie eine Beziehung dauerhaft funktionieren könnte. Dafür nisten sich die Worte Claudes immer öfters in meine Gedanken, als er mir von der blühenden Schönheit Genevièves zur Zeit ihrer Ehe erzählte. Ohne ihr kränkliches Befinden wäre diese liebenswürdige und gut aussehende Mittdreißigerin sicherlich äußerst begehrenswert.

Geneviève ist in der Küche damit beschäftigt, Kaffee und Kuchen vorzubereiten. Sie hat keine Ahnung von dem, was im Moment in ihrem Wohnzimmer geschieht.
Während ich den kleinen Spion gut getarnt auf der Vitrine im Wohnzimmer platziere, plagen mich heftige Schuldgefühle. Ihre Enttäuschung müsste riesig sein, wenn sie je erfahren würde, wie hinterhältig ich in ihre Intimsphäre eingedrungen bin und sie unwürdig ausspioniert habe.
„Marco, irgendetwas scheint Sie zu bedrücken. Hat es etwas mit mir zu tun?"
Ich bin verblüfft, wie sensibel Geneviève meinen Gemütszustand wahrnimmt, als sie mit zwei Espresso samt Kuchen das Wohnzimmer betritt.
„Noch eben waren Sie locker und aufgestellt. Habe ich irgendetwas Falsches gesagt?", fragt Geneviève besorgt.
„Ja, etwas beschäftigt mich schon seit einigen Tagen, Geneviève. Es scheint Ihnen oftmals nicht sehr gut zu gehen. Haben Sie sich schon einmal medizinisch untersuchen lassen?"
Diese Notlüge gelingt mir überzeugend, es ist ja auch nur eine halbe Notlüge, im Grunde genommen mache ich mir wirklich ernsthafte Sorgen um ihre Gesundheit.
„Vermutlich meinen Sie mein Unwohlsein vom letzten Freitag. Wissen Sie, Marco, wir Frauen haben manchmal gewisse Tage, an denen wir uns nicht so sehr wohlfühlen."
Ihrem verständnisvollen Lächeln entnehme ich den Wunsch, uns nicht mehr weiter über das Thema Gesundheit zu unterhalten. Eigentlich müsste ich jetzt erst recht insistieren. Geneviève ist völlig abgemagert und das von Claude festgestellte Zittern ist auch mir nicht entgangen.
Ich lasse es sein. Vielleicht liefert meine Überwachungsanlage Hinweise, welche sogar Rückschlüsse über Genevièves Gesundheitszustand geben könnten.

„Möchten Sie noch einen Kaffee mit einem kleinen Cognac, Marco?"
Ihr Anliegen kommt mir sehr gelegen.
„Sehr gerne, Geneviève. – Dieses Mal bin ich an der Reihe, Geneviève. Ich serviere Ihnen den Kaffee."
Sie willigt ein, ich vermute, einfach mir zuliebe. Ich wusste schon im Voraus, an welcher Stelle in der Küche die kleine Kamera optimal positioniert sein müsste.
Aus dem Wohnzimmer dringen liebliche Klänge der sich berührenden großen Cognacschwenker und das Klirren der Flaschen im Spirituosenschrank.
Diese Geräusche der hantierenden Geneviève geben mir die Sicherheit, im schmalen, zur Verfügung stehenden Zeitfenster ungestört die Kamera auf dem Schrank oberhalb des Spültisches anzubringen. Von diesem Standort wird jede Bewegung in der Küche feststellbar sein.
Zu den beiden Espresso gesellen sich die beiden Cognacschwenker.
„Bitte, Marco, schenken Sie den Rémy Martin ein, das können Männer besser als Frauen."
Ich weiß, weshalb Geneviève nicht selber ausschenken möchte, es ist derselbe Grund, der sie auch verleitet die Espressotasse mit beiden Händen zu ihrem Munde zu führen. Ein wenig außer Atem und unverändert geplagt vom schlechten Gewissen kommt diese Einlage mit dem Cognac wie gerufen.
Lächelnd, die Schwenker in den Händen haltend, berühren sich die Gläser, die Schwingungen und der einladende helle Sound übertragen sich in unsere Körper.
„Marco, ich freue mich mit Ihnen auf die sich bereits erfolgreich abzeichnende Zusammenarbeit. Ich bin glücklich, Sie eingestellt zu haben."
„Sagen wir doch einfach Du."

Längere Zeit verweilen braune, glänzende Augen im Hellblau vis-à-vis, der Farbe der hellhäutigen, nördlich geprägten Rasse.
Beim Verlassen von Genevièves Wohnung treffe ich Claude auf dem Weg zur Kellerei.
Erstmals seit meinem Stellenantritt ist Regen im Anzug.
„Die Reben lechzen nach Wasser“, meint er mit Blick gegen den Himmel gerichtet. Er frohlockt beim Gedanken an den bevorstehenden nassen Frühlingssegen und prophezeit einen gesicherten Weinjahrgang. „Du wirst überrascht sein, wie schnell sich die gelblichen Sprossen wieder ins Grüne verfärben“, meint er.
Diese Zuversicht macht nicht nur ihm Freude. Ein bisschen Kaffeesatz lesen passt in unsere motivierte Stimmung und trägt viel zu dieser optimistischen Prognose bei.
Wie zu erwarten war, begleiten uns heftige Regenfälle in die heutige Nacht. Weder Mond noch Sternenlicht erhellen die sonst so traumhafte Nachtstimmung im südlichen Frankreich.

Es ist zweiundzwanzig Uhr, als das Licht in Genevièves Schlafzimmer erlischt. Hoffentlich verhilft das beruhigende Geräusch der fallenden Regentropfen Geneviève zu einem unbeschwerten und tiefen Schlaf.
Das wenige Licht an der Hausfassade erscheint im Regendunst noch schwächer, kleinere Details können kaum mehr erkannt werden. Geborgen in diesem Licht und im Schatten der Pinie, mit der Leiter unter dem Arm, nähere ich mich dem imposanten Baum.
Mein Unterfangen ist gewagt, aber es bleibt mir keine andere Wahl. Unaufhaltsam prasselt der Regen auf mich nieder.
Auf der von ihrem Schlafzimmer abgewandten Seite der Pinie findet die Aluleiter ihren Halt. Vorsichtig, mit Turn-

schuhen an den Füßen, ein Ausrutschen auf der glitschigen Leiter wäre fatal, gewinne ich langsam an Höhe, ihr Schlafzimmerfenster erscheint inzwischen auf Augenhöhe, noch fehlen zwei Meter bis zum ersten Ast.

Sollte Geneviève wach in ihrem Bette liegen, würde sie mich hinter dem breiten Pinienstamm kaum sehen können. Auf der Oberseite eines großen Astes findet der Signalverstärker, gehalten von breiten Klebebändern, seinen Platz und kurz darauf, erneut geschützt im Schatten des imposanten Baumes, pirsche ich zurück zu meiner Wohnung. Durch ein Fenster auf der Rückseite gelange ich, wie schon vorher beim Verlassen, ins Innere meiner Wohnung.

Duschen, Zähneputzen und Hineinschlüpfen ins Bett. Alles ohne Licht – was nimmt man doch nicht alles für ein hehres Ziel in Kauf!

Befriedigt vom erfolgreichen Anbringen des Signalverstärkers und der Überzeugung, von Geneviève nicht entdeckt worden zu sein, versinke ich in einen erfüllenden Schlaf.

Die Tage schleichen ins Land. Ich kann den Donnerstag kaum erwarten, der Tag, an dem ich hoffe, etwas über die mysteriöse Jelena zu erfahren.

Die Ungewissheit in einer Sache zu ermitteln, dabei nicht einmal eine Ahnung zu haben, nach was ich eigentlich suchen sollte und ob sich die Damen in den von mir verwanzten Räumen aufhalten, lässt ein Gefühl von hilfloser Ungeduld in mir aufkommen.

Ich hasse diesen Zustand und, sollte wirklich etwas Außergewöhnliches vorfallen, eventuell vor der Tatsache stehen zu müssen, daran nichts ändern zu können. Vielleicht ist alles nur ein Gespinst meiner Fantasie und diese Jelena bleibt diese Haushaltsperle, wie sie von Geneviève beschrieben wurde.

Dann wieder die Fragen: Warum verschweigt Jelena die Beziehung zu Barreau und weshalb war Geneviève am Tag nach dem Besuch Jelenas bei dermaßen schlechter Gesundheit? Hoffentlich bringt der heutige Tag Licht ins Dunkel. Auf jeden Fall habe ich die Zeit nur für meine Überwachung reserviert, nichts wird mich vom Computer weglocken, nicht einmal die vor zwei Wochen angekündigte Kaffeerunde in der Wohnung von Geneviève.

Der alte, verbeulte Nissan Sunny scheint auch in den letzten vierzehn Tagen keine Waschanlage gesehen zu haben. Anders als das letzte Mal parkiert Jelena den Sunny mit dem Heck zum Wohnhaus, gerade so, als ob sie damit rechnen würde, bei Startschwierigkeiten den Wagen auf dem leicht abschüssigen Kiesareal zwischen den beiden Gebäuden anrollen lassen zu können.

Sie trägt erneut ihre züchtige Berufsschürze und die blonden Haare hochgesteckt. Ihr desinteressierter Blick, so wie ihn nur Frauen beherrschen, streift übers Areal und mein Gästehaus.
Herzlich, mit Wangenkuss, ist die Begrüßung der beiden Frauen. Sie entschwinden lachend im Wohnhaus. Der Morgenkaffee in Genevièves Wohnzimmer ist allein schon den Überwachungsaufwand wert.
Jedes lobende Wort Genevièves über den engagierten Einsatz ihres neuen Gutsleiters wird mit Gegenargumenten von Jelena zerzaust.
Die fünfzig neuen Eichenfässer aus Spanien, die gestern angeliefert wurden und zum erfolgreichen Ausbau des roten Domaine Ruipart beitragen werden, seien sicherlich nur eine Ablenkung zu einem abgekarteten Spiel. „Weißt du, Geneviève, immer wieder versuchen Scharlatane sich bei unschuldigen Opfern einzunisten, um sie dann eines Tages ihres gesamten Hab und Gutes zu berauben. Witfrauen sind da besonders dankbare Opfer."
Wie recht hat sie doch, diese eiskalte Schlange. Unglaublich, mit welcher Energie Jelena versucht mich zu desavouieren.
„Geneviève, ist es nicht so, auf der Suche nach neuem Glück legen wir Frauen oftmals unseren gesunden Menschenverstand beiseite und laufen blindlings ins Verderben."
Ihr Bombardement bleibt nicht ohne Wirkung.
„Etwas stimmt mich schon ein wenig nachdenklich, Jelena. Bei diesem heftigen Regenwetter vor vier Tagen stieg Marco nachts auf die große Pinie vor meinem Schlafzimmer. Er tat alles, um von mir unbemerkt zu bleiben. Nur durch Zufall habe ich ihn gesehen, als er ohne Licht von hinten mit einer Leiter den Baum erklomm. Ich hatte mich sogar darüber erfreut, glaubte ich doch, es sei eine Geste seiner Zuneigung mir gegenüber."

„Siehst du, Geneviève, er hat dich bereits umgarnt. Sei bitte vorsichtig, erzähle niemandem von dieser Beobachtung, es könnte sogar gefährlich werden für dich. Wir werden ihn weiter beobachten. Du hast meine volle Unterstützung, ich helfe dir dabei."

Jelena spricht bereits in der Wir-Form, mir dreht sich fast der Magen.

Noch habe ich nicht den geringsten Hinweis über eine echte Verfehlung Jelenas. Genevièves Feststellung, mich beim Hinaufklettern auf die Pinie beobachtet zu haben, könnte mich meine Traumstelle kosten. Und sollten noch die von mir installierten Überwachungskameras entdeckt werden, müsste ich sogar mit einem Strafverfahren rechnen.

Die Zeit läuft mir davon, ich könnte aus meiner Haut fahren. Geneviève ist inzwischen beim Einkaufen und Jelena zeigt sich weder in der Küche noch im Wohnzimmer.

Kurz vor Mittag fährt Geneviève ihren roten Renault Kangoo aufs Areal.

Endlich kommt Bewegung auf den Monitor.

Die beiden Fertigmenüs brutzeln in der Pfanne und der Salat erhält von Geneviève die würzigen Zutaten. Gekonnt entkorkt Jelena im Wohnzimmer den roten Domaine Ruipart und wenig später gesellen sich zwei edle Weinschwenker auf den einladenden Mittagstisch.

Die mir zur Verfügung stehenden Bananen wollen in diesem Moment nicht so recht munden. George Clooney, die neuste Création von Karl Lagerfeld und immer wieder der verzweifelte Versuch Genevièves, einen anderen Grund für mein Erklimmen der Pinie zu finden als den von Jelena genannten, beherrschen das angeregte Mittagsgespräch.

Ich fühle mich schäbig, dieses teilweise sehr intime Gespräch unter Frauen als Trittbrettfahrer mitzuhören und sogar aufzuzeichnen.

Vielleicht eine Stunde wird Jelena noch im Hause verweilen und nach wie vor lässt weder eine Äußerung oder Handlung von ihr, außer man werte ihr hartnäckiges Insistieren, ich schmeichle mich in das Weingut Ruipart ein, darauf schließen, irgendetwas Verwerfliches im Schilde zu führen. Geneviève scheint ihren Kummer im Weine zu ertränken und Jelena geht ihr dabei tatkräftig zur Hand. Drei Viertel des Roten gehen auf das Konto von Geneviève, während Jelena noch immer am ersten Glas nippt.

Den Abwasch erledigt Jelena. Traurig und mit leerem Blick beobachtet Geneviève das Haus vis-à-vis, das Haus, in welchem sie noch vor wenigen Stunden einen engagierten Prinzen vermutete. Diese hinterhältigen Äußerungen Jelenas haben sie offensichtlich sehr getroffen. In diesem Moment fühle ich mich intensiv zu Geneviève hingezogen, könnte ich sie doch nur in meine Arme schließen.

„Nimmst du auch einen Kaffee?“, tönt es einladend aus der Küche.

Jelena entnimmt zwei Espressotassen, eine rote und eine blaue, dem Schrank und stellt sie, zusammen mit den Untertassen, neben die Kaffeemaschine.

Die Vorfreude auf den folgenden Kaffeegenuss wird auch akustisch durch das liebliche Geräusch des Mahlwerks der Kaffeemaschine noch gesteigert.

Meine Banane schmeckt dafür in diesem Augenblick noch weniger als vorhin.

Jelena ist bemüht, die Unterhaltung auch zwischen Küche und Wohnzimmer in Gang zu halten. Eine Modeboutique in Nizza mit trendigen Accessoires für die moderne Frau bestimmt das Gespräch.

Irgendetwas ist anders als vorhin und weckt meine Aufmerksamkeit. Ist es die Tonlage ihrer Stimme oder das nervöse, fortwährende Heranpirschen zur Küchentüre, welche in den Gang zum Wohnzimmer mündet?

Unter ihrer Berufsschürze holt Jelena ein Taschentuch hervor. Soweit nichts Beunruhigendes. Aus dem Taschentuch entnimmt sie ein dünnes, durchsichtiges Fläschchen, schraubt den Deckel vom Glas und leert ein weißes Pulver in die rote Espressotasse.

Mir verschlägt es den Atem. Wahnsinn, die will Geneviève vergiften!

Ich werde das zu verhindern wissen und renne nur Augenblicke später über den Kiesplatz Richtung Genevièves Haus. Noch auf dem Weg zu ihrer Haustüre dringt der Nissan Sunny von Jelena in mein Bewusstsein. Blitzschnell kommt die Idee: Dieser Wagen wird verhindern, dass Geneviève einen verhängnisvollen Schluck vom vergifteten Kaffee zu sich nimmt!

Die Fahrertüre ist nicht verschlossen, den Gang blitzschnell auf neutral stellen, die Handbremse lösen und Augenblicke später rollt er die leichte Gefällestrecke hinunter in Richtung meiner Wohnung. Das Krachen des in die Hauswand rollenden Sunny müssen die beiden Frauen auf jeden Fall mitbekommen.

Auf der Rückseite von Genevièves Wohnhaus erreicht mich der Knall. Nach einer bewussten Gedenksekunde betrete ich durch die Hintertüre ihre Wohnung. Die beiden Frauen sind bereits auf dem Weg zum Kiesplatz vor dem Hause.

Riesig meine Erleichterung beim Erstürmen des Wohnzimmers. Die beiden dampfenden Kaffeetassen stehen noch unberührt auf dem Esstisch im Wohnzimmer.

Ein Wettlauf gegen die Zeit beginnt.

Behutsam entferne ich die rote Tasse, sie war am Platz vor Geneviève hingestellt, und ohne den gefährlichen Inhalt

zu verschütten, findet sie kurzfristig ein Versteck, oben auf dem Küchenschrank in unmittelbarer Nähe meiner platzierten Kamera.
Heftige Aufregung herrscht auf dem Kiesplatz vor dem Küchenfenster: Jelena hält ihren Kopf und unser Kellermeister Eduard, inzwischen auch dazugestoßen, versucht vergebens etwas Ruhe in die gereizte Stimmung zu bringen.
Das kleine Zeitfenster schafft mir die Möglichkeit, meinen Plan umzusetzen. Aus dem Küchenschrank entnehme ich eine noch nicht benutzte, ebenfalls rote Espressotasse.
Eine mir endlos scheinende Zeit verstreicht beim Einfließen des Kaffees.
Vorsichtig und trotzdem so schnell wie nur möglich, gelange ich wieder ins Wohnzimmer und stelle die neue Tasse, den Henkel in die gleiche Richtung weisend wie vorher, an den ehemaligen Standort, neben die noch immer dampfende blaue Espressotasse von Jelena.
Erneut durch den Hintereingang verlasse ich das Haus, und ohne von den Anwesenden richtig wahrgenommen zu werden, geselle ich mich zur heftig diskutierenden Gruppe.
Der Nissan Sunny ist vorne rechts in die Hauswand gekracht, das Vorderrad steht beinahe im rechten Winkel zu Karosserie. Jelenas Wagen ist so stark beschädigt, er muss abgeschleppt werden.
„Ich kann mir das einfach nicht erklären. Ich bin sicher, die Handbremse angezogen zu haben“, wiederholt Jelena immer wieder mit zittriger Stimme, dabei wandert ihr Blick jeweils in meine Richtung.
Ob sie etwas vermutet?
Geneviève steht wortlos neben dem Wagen, ihr Gesichtsausdruck eine Mischung aus Erstaunen und Unverständnis, der Domaine Ruipart zeigt Wirkung.

Plötzlich und ohne Vorwarnung muss Jelena zur Toilette und stürmt ins Haus. Als sie sich wenig später wieder zu uns gesellt, ist es ein wichtiger Termin beim Arzt, den sie dringend einhalten muss.
Ich schlage vor, dass sie Genevièves Wagen nimmt. Geneviève ist sofort einverstanden.
„Ihr habt mir sehr geholfen, das ist sehr lieb von euch, ich werde mich revanchieren."
Was sie unter Revanchieren versteht, ist mir inzwischen bestens bekannt.
„Ich werde den Tisch im Wohnzimmer noch kurz abräumen", meint die gestresste Jelena, „den Kaffee können wir das nächste Mal umso mehr genießen."
Geneviève, erholt vom ersten Schock, mischt sich ins Gespräch.
„Lass es sein, Jelena, nimm deinen Termin beim Arzt wahr, die beiden Kaffeetassen kann auch ich noch verräumen."
Angespannt und voller Nervosität setzt sich Jelena in den Renault Kangoo und nach einigem Anfahrruckeln mit entsprechenden Spuren auf dem Kiesplatz setzt sich der Renault in Bewegung.
Aus dem offenen Fenster ruft sie: „Den beschädigten Sunny lass ich von einem Abschleppunternehmen abholen. Ich bringe dir deinen Wagen im Verlaufe des Nachmittags zurück, Geneviève. Nochmals herzlichen Dank."
Den Blick, den sie mir zuwirft, sagt mehr als tausend Worte.
Wahrscheinlich verbeißt sie sich in den Glauben, hinter der Attacke auf ihren Wagen stehe der verhasste neue Gutsverwalter. Da liegt diese „ehrenwerte Dame" nicht einmal so falsch.
Vermutlich wird sie unverzüglich Barreau informieren und sie werden zur Einsicht gelangen, der neue Gutsver-

walter müsse etwas von dem abgekarteten Spiel wissen. Sollte dies zutreffen, ist Geneviève in noch größerer Gefahr als bisher.
Man würde versuchen, die Lösung schneller herbeizuführen und in dieser „Lösung“ dürfte auch der Gutsverwalter mit eingeschlossen sein.
Die Zeit drängt, ich sollte Geneviève umgehend aufklären. Die beste Gelegenheit, sie in das abgekartete Spiel einzuweihen, bietet sich heute Abend nach Arbeitsschluss. Sicherlich dauert es eine Weile, bis Jelena den Abschleppwagen organisiert hat und den Renault Kangoo wieder zurückbringt. Ich werde die Zeit nutzen, mit Claude und Eduard den vorgesehenen Weinausbau mit neuen Traubensorten und auch einer neuen Assemblage zu diskutieren.
Es fällt uns schwer, die Diskussion effizient zu führen. Immer wieder leitet Eduard das Thema auf den Vorfall mit Jelenas Wagen und die Frage, wie und weshalb er sich selbstständig machen konnte. „Ich kann einfach nicht glauben, dass er plötzlich und ohne äußere Einwirkung davonfuhr. Er stand schon den ganzen Morgen am selben Ort, wenn sie vergessen hat die Handbremse zu ziehen, wäre er ja sofort losgerollt.“
„Ich teile deine Überlegung, Eduard, aber wer hätte ein Interesse daran, diesen Unfall zu provozieren?“, frage ich mit überzeugendem Gesichtsausdruck.
Claude hat seine eigene prächtige Eingebung. „Diese Bombe mit der üppigen Oberweite ist wahrscheinlich beim Aussteigen an Schalthebel und Handbremse gleichzeitig hängen geblieben. Der Wagen brauchte, bevor er sich in Bewegung setzte, zuerst einige Stunden, um sich vom Schock zu erholen.“
Das Gelächter der beiden Männer ist herzhaft. Sie haben offensichtlich kein Mitleid mit Jelena, eine leise Schadenfreude ist nicht zu überhören.

„Zur Zeit ihres Ehelebens hätte dies auch Geneviève zum Verhängnis werden können, sie stand in dieser Disziplin Jelena in nichts hinterher."
Wiederum erfolgt ein vielsagendes Augenzwinkern von Claude.
Nur mühsam verläuft die weitere Diskussion um die Assemblage und eine allfällige Erweiterung unserer Weinausrichtung. Wir können uns kaum konzentrieren, die genialen Bemerkungen von Claude lassen die beiden Herren immer wieder in heftiges Gelächter verfallen.
Bei mir liegt der Grund der Unkonzentriertheit in der Tatsache, dass Jelena ein Verbrechen an Geneviève begehen wollte und Geneviève ahnungslos in ihrer Wohnung weilt. Ich hatte mir fest vorgenommen am heutigen Tag nicht vom Computer zu weichen, und nun sitze ich mit den beiden Herren am Tisch im Betriebsgebäude und diskutiere über Weinzukunft.
Es könnte ja sein, dass Jelena beim Zurückbringen von Genevièves Wagen noch kurz eine Kaffeepause einlegt.
Mich schaudert der Gedanke.
Tief am Horizont steht die Sonne, als ich mich gegen achtzehn Uhr zurück zu meiner Wohnung aufmache.
Genevièves Renault Kangoo parkiert wieder am vertrauten Ort, der stark beschädigte Nissan Sunny dafür nicht mehr an der Hauswand, der Abschleppdienst hat ganze Arbeit geleistet.
Was sucht Barreau um diese Zeit auf unserem Gut? Sein schwarzer Citroën, halb quer auf dem Areal parkiert, lässt vermuten, dass er es sehr eilig hatte. Ich bin im Begriff, die Türe meiner Wohnung zu öffnen, als er vis-à-vis Hals über Kopf aus Genevièves Haus stürmt.
Er würdigt mich keines Blickes, und wie nicht anders zu erwarten war, versinkt das Areal kurz darauf im Staube der im Kies wühlenden Räder des Citroëns.

Jetzt bin ich noch mehr beunruhigt.
Was wollte Barreau, warum die Eile, und vor allem, wie geht es Geneviève?
Lustlos und gehetzt verzehre ich in meiner Wohnung ein Baguette mit Jambon und kaum eine Atempause später mache ich mich auf den Weg zu Genevièves Haus vis-à-vis.

Die ersten Sterne am aufkommenden Abendhimmel, dazu der herrliche Duft der Pinien und Frühlingskräuter würden normalerweise mein Herz in Wallung versetzen, dieses Mal nicht. Auf meine Klingelzeichen vergehen normalerweise nur Sekunden, bis sie an der Türe erscheint oder aus dem Innern ein herzhaftes „Hallo, ich komme gleich" ertönt. Bereits zweimal drücke ich den Klingelknopf an der Haustüre, Geneviève meldet sich nicht.

Nervös und mit einem unguten Gefühl im Bauch, der Daumen verharrt nun länger auf der Klingel, warte ich auf das erlösende „Ich komme schon".

Was hat ihr Barreau angetan? Hat Jelena beim Zurückbringen des Wagens nochmals zugeschlagen?

Nun sind es verzweifelte Gedanken, die mich drängen.

Endlich das erlösende „Was willst du, Marco?"

Ich bin erleichtert und gleichzeitig betroffen. Ihre Tonart ist mir völlig fremd. Keine Wärme in ihrer Stimme, kalte Ablehnung.

Sie öffnet nicht einmal die Haustüre, ich fühle mich wie ein Versicherungsvertreter, welcher kalt abgeduscht wird.

„Geneviève, du bist in großer Gefahr, bitte lass mich doch kurz mit dir sprechen."

„Ich weiß es!", tönt es aus dem Innern.

„Was willst du wissen, Geneviève? Öffne doch die Türe, ich kann dich kaum verstehen."

Nur widerwillig und nur einen winzigen Türspalt geöffnet, steht sie unmittelbar hinter der Türe, ich kann Geneviève nicht einmal sehen.

„Ich habe vieles erfahren über dich, Marco, und ich weiß auch, dass ich in großer Gefahr bin."
„Wer sagt so was, Geneviève? Das ist doch völliger Blödsinn!"
„Hast du nicht soeben selber gesagt, ich sei in großer Gefahr? Fernand hat mich aufgeklärt. Er konnte mir sogar ein dich belastendes schriftliches Dokument zeigen."
„Was?", erwidere ich erregt und empört, „Barreau will mir unterstellen, dass diese Gefahr von mir ausgeht und er sogar Informationen gegen mich in der Hand hält?"
„Ja, so ist es. Ich selber habe ebenfalls meine eigenen Feststellungen gemacht. Nimm bitte den Schuh aus der Türe, ich möchte das Gespräch nicht mehr fortsetzen. Ich bitte dich, die Wohnung bis morgen Mittag zu verlassen. Fernand wird dir deine bisher geleisteten Zahlungen zurückerstatten."
Wenn mich Geneviève jetzt rauswirft und sie mir keine Chance gibt, mich zu erklären, ist sie schutzlos den beiden Häschern ausgeliefert, ihr Erdendasein dürfte in Bälde erlöschen.
Schrecklich, diese Vorstellung, mein Körper besteht nur noch aus gefrorener Gänsehaut. Wenigstens ist ihre Stimme kräftig. Jelena hatte offensichtlich noch keine Gelegenheit, Geneviève ihren speziellen Kaffee erneut anzubieten.
„Geneviève, sage mir bitte nur einen einzigen Grund, der gegen mich spricht."
„Du warst nie im Hotel Negresco in Nizza, das habe ich schriftlich. Und du wirst in der Schweiz wegen eines schlimmen Verbrechens gesucht. Nur deswegen hast du dich ins Ausland abgesetzt."
„Über meine selber gemachte Erfahrung brauche ich dir keine Auskunft zu geben."
„Wenn du jetzt nicht den Fuß von der Türe nimmst, rufe ich die Polizei!"

Schrecklich, dieser Moment vor ihrem Anwesen. Wenn die Türe jetzt im Schloss einrastet und sie die Verbindung zu mir abbricht, ist sie verloren.
Heftig versucht sie die Türe zuzudrücken, ich stemme dagegen. Ein regelrechter Kampf um die Haustüre entbrannt. Plötzlich lässt der Druck von innen nach, ich gelange in die Wohnung und sehe Geneviève mit einer Behändigkeit, die ich ihr nicht zugetraut habe, auf der Treppe ins Obergeschoss stürmen. Ihr Handy hält sie in der Hand.
Ich eile hinterher, die Schlafzimmertüre fliegt mir entgegen, es gelingt mir nur knapp, sie wieder aufzustoßen, und so kann ich verhindern, dass sie den Schlüssel von innen dreht. Ich kämpfe gegen die Frau, die ich mag, die Frau, die ich retten möchte, die Frau, die meine Fantasie beflügelt und mit welcher ich mir sogar eine gemeinsame Zukunft vorstellen könnte.
Das Handgemenge ist heftig, ich werfe Geneviève aufs Bett und halte ihre Arme auf dem Rücken fest.
Heftig ihr Widerstand, nur mit roher Kraft gelingt es mir, ihr das Handy zu entreißen.
Ein kurzer Blick aufs Display, Zahl 1 ist eingetippt, es fehlt nur noch die Ziffer 7 und den für mich verhängnisvolle Druck auf den grünen Hörer."
Sie kämpft verzweifelt, sie kämpft um ihr Leben.
Sie liegt bäuchlings auf dem Bett, ich, auf ihren Oberschenkeln sitzend, fessle mit ihrem seidenen, inzwischen von mir entzweigerissenen Nachthemd ihre Handgelenke auf den Rücken.
Ich muss sie so schnell wie möglich bewegungsunfähig machen, ihre Gesundheit ist angeschlagen und der Kreislauf verträgt kaum länger dauernde heftige Kraftanstrengungen. Mit dem Rest des vormals edlen rosafarbenen Nachthemdes schließen sich die Fesselknoten ebenso stramm um ihre

Fußgelenke. Keuchend und völlig verausgabt drehe ich die sich heftig windende Geneviève in Rückenlage, ihr Jupe ist beim Kampf hochgerutscht, sie ist erregt.
Ihr Blick haftet in meinen Augen und zynisch ihre Tonlage.
„Wirst du mich nun vergewaltigen und nachher umbringen? Ich dummes und naives Frauenzimmer habe geglaubt, du wärst aus Zuneigung zu mir auf die Pinie geklettert. Hätte ich doch vorher nur auf Fernand gehört."
Eiskalt, mit unglaublicher Verachtung in ihrer Stimme und noch immer außer Atem, ringt sie diese Worte hervor, Schweiß läuft über ihre edle Stirne.
„Geneviève, glaube mir bitte, ich werde dir kein Leid antun, ich möchte dich retten, es tut mir unheimlich leid, dich brutal überwältigen zu müssen."
Das Badezimmer liegt gleich nebenan. Mit einem im kalten Wasser befeuchteten Frotteetuch kehre ich zurück und setze mich neben Geneviève aufs Bett.
Sie behält ihre Augen geschlossen. Das weiche Frotteetuch gleitet sanft über ihre Stirne und ihren Nacken und schafft ihr ein gewisses Wohlbefinden. Mit Erleichterung konstatiere ich ein Beruhigen ihrer heftigen Atembewegungen.
„Ich werde dir beweisen, dass von mir aus keine Gefahr droht. Ich möchte dich beschützen, glaube mir; um dir das zu beweisen, brauche ich jedoch meinen Laptop in meiner Wohnung. Ich werde ihn holen, in fünf Minuten bin ich wieder zurück."
Zwischen Hoffen und Bangen ihr Gesichtsausdruck.
„Versuche nicht um Hilfe zu rufen, es bringt dir nichts und schwächt dich unnötig."
Die oberste Schublade enthält Unterwäsche und BHs. Die darunterliegende Blusen und Pullover, fein eingeordnet, die nächste, welche ich sofort wieder schließe, Gegenstände für

eine Frau, die als Frau fühlt und die keinen Mann hat, der ihre Bedürfnisse stillt.
Ohne Kommentar beobachtet Geneviève mein Tun.
Die Augen erneut geschlossen, mit einem kaum wahrnehmbaren Hin- und Herbewegen ihres Kopfes, zeigt sie ihre grenzenlose Ohnmacht und Enttäuschung.
In der untersten Schublade finde ich, was ich suche: einen langen wollenen Schal.
„Geneviève, du musst nun besonders tapfer sein. In der kurzen Zeit, die ich weg bin, muss ich verhindern, dass du um Hilfe rufst. Öffne bitte deinen Mund."
Sie sagt kein Wort, sie kämpft nicht, sie ergibt sich ihrem Schicksal und tut, was ich ihr sage.
Der Schal gleitet zwischen ihre Zähne, kreuzt hinter ihrem schönen Kopf und findet sich fest verknotet in ihrem Munde wieder.
„Kannst du ohne Beschwerden atmen, Geneviève? Glaubst du die fünf Minuten aushalten zu können?"
Sie antwortet mit einem leisen Nicken, vom Make-up dunkelblau gefärbte Tränen fließen aus ihren geschlossenen Augen. Sie nehmen ihren Weg über die Wangen und finden sich schlussendlich auf ihrem Kopfkissen wieder.
„Wenn du in meiner kurzen Abwesenheit versuchen solltest dich zu befreien, Geneviève, riskiert du aus dem Bett zu fallen und dich dabei zu verletzen. Ich werde dich deshalb auf den Fußboden legen."
Ihr hellblaues Duvet liegt zusammengefaltet neben dem Bett. Ich lege es auf den Boden und behutsam fassen meine Arme unter die ihren und ihre Kniekehlen und ebenso behutsam lege ich Geneviève auf das flauschige Bettduvet.
Jetzt wird mir auch physisch bewusst, wie abgemagert Geneviève ist, auf kaum fünfzig Kilogramm schätze ich ihr Körpergewicht.

Sie weiß, das Wehren ist zwecklos und sie lässt sich ohne Widerstand in seitliche Position legen.
„Geneviève, bleibe so liegen. Ich bin bald zurück, halte diese wenigen Minuten durch."
Irgendwie mechanisch und aus Zuneigung zu ihr küsse ich Geneviève sanft auf die Schläfe. Sie bleibt völlig ruhig und zeigt keine Regung.
Auf der Treppe erwartet mich die nächste Überraschung. Die Haustüre steht weit offen, bei der Verfolgung in ihr Schlafzimmer blieb mir keine Zeit, die Türe zu schließen. Meine grauen Zellen arbeiten auf Hochtouren. Wenn die Polizei die gefesselte Geneviève nun finden würde, ich müsste mit langjähriger Gefängnisstrafe rechnen, was würde dann aus Geneviève? Oder viel schlimmer, wenn Barreau in der Zwischenzeit zurückgekehrt ist und sich hier im Hause versteckt, um die Gelegenheit zu nutzen, in meiner kurzen Abwesenheit die hilflos gefesselte Geneviève in ihrem Schlafzimmer zu ermorden.
Mich schaudert der Gedanke und Augenblicke später stehe ich erneut im Schlafzimmer.
„Geneviève, die Haustüre stand offen, ich will mich zuerst versichern, dass nicht jemand ins Haus eingedrungen ist. Dein Schlafzimmer werde ich sicherheitshalber von außen abschließen."
Dass dieser jemand Barreau oder Jelena sein könnten, erwähne ich nicht. Sie akzeptiert mit einem leichten Kopfnicken.
Die drei restlichen Zimmer im Obergeschoss sind schnell überprüft und wie bei Geneviève schließe ich die Türen sicherheitshalber von außen ab und nehme die Schlüssel mit.
Das Erdgeschoss unterziehe ich einer genaueren Prüfung. Kellertüre und hintere Haustüre waren verschlossen und in den restlichen Räumen wie auch Küche und Wohnzimmer ist nichts Außergewöhnliches festzustellen.

Nur kurz die Erleichterung, als ich den Kiesplatz betrete und von außen auch die Haustüre verschließe. Dunkle Nacht empfängt mich, die Sterne wollen nicht so recht leuchten und der Weg zu meiner Wohnung vis-à-vis macht keine Freude, alles wirkt gespenstisch.

Zu sehr lasten schwere Gedanken auf meiner Seele.

Vorsichtig öffne ich die Türe zu meiner Wohnung. Jetzt nur nicht stürzen oder aus irgendeinem Grund ohnmächtig werden, Geneviève würde den morgigen Tag kaum erleben.

Den Laptop unter dem Arm, die Türe meiner Wohnung wieder verschlossen, nähere ich mich Genevièves Wohnhaus.

Kein verdächtiges Geräusch, nur das Zirpen der Grillen ist zu hören, als ich die Haustüre aufschließe.

Im Innern verharre ich einen Moment. Auch im oberen Schlafzimmer ist alles so ruhig, als ob in der letzten halben Stunde nie etwas Außergewöhnliches vorgefallen wäre.

Nachdem ich die Haustüre verschlossen habe und die Treppe überwunden, stehe ich vor Genevièves Schlafzimmertüre.

„Geneviève, nicht erschrecken, ich bin's."

Im Zimmer erwartet mich der gleiche Anblick wie beim Verlassen.

Geneviève liegt bewegungsunfähig auf der Seite, aus den Mundwinkeln läuft Speichel, die Augen hält sie geschlossen, nur der farbige Tränenfleck auf dem Bettduvet ist größer als vorhin. Der Schal behindert sie nun nicht mehr, ihr Aufatmen ist fühlbar. Ein Kopfkissen im Rücken erlaubt Geneviève einen gewissen Komfort, als ich sie in sitzender Position wieder aufs Bett trage.

Große traurige Augen signalisieren nicht Hass, nur endlose Enttäuschung.

Erneut gleitet das Frotteetuch sanft über ihr schönes Gesicht und beseitigt die Speichel- und Make-up-Spuren.

„Möchtest du etwas trinken, vielleicht ein Glas Wasser, Geneviève?"
„Oh, gerne Marco."
Dieses Marco ist nicht mehr das kalte *Marco* vor ihrer Haustüre, als ich ihr die böse Nachricht von Jelenas Verbrechen überbringen wollte. Hoffnung und ein wenig wiedergewonnenes Vertrauen sprechen aus ihrer Tonlage.
Neben ihr, auf der Außenseite des großen Bettes sitzend, durch ihre Fesselung könnte sie ja aus dem Bett kippen, und nun meinen Rücken auch mit einem Kissen am Bettabschluss gepolstert, beginnt der Laptop auf meinen Knien zu arbeiten.
„Frierst du etwa, Geneviève, darf ich dich mit dem Duvet zudecken?"
„Mir ist ziemlich kalt", antwortet sie.
Die Wärme in ihrer Stimme ist wieder nicht zu überhören. Die Decke liegt nun bis unter ihre Brust weich auf ihrem Körper, die Beine sind Wärme spendend eingehüllt. Die Bilder beginnen zu laufen.
„Das darf doch nicht wahr sein, Marco. Du hast mich ausspioniert!"
Entrüstung und erneut aufkeimendes Misstrauen.
Ich antworte nicht und lasse die Bilder laufen, zuerst im Zeitraffer und nun in Echtzeit. Jelena verlässt das Wohnzimmer und begibt sich zur Küche.
Gespannt folgt Geneviève den bewegten Bildern und dem Dialog zwischen ihr und Jelena.
„Ich träume von diesen neuen High Heels von Yves Saint Laurent …"
Der Espresso rinnt durch den verchromten Ausguss in die beiden Tassen. Lieblich schwängert der aufsteigende Kaffeedampf die Küchennische.
„Die neue Modeboutique in der Rue de Paradis hält noch viel verrücktere Stilettos im Angebot … Ich möchte die

Männerwelt mit solchen Dingen in Aufruhr versetzen, aber das wird wohl immer ein Traum bleiben ..." Während ihren Ausführungen wandert ihre Hand unter die Schürze. Sie zieht ein Taschentuch hervor, nervös wandert ihr Blick Richtung Wohnzimmer.

Gebannt verfolgt Geneviève die Aufnahmen. Sie sieht sich am Tisch im Wohnzimmer sitzend mit leerem Blick auf das Haus vis-à-vis gerichtet. Jelenas Gespräch scheint sie nicht zu interessieren, der konsumierte Wein und Jelenas Anschuldigungen gegen mich haben ihre Wirkung nicht verfehlt. Inzwischen ist die Aufnahme dort angelangt, wo das kleine durchsichtige Röhrchen zum Vorschein kommt und Jelena den Deckel entfernt.

„Was macht sie da?" Heftig Genevièves Gefühlsausbruch. Geneviève ist hellwach, sie wiederholt sich. „Was macht Jelena da?"

In Zeitlupe und im Zoombereich wiederhole ich die Bildsequenz.

„Sie schüttet ein Pulver in die rote Tasse, es ist dieselbe Tasse, die sie mir am Tisch servieren wird!"

Geneviève ist fassungslos, sie vergisst in diesem Moment immer noch gefesselt neben mir im Bett zu sitzen.

Die nächste Aufnahme bestätigt Genevièves Aussage. Jelena stellt die rote Espressotasse vor Geneviève auf den Tisch.

„Will sie mich vergiften, Marco? Bitte sage, dass es nicht so ist! Bitte, bitte!"

„Geneviève, wahrscheinlich ist es so, noch wissen wir nicht, was genau sie in deine Tasse schüttete. Sie handelte jedenfalls nicht allein, es steht noch ein Drahtzieher dahinter."

„Bitte sag mir, wer es ist – doch nicht etwa Fernand?"

„Da triffst du voll ins Schwarze, Geneviève."

Völlig aufgelöst, die Tränen fließen in Strömen, lehnt sich Geneviève heftig weinend an meine Schulter. „Die wollen mich wirklich töten! Halte mich fest, Marco, ich war noch selten so zerstört in meinem Leben."

Die Bilder laufen weiter, diese sehe ich nun ebenfalls zum ersten Mal. Noch bevor die Damen die Tassen zu Mund führen, werden sie durch einen heftigen Knall aufgeschreckt. Die beiden Köpfe schnellen Richtung Fenster zum Kiesplatz, um Augenblicke später am Fenster geschockt stehen zu bleiben.

Jelena ruft: „Nein, das darf nicht wahr sein, das ist mein Auto!" Sie gestikuliert hilflos mit den Armen, sie kann nicht glauben, was soeben ihrem Wagen widerfuhr. Die Damen rennen aus dem Wohnzimmer, und noch bevor die Kamera in Stand-by-Modus wechselt, erscheine ich im Wohnzimmer.

„Du, Marco!" Verwundert Genevièves Feststellung.

„Ja, ich habe den Unfall absichtlich mit Jelenas Wagen herbeigeführt. Ich wollte euch so schnell wie möglich aus der Wohnung locken, noch bevor du die Tasse zum Munde führst."

Die Annäherung ist sanft, aber fühlbar, Geneviève schmiegt sich intensiver an meine Schulter.

Vorsichtig, mit Genevièves voller roten Espressotasse in der Hand verlasse ich das Wohnzimmer, um wenig später auch von der Küchenkamera erfasst zu werden.

In der Nähe der dort versteckten Kamera und mit Unterstützung des Küchenstuhles findet sich auf dem Küchenschrank ein sicherer Ort für die gefährliche Kaffeemischung. Je tiefer ich die Tasse auf dem Schrank nach hinten schiebe, umso näher zeigt der Bildausschnitt nur noch undeutlich das Strickmuster meines dunkelblauen Pullovers. Auf der nächsten Sequenz nehme ich eine neue, ebenfalls rote Kaffeetasse aus dem Schrank und stelle sie unter den Ausguss der Kaffeemaschine. Die Bilder fangen meine Nervosität ein und zeigen, während der Kaffee gemächlich in die Tasse fließt, einen zwischen Kaffeemaschine und Fenster zum Hof hin und her eilenden Marco.

Kurz darauf stelle ich die neu gefüllte Kaffeetasse auf den Unterteller im Wohnzimmer mit dem Henkel in gleicher Richtung wie vorher.

Genevièves Erstaunen wird immer größer.

„Dann hast du die neue Tasse so hingestellt, dass Jelena bei unserer Rückkehr ins Wohnzimmer vom Tausch der Kaffeetassen nichts bemerken würde."

„Aber dann müsste die Tasse mit dem Gift noch auf dem Schrank stehen?"

„So ist es, Geneviève. Ich brauche Beweise und will den Inhalt untersuchen lassen, wir werden die Tasse nachher vom Küchenschrank holen. Die Bilder, die wir hier gemeinsam anschauen, sind wahrscheinlich vor Gericht nur bedingt als Belastungsmaterial verwendbar."

In der nächsten Szene stürmt Jelena ins Wohnzimmer. Mit derselben roten Tasse, die ich Augenblicke vorher hingestellt habe, rennt sie in die Küche und schüttet den Inhalt in die Spüle. Sie wäscht die Tasse aus und stellt sie unter den Ausguss der Kaffeemaschine. Voller Ungeduld, wie vorher schon ich selber, eilt sie zwischen Kaffeemaschine und Fenster hin und her.

„Jetzt kennen wir auch den Grund, Geneviève, weshalb Jelena das dringende Bedürfnis verspürte, auf die Toilette zu gehen. Ich nehme an, Jelena hat irgendetwas bemerkt und will nun raschmöglichst die Beweise beseitigen."

Genevièves Wärme liegt noch enger an meinem Körper, sie verliert das Gleichgewicht und fällt Richtung meines Schoßes mit dem Laptop auf den Knien. Ich fange sie auf, ihre Brüste liegen fest auf meinen Armen und Oberschenkeln. Jelena läuft mit der dampfenden Kaffeetasse zurück ins Wohnzimmer und mit ihrem bildlichen Gedächtnis gelingt es ihr,

die Tasse, wie mir schon vorher, mit dem Henkel in richtiger Position auf den Unterteller zu stellen.
„Möchtest du noch mehr sehen, Geneviève?"
Große, dunkelbraune, von den Tränen gerötete Augen sind auf mein Gesicht geheftet. „Marco, es tut mir so leid, bitte halte mich fest, ich habe dir Unrecht getan, es tut mir alles so unendlich leid."
Ihre Stimme weich und einfühlsam, ihr Mund sucht den meinen. Heftiger Atem und heiße Lippen treffen einander, hilflos gefesselt liegt Geneviève in meinen Armen.
„Marco." Mehr ein Hauch als ein Sprechen. „Sei bitte streng zu mir, ich möchte dir ausgeliefert sein. Mache alles, was du willst, ich habe es nicht anders verdient, ich möchte dir devot gehorchen."
Ich bin daran, ihre Fesseln zu lösen.
„Bitte nicht die, löse nur diejenigen an meinen Fußgelenken."
Innig empfängt mich ihre feurige Wärme. Leidenschaftlich, mit lusterfüllten Gesichtszügen und tiefen Seufzern.
„Es tut mir so leid, bitte, bitte … oh Marco …"
Sie spricht nicht mehr, der Lavastrom nimmt seinen Lauf, gewaltige Eruptionen folgen schwächeren Phasen, um sofort wieder heftig auszubrechen.
Wir versinken im glühenden Fluss der Lava, er reißt alles mit und ergießt sich im endlos weiten Meer.

Im Geiste lasse ich die letzte Stunde nochmals Revue passieren und sehe Geneviève, wie sie die Treppe hochrennt, verachtungsvoll mein Tun in ihrem Schlafzimmer über sich ergehen lässt, und nun kaum eine Stunde später liegen wir zärtlich umschlungen, als ob es immer so gewesen wäre, auf ihrem einladenden Bett.
Wie schnell sich eine glückliche Situation in Hass wandelt und Augenblicke später, nur wegen einiger Worte oder

Bilder, sich das ehemalige Glücksgefühl wieder einstellt. Wir Menschen sind doch einfach unerklärbare, aber wunderbare Geschöpfe.
Mit einer milden Handcreme massiere ich die durch die Fesselung entstandenen Druckstellen und Rötungen an ihren Hand- und Fußgelenken. „Die Druckstellen werden wohl noch einige Zeit sichtbar bleiben, Geneviève."
Ihr Lächeln ist zärtlich und ihr Mund sucht aufs Neue den Kontakt zu meinen Lippen. „Marco, das gefällt mir sogar, es wird mich noch einige Zeit an dein intensives Aufklärungsgespräch erinnern. Ich war schon lange nicht mehr so glücklich wie jetzt." Erneut suchen lustvolle Lippen die meinen.
Geneviève ist im Badezimmer, ich sitze am Bettrand und versuche meine Gedanken zu ordnen. Erst jetzt wird mir bewusst, hier muss Geneviève in besagter Nacht, als sie mich auf die Pinie klettern sah, gesessen haben.
Sie hatte offensichtlich Sehnsucht nach ihrem Nachbarn. Ich werde Geneviève von meiner Feststellung nichts erzählen, aber es bereitet mir Freude und mir wird erneut warm ums Herz.
Aus dem Badezimmer zurück setzt sie sich neben mich aufs Bett. „Eigentlich geht es mir nicht sehr gut. Die Vorstellung, von meiner eigenen Haushälterin umgebracht zu werden und von meinem Verwalter als treibender Kraft dahinter, ist unerträglich und stimmt mich sehr traurig." Geneviève lehnt Schutz suchend an meine Schultern.
„Du solltest vorerst nicht mehr hier in deinem Hause bleiben, Geneviève, es wird zu gefährlich für dich."
„Komm mit mir in meine Wohnung nach Mandelieu-la-Napoule."
„Was meinst du mit ‚meine Wohnung', Marco!" Ihre Verblüffung ist nicht zu überhören. „Du besitzt eine Wohnung in Mandelieu-la-Napoule?"

„Ich werde dir vieles erklären müssen, Geneviève. Im Moment zählt nur deine Sicherheit, wir sollten uns beeilen, wer weiß, vielleicht lauert Barreau in der Nähe auf uns. Jelena hat sicherlich nach dem Crash ihres Wagens und der Vermutung, es könnte Absicht dahinterstecken, Barreau orientiert."

Auch die Tatsache meiner Aktion mit der Pinie wird Barreau in der Annahme bestärken, nicht nur reine Zuneigung zu dir sei der wahre Grund meiner Handlung gewesen."

„Warum glaubst du, dass Jelena auch die Geschichte mit der Pinie Barreau erzählen wird?"

„Jelena ist seine Geliebte."

Jetzt gerät Geneviève völlig aus der Fassung. „Jelena soll seine Geliebte sein, woher willst du das wissen, Marco?" Heftig ihr Gefühlsausbruch.

„Ich weiß es. Ich habe sie zusammen gesehen, bei Gelegenheit erkläre ich dir alles."

Erstaunen, Sorgenfalten und viele Fragen trüben Genevièves hübsches Gesicht.

„Schließe im Erdgeschoss alle Vorhänge, Geneviève. Barreau darf von meiner momentanen Anwesenheit in deiner Wohnung auf keinen Fall etwas erfahren. Wir werden den Anschein erwecken, als ob du seinem Rat mit meiner Kündigung gefolgt bist. Ich möchte, dass du Barreau einen Brief schreibst. In diesem Brief wirst du ihm meine Kündigung bestätigen, auch deine Absicht, dich vom belastenden Geschehen erholen zu wollen, und dass du dir eine gewisse Auszeit gönnst. Wenn es uns gelingen soll, Barreau und Jelena zu überführen, müssen wir uns sehr klug verhalten, zuerst aber will ich dich in Sicherheit bringen."

Am Fuße der Treppe, mit leiser Stimme: „Die Luft ist rein, alle Vorhänge sind geschlossen, du kannst jetzt herunterkommen."

„Folgenden Text solltest du nun schreiben, Geneviève. Er ist voller Lügen und Unwahrheiten. Es wird dir schwerfallen, alles zu Papier zu bringen, aber deiner Sicherheit zuliebe bleibt uns kaum eine andere Wahl."
Seufzend, den Kugelschreiber zögerlich übers Papier bewegend, folgt sie meinem Diktat.

Sehr geehrter Fernand,
die Ereignisse der letzten Tage, vor allem aber Deine Aussagen über die Verfehlungen meines Gutsleiters Marco Sternenberg, haben mich zutiefst getroffen.
Herr Sternenberg hat mich mit seinen Leistungen sehr beeindruckt, ich habe sogar eine gewisse Zuneigung zu ihm entwickelt.

Einen Moment hält Geneviève inne, die Fältchen um ihre Mundwinkel verraten ein sanftes Lächeln, der Kugelschreiber gleitet weiter über ihr Schreibpapier.

Auch Jelena, meine Haushälterin, Du magst Dich sicherlich noch erinnern an die seinerzeitige Einstellung und Vertragsunterzeichnung mit ihr, hat mich auf mögliche Gefahren mit Herrn Sternenberg aufmerksam gemacht.
Ich bin froh, nicht zu spät von seinen Straftaten Kenntnis erhalten zu haben. Du weißt schon, was ich meine. Ich bin Dir sehr dankbar dafür, Fernand.

Geneviève hält inne. „Marco, mir fällt es schwer, diesem Verbrecher solch schleimerische Worte zu schreiben. Ich bringe es fast nicht übers Herz, lasse mir bitte einige Augenblicke Zeit."
Erneut über das Briefpapier Domaine Riupart gebeugt, hinterlässt der Kugelschreiber seine Spuren. Das verstärkte Zittern ihrer Hand, mehr durch die Erregung als durch physischen Stress verursacht, widerspiegelt sich im Text.

Deinem Rate folgend habe ich Herrn Sternenberg mit sofortiger Wirkung gekündigt. Bis morgen Mittag muss er die Wohnung geräumt haben.
Er wollte diese Kündigung nicht akzeptieren und hat sich heftig verteidigt. Ich blieb hart und ließ mich nicht umstimmen, die Argumente gegen ihn waren zu eindeutig.
Persönlich habe ich ebenfalls eine dubiose Feststellung über Herrn Sternenberg gemacht. Ich werde Dir später davon erzählen.
Herr Sternenberg wird in den nächsten Tagen eine Zusammenstellung seiner geleisteten Investitionen und Zahlungen an mich senden. Wie von Dir zugesichert, wirst Du die Beträge an Herrn Sternenberg zurückerstatten.

Obwohl dieses Schreiben von mir selber diktiert wird, kann ich mir die Zwischenbemerkung nicht verkneifen. „Dieser Verbrecher wird dir wahrscheinlich nie nur einen Cent auf dein Konto einzahlen, Geneviève."
Erneut bewegt sich der Kugelschreiber.

Nun bin ich erleichtert, diesen schweren Schritt erledigt zu haben, es brauchte einiges an Überwindung, glaube mir.
Ich selber werde mir für eine gewisse Zeit einen Erholungsurlaub gönnen, es geht mir wirklich nicht sehr gut. Ich brauche diese Auszeit. Könntest Du auch Jelena über meine Abwesenheit in Kenntnis setzen? Ihre Telefonnummer: 497 03 44 20. Besten Dank, Fernand.
Bis zu meiner Rückkehr wird Claude Bunnet die Geschäftsleitung übernehmen. Ich melde mich so bald als möglich.
Besten Dank für Dein Verständnis, Fernand, bis bald.
Geneviève

Sie legt den Kugelschreiber zur Seite, Sorgenfalten und gerötete Augen lassen keinen Zweifel, das Geschriebene belastet sie sehr. Diesem Mann, der sie beseitigen wollte, einen

dermaßen heuchlerischen Brief zu schreiben, übersteigt beinahe ihre psychischen Kräfte.
„Da haben wir doch schon etwas Konstruktives auf die Beine gestellt“, versuche ich Geneviève aufzumuntern. „Richte dich für einen ein- bis zweiwöchigen Aufenthalt bei mir ein, in der Zwischenzeit werden wir versuchen, die kriminellen Machenschaften von Barreau und Jelena auffliegen zu lassen.“
Nun fehlt nur noch ein Orientierungsschreiben an Claude Bunnet mit ähnlichem Text wie vorhin. „Erwähne darin auch, dass du mich entlassen musstest und er bis zu deiner Rückkehr die Geschicke des Weingutes leiten muss. Erteile ihm auch die Kompetenz, Zahlungen zu visieren. Claude ist absolut loyal, er handelt verantwortungsvoll, ganz in unserem Sinne. Wir dürfen Claude vorerst noch nicht über die genauen Geschehnisse orientieren. Er muss von meiner Kündigung überzeugt bleiben, sonst würde er sich unweigerlich gegenüber dem aalglatten Barreau verraten.“
Ihre Verunsicherung ist fühlbar in Ausdruck und Stimme. „Es wird für Claude sehr schwierig werden, auf sich allein gestellt mein Weingut zu führen. Barreau wird versuchen, ihn mit allen Mitteln zu demontieren. Ich bin eher skeptisch, ob er meinen Vorschlag annimmt.“
„Natürlich werden wir ihn nicht allein lassen, Geneviève. Du wirst ihn jeden Tag telefonisch kontaktieren, ohne aber einen Hinweis auf meine verbleibende Anstellung zu geben.“
Der Ernst ihrer Stimme ist unüberhörbar und verunsicherte Augen bringen zutage, welche Sorgen Geneviève noch immer plagen. „Marco, weshalb hast du mir eine falsche Aussage über das Hotel in Nizza gemacht?“
Ängstlich ihr Blick, sie möchte eine Antwort hören, die sie beruhigt, eine Antwort, die ihr ermöglicht, auch in Zukunft an mich zu glauben und in mir mehr als nur einen Gutsleiter zu sehen.

„Geneviève, das war wirklich ein Fehler von mir. Ich wollte einfach noch nicht alles über mich preisgeben. Weißt du, ich war seit Langem auf der Suche nach einer Wohnung in der Provence und habe dies ebenfalls verschwiegen. Irgendwie weiß ich es selber nicht, weshalb, vielleicht wollte ich dir auch nicht wehtun. Der eigentliche Grund meiner Anwesenheit in Nizza war die Wohnungssuche und nicht primär die Stelle bei dir.
Vielleicht hättest du im Hotel Meridien erfahren, wie oft ich im letzten halben Jahr in der Gegend war und dass nicht die Stelle bei dir oberste Priorität genoss.
Ich sah die Frau an der Türe voller Hoffnung, als du mir anerbotest ins Haus zu treten und noch mehr als du mir mit Handschlag die Stelle zusagtest. Ich wollte dich einfach nicht enttäuschen."
Wunderschöne braune Augen voller Wärme lassen Gefühle sprechen.
Bittend und zögerlich ihr nächstes Anliegen. „Kannst du mir auch den Grund nennen, weshalb du nachts auf die Pinie vor meinem Schlafzimmerfenster gestiegen bist?"
Mein Schmunzeln bleibt nicht ohne Einfluss auf ihr Befinden. Hoffnungsvoll, fast schüchtern ihr Lächeln.
„Ich musste meinen Signalverstärker für die Überwachungsanlage in der Nähe der Kameras unterbringen. Der einzig mögliche Standort außerhalb deines Hauses war die große Pinie auf dem Vorplatz. Es war nicht ungefährlich, die Baumrinde war vom Regen sehr schlüpfrig, die Leiter fand kaum Halt, und ich selber war schlussendlich klitschnass. Wenn ich gewusst hätte, dass du alles mitbekommst, würde ich das nächste Mal bei Sonnenschein und zur Arbeitszeit diese Installation vornehmen."
Herzhaft ihr Lachen, ein Lachen, wie ich es vor nicht allzu langer Zeit bei jedem Treffen mit ihr erleben durfte.

Dass sie ihre Beobachtung nicht liegend auf ihrem Bett, sondern an einer bestimmten Stelle des Bettes, nur sitzend machen konnte, behalte ich natürlich für mich. Ein kleines Geheimnis – eine gewisse Spannung kann durchaus förderlich für eine Beziehung sein, denke ich.
„Und wo drückt der Schuh sonst noch Geneviève?"
„Das mit dem schlimmen Verbrechen, wofür du in der Schweiz gesucht wirst, Marco. Inzwischen glaube ich zwar zu wissen, dass auch dies eine gemeine Unterstellung meines Treuhandverbrechers ist, und ich schäme mich auch nur einen Gedanken an diese Aussage zu verlieren."
Wir schauen uns in die Augen, warme Blicke begegnen sich, sie weiß, ihr Auserwählter kann zu keiner bösen Tat fähig sein.
„Marco, verspürst du auch Hunger?"
„Und wie!"

Das Entrecôte brutzelt in der Pfanne und der Reis ist bald weich gekocht.
„Dann müsste meine Kaffeetasse mit dem vergifteten Inhalt da oben auf dem Küchenschrank stehen, jetzt sehe ich sogar das kleine, vorne glänzende Ding, ist das die Kamera?"
Auf gemütlichen Holzstühlen am Küchentisch genießen wir ihre Köstlichkeiten, Wein ist im Augenblick kein Thema, uns erwartet noch einiges an Arbeit, die Zeit ist weit fortgeschritten, in eineinhalb Stunden ist bereits Mitternacht. Geneviève schenkt Evian nach.
„Wie soll es nun weitergehen, Marco"?
„Du solltest nun packen, inzwischen entferne ich die Überwachungsanlage. Barreau wird wissen wollen, weshalb der neue Gutsverwalter auf die Pinie geklettert ist. Zuerst aber sollten wir sicher sein, nicht von Barreau überrascht zu werden. Ich werde die Einfahrt hochfahren, mit dir im Wagen, ich will dich hier nicht alleine zurücklassen, Geneviève."

Der klare Himmel empfängt uns mit empfindlicher Frühjahrskälte, absolute Stille herrscht, die Sterne leuchten millionenfach, wir achten auf verdächtige Geräusche, ohne etwas wahrzunehmen.

„Steig bitte hinten ein und ducke dich auf den Sitz; wenn er uns beobachten sollte, dann darf er nur mich am Lenkrad sehen."

Ich passiere das Eingangstor und kurz darauf die Stelle, die ich am Vorabend meines Vorstellungsgespräches für die Beobachtungstour meines zukünftigen Arbeitgebers schon einmal wählte. Kein verdächtiges Auto und auch kein hinterhältiger Barreau weilen in der Nähe. Bei der Einfahrt zur Hauptstraße wende ich den Wagen und kehre auf demselben Weg zurück.

„Das Demontieren des Verstärkers erfordert einige Minuten, die Leiter muss ich zuerst auch noch installieren, schließe sicherheitshalber die Haustüre. Deinen Renault Kangoo werden wir nicht nach Mandelieu-la-Napoule mitnehmen. Ich traue deiner ehrenwerten Haushälterin zu, diesen Wagen während ihres dringenden Arztbesuchs verwanzt zu haben."

Es ist kurz vor Mitternacht, alle Spuren der Überwachungsanlage sind beseitigt, meine Habseligkeiten verladen und auch Genevièves Gepäck findet Platz in meinem Citroën. Den vergifteten Kaffee transportieren wir in einem verschlossenen Glas im Handschuhfach.

„Fahre mit deinem Renault hinter mir her, im Casino in Nizza, es grenzt unmittelbar an das Meridien, habe ich einen gemieteten Parkplatz in der Tiefgarage."

Fast menschenleer empfängt uns die Promenade des Anglais in Nizza. Nur einige wenige Taxis und vereinzelt promenierende Paare an der von Palmen gesäumten und einladend beleuchteten Allee lassen kaum vermuten, dass hier am Tage

das Leben pulsiert. Die Uhr zeigt bereits nach Mitternacht. Es ist Freitag.
Wir schwenken ein vor die Einfahrt des Casinoparkings und halten an.
„Deinen Wagen musst du ohne meine Begleitung parkieren, Geneviève, die Ein- und Ausfahrt wird von Kameras überwacht.“ Im dritten Untergeschoss parkierst du auf Parkplatz 378.“
Erleichterung steht in ihren Zügen, als sie nach wenigen Minuten Platz neben mir nimmt. Ausgangs Nizza, bereits auf Boden der Gemeinde Cagnes-sur-Mer, unmittelbar vor der Autobahnauffahrt Richtung Cannes, wirft Geneviève den an Barreau adressierten Brief in einen Briefkasten. Er sollte keinen Bezug zu Nizza oder sogar Mandelieu-la-Napoule herstellen können.
„Bist du noch aufnahmefähig, Geneviève?“
Sie nickt, kein Anzeichen von Müdigkeit, Geneviève scheint hellwach.
„Der schlechte Geschäftsgang deines Weingutes hat mich schon am ersten Tag beschäftigt. Aufgrund eurer getätigten Weinlieferungen an Kunden, diese Zahlen sind von Claude und Eduard schriftlich festgehalten, den hochgerechneten Kosten und den erzielten Resultaten klafft eine Lücke im Betriebsresultat, die nach Erklärung verlangte. Es wurden kaum mehr Investitionen getätigt, eigentlich müsste ein respektables Ergebnis resultieren, nicht nur in diesem, sondern auch in den vorhergehenden Jahren. Nachdem die Buchhaltung bis heute von Barreau nicht offengelegt wurde, kamen mir Zweifel an seiner Seriosität.“
Ein Drängler macht sich mit Lichtsignalen bemerkbar, ich fahre auf der linken Spur mit langsamen einhundertzehn Stundenkilometern. Meine entschuldigende Geste nimmt er mit grimmiger Miene zur Kenntnis.

„Die Befürchtungen von Claude, dein Treuhänder versuche bewusst dein Weingut zu ruinieren mit dem Ziel, günstiges Bauland zu erschließen, hatte durchaus einen plausiblen Hintergrund. Hat Jelena nicht von ihrem Traum, einmal High Heels zu tragen, beim Zubereiten des Kaffees gesprochen?"
„Marco, ich war dermaßen traurig und abwesend, es ist schon möglich, weshalb fragst du?"
„Genau solche High Heels hat Jelena getragen, als ich sie zusammen mit Barreau in einem Straßenrestaurant ein erstes Mal sah. Es war ein Sonntag, ich erinnere mich noch sehr genau, auch an das Datum, den 14. März, als ich mit dem Rennrad vor Saint-Raphaël dieses Restaurant besuchte. Vielleicht fünf Minuten später, ich war eben dabei, meine Bestellung aufzugeben, fuhr ein roter Ferrari aufs Parkareal. Ich muss dir gestehen, als Barreau diesem Wagen entstieg und sich unverzüglich an den Tisch mit der auffälligen Blondine begab, war ich sprachlos. Zum damaligen Zeitpunkt wusste ich noch nicht, dass Jelena und deine Haushälterin dieselbe Person sind. Übrigens, weißt du, mit welchem Fahrzeug Jelena vom Restaurant wegfuhr?"
„Keine Ahnung, Marco, soviel ich weiß, fährt sie nur ein Fahrzeug, den kleinen Nissan."
„Es war ein dunkelblaues Mini-Cooper-Cabrio, nicht etwa verbeult und schmutzig wie ihr Nissan Sunny, der Wagen sah aus, als ob er direkt vom Showraum käme."
Noch sechs Kilometer bis zur Ausfahrt Cannes/Mandelieu-la-Napoule. Die letzten dreißig Kilometer sind in unserem angeregten Dialog völlig untergegangen.
„Kannst du dir vorstellen, welche Wucht mich traf, als du mir Jelena unter der Haustüre vorgestellt hast? Mir war sofort klar, die Anstellung von Jelena konnte kein Zufall sein, Geneviève. Sie muss bewusst in dein Haus eingeschleust

worden sein. Als du dich am nächsten Morgen am Schlafzimmerfenster vor Schwäche kaum auf den Beinen halten konntest, wurde mir bewusst, dass du in großer Gefahr bist. Ich musste dringend handeln. Den Rest kennst du.“
Die Ausfahrt verlangt volle Konzentration. Mit der Fliehkraft der Kurvengeschwindigkeit, ich fahre dabei nicht einmal schnell, legt Geneviève ihre Schulter an meinen Körper.
„Marco, ich bin dir unglaublich dankbar, mein Leben hing wirklich nur noch am seidenen Faden.“
Die sanften Rundungen auf meinem Körper fühle ich nun noch intensiver. Route de Tanneron: Serpentinenartig schlängelt sich die Straße nach oben, auf ein Uhr steht der Zeiger, als mein Wagen vor die Garageneinfahrt rollt. Das automatische Tor gibt den Blick ins Innere der Parkgarage frei. Ein einziges Fahrzeug wird sichtbar.
„Marco, dieser elegante Mercedes Kombi mit Schweizer Schildern gehört wahrscheinlich dir ...“, mimt sie die abgeklärte Expertin beim Lösen von unerklärbaren Phänomenen.
Der Lift bringt uns direkt in die Wohnung.
„Jetzt bin ich wirklich erschlagen, Marco. Diese Wohnung ist ein Traum, und du quälst dich herum mit einem am Abgrund stehenden Weingut“, sinniert Geneviève in gleich überzeugender Tonlage wie vorhin beim unerklärbaren Phänomen mit dem Mercedes Kombi.
Dreimal fährt der Lift nach oben. Außer den Utensilien für die Nacht lassen wir unser restliches Gepäck im Wohnzimmer stehen. Morgen ist auch noch ein Tag.
„Ich kann jetzt nicht allein sein, Marco, ich brauche deine Geborgenheit. Darf ich heute Nacht bei dir schlafen? Bitte.“
Wir liegen uns in den Armen. Geneviève trägt ein seidenes, reizvolles hellblaues Nachthemd. Es verhüllt vieles und zeigt doch alles.

„Das Schicksal hat gewusst, dass ich einmal hier die Nacht bei dir verbringen werde, Marco. Dein edles Bett ist geschaffen für die ‚böse Geneviève'. Weißt du, ich meine die kräftigen Bettpfosten ..."
Laszivihr herausforderndes Lächeln und ihre sinnlichen Bewegungen, unser Hormonspiegel führt Regie und bestimmt den Verlauf der nächsten wonnevollen Stunde.
Und dies um halb drei Uhr morgens.

Im schmeichelnden Licht des Morgens erfasst mein Sinnesorgan den weiß-gelben Feinabrieb, der künstlerisch einen Springbrunnen symbolisierenden Stuckatur an der Decke. Hinter den rosafarbenen Gardinen flutet das Morgenlicht den Raum und verleiht der Decke zusätzlichen Zauber. Halb nackt, die Satindecke zerknüllt zwischen meinen Beinen eingebuddelt und Genevièves hellblaues Nachthemd sorgsam auf ihrem Kopfkissen ausgebreitet, erlebe ich die ersten Momente des neuen Tages.

In rotem Höschen und ebenso reizvollem roten BH tritt Geneviève ins Schlafzimmer, das Tablett stellt sie auf den Nachttisch neben mir. „Im Kühlschrank habe ich nur tiefgefrorenes Brot und Butter gefunden, Marco. Ich hoffe, dass dir der Kaffee trotzdem schmeckt."

Ihre Hand gleitet sanft über meine Brust, sie reicht mir die Tasse.

„Wie ich die letzten Stunden genossen habe, Marco. Seit Jahren war ich nicht mehr so gelöst und glücklich wie heute."

Ich möchte sie berühren, sie fühlen und ihren Duft inhalieren, es fällt mir in diesem Augenblick schwer, meine wiedererwachten sinnlichen Gefühle im Zaume zu halten.

„Das erste Hindernis haben wir überwunden, Geneviève. Die schwierige Arbeit beginnt erst jetzt."

Im Bett liegend und auf den Ellbogen abgestützt unterhalten wir uns über ihre Zukunft.

„Was hältst du davon, wenn ich dich in die Schweiz mitnehme, ich möchte dich in einer Spezialklinik untersuchen lassen."

„Ich fühle mich doch schon viel besser, Marco. Findest du diesen Schritt nicht etwas übertrieben?"
„Wir wissen nicht einmal, welches und wie viel Gift du in dir aufgenommen hast. Es lohnt sich, dies abzuklären. Sicherlich gibt es Therapien, die deiner Gesundheit förderlich sind. Wir sollten alles für deine optimale Genesung unternehmen. Nimm wenigstens etwas Honig, Geneviève, ich habe welchen im Küchenschrank. Honigbrot schmeckt beinahe so gut wie Croissants frisch vom Bäcker."
Sie lächelt verständnisvoll.
Kurz darauf gesellt sich der Lavendelhonig aus der Provence neben das auftauende Brot.
„Warum sollte ich in die Schweiz? Wir haben doch in Frankreich auch Spezialkliniken."
„Barreau wird es mit seinen Mafia-Beziehungen leicht möglich sein, deinen Spitalaufenthalt hier in Frankreich ausfindig zu machen."
„Mafia-Beziehungen?" Erstaunen und Fragen sprechen aus ihren Gesichtszügen. „Wie willst du so was wissen, Marco?"
„Man vermutet Beziehungen zur Ostmafia."
„Jetzt bin ich wirklich sprachlos, noch keinen Monat bist du hier in der Provence, und du hast mehr Wissen über Barreau als ich."
„Erinnerst du dich noch an den Morgen, als wir gemeinsam Kundenbesuche eingeplant hatten? Es war der Tag nach Jelenas Haushaltseinsatz. Du erschienst völlig entkräftet am Schlafzimmerfenster und musstest deine Teilnahme absagen. Deine Schwäche unmittelbar nach Jelenas Besuch und die Tatsache, dass sie die Beziehung zu Barreau verschwieg, erhärteten meinen Verdacht einer verbrecherischen Handlung gegen dich. Ich wollte wissen, was nach deinem allfälligen Ableben mit dem Weingut geschehen würde."

Vielsagend ihr Blick und ein entschuldigendes Räuspern meinerseits.
„Ich traf mich in der Folgewoche mit dem Anwalt für Erbschafts- und Familienrecht, Paul Duront in Nizza. Er setzte mich über die im Treuhandgewerbe verbreitete Meinung, Barreau sei mit der Ostmafia liiert, ins Bilde."
„Was würde dann nach meinem Ableben mit meinem Weingut geschehen?"
„Es wäre mit geringem Aufwand vom Treuhänder zu erstehen, also Barreau käme zum Handkuss."
Momente verstreichen, nachdenkliche Blicke begegnen sich. Gleiche Gedanken scheinen uns zu beschäftigen, die Eingebung trifft uns wie ein Hammerschlag.
„Pascal starb in Rumänien", stottert Geneviève. „Sag, dass der Todesfall meines geliebten Mannes nichts mit Barreau zu tun hat. Bitte, Marco, erlöse mich von diesem schrecklichen Gedanken."
„Ich war zu sehr mit dir und deiner Zukunft beschäftigt. An so etwas Verwerfliches habe ich bisher nie gedacht. Aber jetzt schießen auch mir diese Gedanken durch den Kopf. Barreau ist ein Verbrecher, ob ein Zusammenhang mit dem Tod deines Mannes und dieser Ostmafia besteht, ich weiß es wirklich nicht. Auf jeden Fall traue ich ihm alles zu."
„Die Vorstellung, er könnte meinen geliebten Pascal ermordet haben, bringt mich fast um den Verstand."
Geneviève liegt in meinen Armen, sie weint.
Es ist bereits kurz vor Mittag; ein herrlicher, von Schriftstellern und Kunstschaffenden immer wieder überschwänglich und blumig beschriebener Tag in der Provence steht uns bevor. Vor uns das tiefblaue Mittelmeer, links die sanfte Bucht mit Nizza im Hintergrund und rechts der felsig auslaufende Küstenstreifen gegen Süden. Und trotzdem ist unsere Stimmung gedrückt.

Geneviève sitzt im Lehnstuhl auf der Terrasse, ihr Blick ist leer.
„Darf ich dir ein Glas Weißwein anbieten?"
Ich setze mich auf den Lehnstuhl neben sie, ebenfalls unter die Schatten spendende Sonnenstore. Wir stoßen an, ein gequältes Lächeln um ihren Mund versucht vergeblich den Eindruck ihrer Trauer zu kaschieren.
„Kannst du mir erzählen, was damals in Rumänien geschah?"
Ihre Erleichterung, darüber zu sprechen, ist fühlbar. „Pascal war mit dem Vorstand des französischen Weinverbandes auf Geschäftsreise in Rumänien. Er selber war Präsident dieses Weinverbandes.
Die französische Delegation sollte Möglichkeiten eines professionellen Weinbaus in Rumänien prüfen. Das Land ist sehr arm, verfügt aber in einigen Regionen über für den Rebbau geeigneten Boden und ideale klimatische Verhältnisse mit vielen Sonnenstunden. Ohne das angeschlagene Staatsbudget sehr zu belasten, müsste eine rentable Weinindustrie in Rumänien möglich sein, meinten die Delegationsmitglieder."
Ich schenke Weißwein nach.
„Die Delegation war im Hotel in Bukarest untergebracht. Jeden Morgen rief mich Pascal an. ‚In zwei Tagen bin ich wieder bei dir, Lie…' Das war sein letztes Lebenszeichen."
Sie kann nicht mehr weitersprechen, Tränen kullern über ihre Wangen.
„Ich hörte zwei Tage nichts mehr von ihm. Eine dunkle Vorahnung ließ mich in eine tiefe Depression stürzen. Die Zeit war schrecklich. Alle meine Versuche, Pascal auf seinem Handy zu erreichen, scheiterten, ebenso wie die ergebnislose Kontaktsuche nach den anderen Delegationsmitgliedern. Es war niemand mehr erreichbar, die Verbindungen waren tot.

Dann der Anruf der Polizei aus Bukarest, es war am Samstagmorgen, den 14. Mai, um Viertel nach acht. Der Beamte sprach sehr schlecht Englisch, aber ich verstand sofort, Pascal war tot."

Wieder unterbricht Geneviève die traumatische Erzählung.

„Pascal wurde beim Verlassen des Hotels von einem Automobilisten angefahren und tödlich verletzt. Er hatte zwei Komma fünf Promille Alkohol im Blut, wollten die Beamten festgestellt haben.

Pascal trank nie übermäßig, er liebte den Wein, und er wusste mit ihm umzugehen."

Geneviève lehnt an meine Schultern, jetzt weint sie bitterlich.

„Erst nach ihrer Rückkehr nach Frankreich konnten mich die Delegationsmitglieder erreichen. Scheinbar aus ‚ermittlungstechnischen' Gründen verbot die rumänische Polizei jegliche Kommunikation nach außen. Die Handys waren den Delegierten abgenommen worden und erst am Zoll, unter Aufsicht der Behörden, in das Koffergepäck eingeschlossen, das spärliche öffentliche Telefonnetz wurde zudem von der Polizei überwacht."

Mich schaudert diese Vorstellung, ein solches europäisches Land im 21. Jahrhundert, gerade erst vom Kommunismus befreit. Mein soeben noch volles Glas ist bereits wieder leer.

„Hast du deinen verstorbenen Mann noch sehen können?"

„Nein, das war auch nicht mehr möglich. Die Visa-Einreiseformalitäten, obwohl beschleunigt, dauerten eine Woche. Eine Überführung des Leichnams nach Frankreich war wegen eines Irrtums in der Verwaltung ausgeblieben. Als ich in Bukarest eintraf, war Pascal bereits im Hauptfriedhof von Bukarest beerdigt."

„Hat man dir wenigstens den Fahrer des Unglückswagens genannt und konntest du diesen kontaktieren?"

„Auch das war nicht möglich; weder über das Verursacherfahrzeug noch über den Fahrer selber erhielt ich Auskunft."
Ich schenke uns erneut Wein nach; was da in Rumänien vor sich ging, sprengt die Vorstellungskraft eines anständigen Menschen.
„Ohne Claude hätte ich diese Zeit nicht überstanden, Marco. Er stand mir zur Seite und gab mir Halt. Mit Claude bin ich auch nach Bukarest geflogen.
Das wenige, was mir von Pascal überreicht werden konnte, waren seine Armbanduhr und das Brasselett, welches ich ihm einmal auf Weihnachten geschenkt hatte."
Der Wein zeigt glücklicherweise Wirkung, er legt sich lindernd auf ihren wiederauflebenden Schmerz. In der Ferne beobachte ich startende und landende Flugzeuge in Nizza, wie viel Glück oder Leid sie wohl an Bord tragen?
Genevièves Handy, „It Never Rains in Southern California", meldet sich. In unserer momentanen Stimmung tönt ihre fröhliche Melodie wie eine leise Verhöhnung.
„Claude versucht mich heute Morgen bereits das dritte Mal zu erreichen. Was soll ich tun, Marco?"
„Nimm das Gespräch an, auch wenn es dir im Moment schwerfällt. Du darfst dich Claude gegenüber nicht verschließen, führe das Gespräch, wie wir es besprochen haben."
„Hallo Claude."
Die gespielte Herzlichkeit in ihrer Stimme kann ihre Sorgen nicht kaschieren.
„Was zum Teufel ist los mit dir, Geneviève? Gestern noch überschwänglich vor Energie und heute finde ich diese Nachricht in meinem Brieffach."
Sie hält ihr Handy nahe meinem Ohr. Claude ist völlig außer sich.
„Du schickst unsere Zukunft den Bach hinunter, Geneviève. Dieser Schritt ist nicht nachvollziehbar."

Er lässt Geneviève nicht zu Worte kommen.
„Dieser Drecksack, Barreau, hat dich wieder beeinflusst. Wie hat er es geschafft, dich umzustimmen? Sicherlich mit Lügen und falschen Versprechungen. Ich habe diesen Saukerl schon lange durchschaut."
„Weißt du, Claude, auch ich habe gewisse Feststellungen über Marco gemacht."
„Hat er etwa Jelena zu fest auf die Titten geschaut?", seine zynische Bemerkung.
Dieser Claude! Ich kann ein Grinsen nicht unterdrücken.
„Dieser Entscheid war der Fehler deines Lebens, Geneviève. Marco ist in Ordnung, er hat uns Mut gemacht, wir sind wieder auf Kurs. Hast du nicht bemerkt, dass er an dir Feuer gefangen hat? Ich glaube, dich hat es auch ein bisschen erwischt, du gehst doch sonst auch nicht blindlings durchs Leben."
Eine Gedenksekunde, Claude holt scheinbar tief Luft, wieder kann ich ein Lächeln nicht unterdrücken.
„Du bist wirklich eine außergewöhnliche Frau, Geneviève, und es tut mir ja sehr leid, dir diese Vorwürfe machen zu müssen, aber die Emotionen gehen bei mir im Moment einfach durch."
Beide scheinen sich zu fassen.
„Claude, ich verstehe dich und deinen Frust. Wir werden weiter auf Kurs bleiben, glaube an mich, es wird alles gut werden."
„Marco hat viel Geld in unser Unternehmen investiert, das müssen wir ihm zurückzahlen, wie stellst du dir dies vor, Geneviève?"
„Da kann ich dich beruhigen, Claude. Fernand ...", dieser Name fällt ihr schwer auszusprechen, „... Fernand hat versichert, alle von Marco geleisteten Zahlungen zurückzuerstatten."

Das Schweigen am anderen Ende wird länger, sogar noch länger.
„Und du glaubst wirklich von diesem Barreau je Geld zu erhalten, Geneviève? Eher wird es schwarz schneien in Nizza, als dass Barreau ein solches Versprechen jemals einlösen würde, Geneviève! In deinem Schreiben hast du nicht erwähnt, wo du dich erholen willst.
Hat dies einen bestimmten Grund? Ist dies eventuell auch eine Erklärung für deinen momentanen Optimismus?"
„Claude, ich kann dir nur so viel verraten, es geht weiter mit unserem Weingut. Wir werden auf dem eingeschlagenen erfolgreichen Weg weiterarbeiten. Du wirst jeden Tag von mir hören, Claude. Bleibst du mir solange treu? Ich bin unendlich auf dich angewiesen."
„Geneviève, wie könnte ich dich jemals im Stiche lassen."
„Lasse auch Eduard von mir grüßen."
Mit diesen versöhnlichen Worten beenden sie das Gespräch. Halb lächelnd und halb weinend nimmt sie mein zwischenzeitliches Schmunzeln zur Kenntnis.
„Wenn du mehr über den Tod deines Mannes in Erfahrung bringen willst, bleibt dir keine andere Wahl, als ins Land selber zu reisen. Ich würde dich dabei begleiten, sofern du dies möchtest."
„Ich möchte alles wissen über Pascals Tod, diese neue mögliche Erkenntnis um seinen Tod bricht mir fast das Herz. Allein schaffe ich es nicht, bitte, Marco, begleite mich auf diese schwere Reise."
Sanft ihr Kuss und fest ihre Arme um meine Schultern.

Einige dringende Aufgaben wollen heute erledigt werden. Wir stehen in der Tiefgarage neben meinem Miet-Citroën.
„Was machst du mit diesem Gerät, Marco?"
„Ich suche nach einem versteckten Peilsender, Barreau ist mit allen Wassern gewaschen.

Offensichtlich sah er bisher aber noch keinen Handlungsbedarf oder fand keine Gelegenheit, einen Peilsender anzubringen. Wir nehmen heute trotzdem meinen Mercedes, ich fahre ja auch nicht jeden Tag mit einer äußerst attraktiven Frau durch die Gegend."
„Du Schmeichler." Ihr Lächeln ist Zeichen ihrer wiederkehrenden Lebensfreude.
Um Beschädigungen am Glas mit der brisanten Kaffeemischung auszuschließen, mit Schaumstoff gepolstert und in einer Kartonschachtel sicher untergebracht, übergebe ich die heikle Fracht der Postangestellten in Mandelieu-la-Napoule mit der Adresse: Survtec AG, Rolf Brücklin, Rittergasse 84, CH-4051 Basel.
Wenige Straßen weiter ist als Nächstes ein Einkaufscenter an der Reihe und nach einem kurzen Mittagslunch sind wir bereits um vier Uhr wieder zurück in meiner Wohnung.

„Hallo alter Kumpel, schön, wieder von dir zu hören. Wie lebst du im Paradies auf Erden, sind die Frauen noch sicher vor dir?", vertraute Töne hallen aus dem kleinen Handy-Lautsprecher.
Rolf Brücklin bleibt sich selber treu, seine positive Art ist sein Markenzeichen, jederzeit bei guter Laune und immer gut für einen lockeren Spruch. Probleme bestehen nur für Menschen, die sie nicht lösen können, sein Lebensslogan.
„Hattest du mit der Überwachungsanlage Erfolg, sind deine Bedenken begründet?"
„Und wie, Rolf, die gehegten Bedenken sind mehr als begründet, meine Gutsherrin sollte vergiftet werden."
„Wow, das tönt heftig, was gedenkst du zu unternehmen?"
„Du wirst Anfang nächster Woche ein Paket von mir erhalten mit vermutlich vergiftetem Kaffee. Lass die Probe untersuchen. Es ist sehr wichtig, die Analyse muss schnell

erfolgen. Geneviève, der Gutsherrin, wurde wahrscheinlich schon längere Zeit dieses Gift verabreicht. Die Verbrecher gehören zur Ostmafia. Ich will nicht, dass Geneviève hier in Frankreich medizinisch untersucht wird, und werde deshalb einen Termin im Inselspital Bern organisieren."
„Bist du dir bewusst, welche Folgen das haben kann, wenn die Mafia die Finger im Spiel hat, Marco? Es könnte für dich gefährlich werden. Weiß jemand außer dem Wohnungsverkäufer von deinem Wohnsitz in Südfrankreich? Es würde mich sehr betrüben, von einem Schweizer lesen zu müssen, welcher bei einer unerklärlichen Gasexplosion in der Wohnung ums Leben kam."
„He Rolf, du kennst mich doch, ich bin der geborene Sherlock Holmes. Die Wohnung wurde auf die Survtec AG in Basel verschrieben, ohne einen Hinweis auf meine Person."
„Trotzdem sende ich dir – nein, halt, du hast ja bereits die neuste Generation der Überwachungseinrichtung. Platziere sie geschickt in deinem neuen Heim, dafür bist du Spezialist genug."
Wenn Testresultate von der Analyse vorliegen, melde ich mich sofort.
Das Geschäft läuft übrigens super, wir kommen kaum nach mit der Erledigung von Aufträgen."
Mit den uns angeeigneten Nettigkeiten beenden wir unser Gespräch.
Die nächste Unterredung führe ich mit dem Anwalt Paul Duront in Nizza, dem Experten in Erbschaftsfragen.
Angenehm die Stimme der Sekretärin. „Ah, Monsieur Sternenberg, schön, Sie am Apparat zu haben. Nur einen Moment bitte, Monsieur Duront wird soeben frei, ich stelle Sie gleich durch."
„Bonsoir Monsieur Sternenberg", wie lebt es sich in Ihrer neuen Bleibe, und wie laufen die Weingeschäfte in der Domaine Ruipart?

„So weit alles auf gutem Wege, Monsieur Duront, bis auf eine Ungereimtheit, deshalb auch mein Gespräch mit Ihnen."
„Ich bin ganz Ohr, schießen Sie los, Monsieur Sternenberg."
„Erinnern Sie sich an Ihre Frage nach dem Gesundheitszustand von Frau Ruipart? Ich habe Ihnen damals versichert, alles sei in bester Ordnung. Nun, dem ist nicht ganz so."
„Sie ist doch nicht etwa ernsthaft krank?" Seine Anteilnahme ist hörbar.
„Frau Ruipart wurde Opfer eines Giftanschlages, vermutlich werden ihr seit längerer Zeit Giftsubstanzen im Kaffee beigemischt."
Tiefe Atemzüge dringen aus der Lautsprecheröffnung.
„Das tönt sehr beunruhigend, sind Sie sicher und haben Sie Beweise, Monsieur Sternenberg?"
„Ich habe eine Videoaufzeichnung und die Kaffeeprobe."
„Wissen Sie, wer dahintersteckt? Müsste ich die Täterschaft kennen? Doch nicht etwa Barreau?"
Die Verblüffung ist nicht zu überhören.
„So ist es, ich konnte Schlimmeres verhindern, sozusagen in letzter Minute."
„Und jetzt erwarten Sie meine juristische Stellungnahme?"
„Eigentlich nicht, Monsieur Duront, vielleicht können Sie mir einen gewieften Juristen im Strafrecht empfehlen."
„Das will ich für Sie sehr gerne arrangieren, lassen Sie mir ein wenig Zeit. Bis Montag werde ich Ihnen den besten Strafverfolger aus der Region mitteilen.
Ihnen und Frau Ruipart hätte ich einen anderen Aufbruch in die Zukunft gewünscht. Lassen Sie Frau Ruipart von mir grüßen, ich stehe jederzeit zu Ihrer Verfügung, und seien Sie vorsichtig, Monsieur Sternenberg, wenn die Ostmafia wirklich dahintersteckt, kann es sehr gefährlich werden."

Habe ich dieselben Worte nicht kurz vorher auch schon gehört? Mein Finger berührt die rote Taste.
Geneviève war während des Gespräches an meiner Seite und konnte den Inhalt teilweise mithören.
„Ich habe ein Programm vorbereitet, wie die nächste Woche verlaufen könnte, Geneviève. Im Inselspital Bern werde ich einen Termin für dich arrangieren. Am Donnerstag in der nächsten Woche wäre ideal. Bis dann sollten Resultate der Kaffeeprobe vorliegen.
Vorher plane ich noch einen Besuch bei diesem Strafrechtsjuristen, dessen Adresse ich am Montag von Paul Duront erwarte.
Inzwischen müssen wir Claude und Eduard Rückendeckung geben, ich überlege mir sogar, ob es sinnvoll wäre, Claude nächste Woche zu treffen. Dies aber erst, nachdem er von Barreau kontaktiert worden ist."
„Weshalb glaubst du, Barreau wolle Claude kontaktieren?"
„Dein Brief wird Barreau aus der Reserve locken. Warte bis Montag, wenn er im Besitze des Briefes ist, dann wird dein Handy Sturm läuten."
„Das übersteigt meine Kräfte, Marco. Ich werde nicht in der Lage sein, mich mit Barreau zu unterhalten."
„Wir werden das gemeinsam bewältigen und sei es mit SMS, dazu lassen wir uns auch noch etwas einfallen.
Geneviève, hast du die Waage in meinem Badezimmer gesehen? Die solltest du nun täglich benutzen. Ich werde Buch führen, du weißt ja, ich habe gute Kenntnisse mit buchhalterischen Daten."
Sie lächelt. „Ich esse ja bereits wieder viel mehr als vorher, mache dir keine Sorgen, bei mir werden die Rundungen bald wieder dort sein, wo sie hingehören."
Zärtlich legt sie ihre Arme um meinen Hals.

Einen ausgiebigen Spaziergang bei Sonnenschein auf dem Col de Vence, mit endloser Ruhe und fabelhafter Sicht auf die Bucht von Nizza, hat uns der Sonntag beschert.

Pläne haben wir geschmiedet, wieder verworfen, Abwägungen und Analysen gemacht; die Zeit verflog ebenso schnell wie die Bahn der Sonne am Firmament.
Erneut dringt die Morgensonne schmeichelnd durch die Gardinen, es ist bereits Montag.
„It Never Rains in Southern California", rieselt der Sound von Genevièves Handy. Wohlig drehe ich mich zur Seite, die Uhr zeigt halb neun Uhr. Im Gegensatz zu mir ist Geneviève hellwach. Sie hält ihr Handy verkrampft in ihrer Hand und führt das Display vor meine schlaftrunkenen Augen.
„Was soll ich tun, Marco? Es ist Barreau, ich kann diesen Anruf unmöglich entgegennehmen."
„Lass ihn ruhig am Apparat und unterbreche den Rufton nicht. Er soll glauben, das Gerät sei stumm geschaltet oder du nicht in der Nähe des Handys."
Kurz darauf blinkt die rote Diode.
Angespannt lauscht Geneviève dem Text auf der Combox, auch ich kann mithören.
„Hallo Geneviève, ich gratuliere dir zu deinem Entschluss, diesem dubiosen Gutsverwalter fristlos gekündigt zu haben. Wahrscheinlich hat er durch kriminelle Machenschaften Geld besorgt und dieses dann in dein Weingut investiert. Ich vermute, er wollte dein Weingut auf ebenso kriminelle Weise an sich reißen.
Gott sei Dank haben wir beide diesen Sternenberg durchschaut und noch rechtzeitig entlassen. Ich werde mich hüten, das Geld zurückzuerstatten. Kriminellen gehört das Handwerk gelegt und nicht noch gestohlenes Geld zurückgegeben."

„Ich kann diesem Verbrecher nicht weiter zuhören, das übersteigt meine Kraft, Marco."
Geneviève drückt den roten Hörer. Keine Sekunde vergeht, erneut schallt die Melodie, in der jetzigen Situation wieder völlig unpassend, „It never rains in …" aus Genevièves Handy.

Dieses Mal ist Claude am Apparat. Er ist erregt und vergisst die Begrüßung. „Mir dreht sich der Magen, Geneviève. Dieser Drecksack Barreau hat mich soeben angerufen, er wollte wissen, wo du hingefahren bist. Von jetzt an werde er die Geschicke wieder selber in die Hand nehmen, es sei Zeit, das Weingut auf Kurs zu bringen, und er werde keinen Cent an Marco zurückerstatten, einem Verbrecher zahle man kein gestohlenes Geld zurück."
Claude ist völlig aus der Fassung, er ringt nach Luft.
„Ich bringe dieses Schwein um, Geneviève, das garantiere ich dir."
„Beruhige dich, Claude."
Genevièves vergeblicher Versuch, das Gespräch in ruhigere Bahnen zu leiten.
„Und weißt du, was dem Fass den Boden völlig rausschlägt? Noch heute werde eine Spezialequipe die Pinie auf dem Vorplatz inspizieren. Sie suchen nach irgendeinem Hinweis. Weiß der Teufel, nach was der sucht.
Dann hat er noch gefaselt, wie er sich Sorgen um deine Gesundheit mache. Der geht über Leichen, glaube mir. Barreau ist übergeschnappt, ich sage dir, der gehört in die Klapsmühle."
Claude holt Luft, erneut folgen Genevièves gut gemeinte Worte. „Beruhige dich, Claude, wir werden die Sache in den Griff bekommen."
„Was soll ich bloß tun, Geneviève? Ich kann doch nicht tatenlos zusehen, wie er dich in den Ruin treibt –"
„Einen Moment bitte, Claude."

Sie spürt meine Hand auf ihrer Schulter und legt ihr Handy auf den Schoß.
„Sage Claude, du würdest ihn in den nächsten zehn Minuten zurückrufen", flüstere ich Geneviève ins Ohr.
„Claude, ich brauche eine kurze Gedenkzeit, ich rufe dich in zehn Minuten zurück. Bis nachher."
Ihr Finger drückt den roten Hörer.
„Es ist an der Zeit, Claude einzuweihen, Geneviève. Nicht über alle Details, aber Informationen, die ihn beruhigen werden. Ich befürchte, er könnte tatsächlich gegen Barreau tätlich werden, unsere gesamten Recherchen wären dadurch infrage gestellt. Vereinbare ein Treffen mit Claude, ich werde ebenfalls dabei sein."
Wir entschließen uns auf ein Bistro in Carros.
„Hallo Claude."
„Das waren aber kurze zehn Minuten, Geneviève, scheinbar drückt auch dich der Schuh!"
„Kennst du das kleine Bistro in Carros?"
„Du meinst die kleine Ortschaft oberhalb der Var?"
Das tönt aber wirklich sehr geheimnisvoll, ein Treffen in dieser Spelunke am Ende der Welt. Du machst es spannend, Geneviève."
„Noch eine Bitte, Claude, behalte dieses Telefon für dich. Eduard werden wir später orientieren, auf keinen Fall darf Fernand Barreau Kenntnis von unserem Treffen haben."

Wir sind bereits um Viertel vor elf im Bistro, Claude sollte in den nächsten fünfzehn Minuten eintreffen. Wenig später parkiert der rote Toyota Hi Ace vor dem Bistro. Claude stürmt an den Tisch, er kann Genevièves Lächeln nicht fassen. Entsprechend kurz sein „Hallo Geneviève". Und dann: „Ich glaube, du verkennst den Ernst der Situation. Ohne Marcos Unterstützung sind wir Barreau völlig ausgeliefert, er wird uns ruinieren! Wenn Barreau den Mund öffnet, lügt er. Der führt

irgendetwas im Schilde, vielleicht will er das Land zweckentfremden, Wohnungen werden überall gebaut, warum nicht auf deinem Weingut mit herrlicher Aussicht aufs Meer."
Mit sorgenvollen Gesichtszügen und völligem Unverständnis nimmt er Genevièves scheinbare Gelassenheit zur Kenntnis. Deprimiert setzt sich Claude an den knorrigen Holztisch.
Ich hielt mich bisher im Hintergrund.
„Marco, du! Mit dir habe ich wirklich nicht gerechnet! Ihr macht mich wirklich fertig."
Seine grimmige Mimik wechselt zu einem Lächeln, die Erleichterung und Freude sind sofort fühlbar.
„Zuerst dein Brief über die Entlassung von Marco und deinen dringenden Erholungsurlaub, und nun sehe ich dich blendend aussehend, wie schon lange nicht mehr, Geneviève, was zum Teufel geht hier eigentlich vor? Ich habe doch vermutet, dass da irgendetwas läuft. Dann gehört der edle Schlitten mit Schweizer Kontrollschildern vor der Türe wahrscheinlich dir, Marco!"
„Madame, bringen Sie mir einen doppelten Rémy, den brauche ich jetzt dringend."
Erst jetzt finden wir Zeit für einen kräftigen Händedruck.
In dieser aufgeregten Stimmung meldet sich mein Handy.
„Guten Tag, Monsieur Sternenberg, ich habe gute Nachrichten für Sie." Es ist Monsieur Duront, mein Anwalt in Erbschaftsfragen.
„Morgen, Dienstag um zehn Uhr ist kurzfristig ein Termin frei bei Staatsanwalt Philippe Dosseau. Ich habe vorsorglich zugesagt, die Angelegenheit ist ja höchst dringend. Ich hoffe, dass Ihnen dieser Termin passt."
Ich mache Notizen mit Adresse von Herrn Dosseau, vermeide aber seinen Namen zu wiederholen.
„Übrigens, er genießt den Ruf eines außerordentlich harten Strafverfolgers."

„Herzlichen Dank für Ihre Bemühungen, Monsieur Duront, das war wirklich sehr prompt, ich werde den Termin gerne wahrnehmen."
Inzwischen stehen zwei weitere Rémy Martin auf dem Tisch, wir stoßen an.
„Claude, deine Vermutung, Fernand Barreau führe ein abgekartetes Spiel, teilen auch Geneviève und ich. Wir haben durch diverse Ungereimtheiten, dazu gehören die von Barreau nicht ausgehändigte Buchhaltung und weitere ihn belastende Hinweise, die Gewissheit, dass Barreau versucht, Genevièves Weingut in den Konkurs zu treiben."
„Dieser Drecksack, Schweinehund, ich hab es immer gewusst, Geneviève."
Claude genehmigt sich einen kräftigen Schluck aus dem Schwenker.
„Wir müssen sehr vorsichtig vorgehen, die gegen Barreau vorliegenden Beweise genügen wahrscheinlich noch nicht, um ihn zu überführen."
„Noch fehlen einige wichtige Teile im Puzzle –"
„It never rains in Southern California" unterbricht unseren angeregten Dialog. Wenn man vom Teufel spricht …
„Es ist Barreau!" Genevièves entgeisterter Ausruf. „Was soll ich tun, Marco?"
„Antworte nicht, wir werden zuerst unsere Taktik mit Claude festlegen."
Die rote Diode am Handy blinkt wie schon wieder vor ein paar Stunden. Er hinterlässt eine Message auf der Combox. Wir werden sie später abhören.
Ich nehme den Faden des vorhergehenden Gespräches wieder auf. „Noch fehlen einige wichtige Puzzleteile, solange wir die nicht haben, Claude, müssen wir Barreau im Glauben meiner Kündigung lassen. Wichtig ist, dass du uns erhalten bleibst, Marco.

Das mit Barreau scheint mir im Moment sowieso nicht sehr wichtig, wir haben ihn ja weitgehend neutralisiert, die Entwicklung des letzten Monats spricht für sich."
„Mich nimmt eigentlich nur wunder …" Claude stellt den inzwischen leeren Schwenker auf den knorrigen Tisch und bestellt nochmals einen doppelten Rémy, auch wir gönnen uns eine weitere Runde.
„… wie du es schaffst, Geneviève, verzeih mir bitte meine Bemerkung, in dieser kurzen Zeit Geneviève in voller Blüte auferstehen zu lassen. Hat etwa der Crash von Jelenas Wagen auch mit der Geschichte zu tun?"
Claude erwartet keine Antwort, er lächelt vielsagend und nimmt genussvoll den doppelten Rémy von der Servierdame in Empfang. Er ist mit sich und der Welt zufrieden, zurückgelehnt im Stuhl genießt er den Moment der Stunde, jede Falte seines zerfurchten Gesichtes strahlt Freude und Zuversicht aus.
„Mit der neuen Bodenbearbeitungsmaschine sind wir leistungsfähiger als je zuvor …"
Unser Gespräch kreist um die erweiterte Rebbaufläche und die damit verbundenen Chancen.
„Die vergrößerte Anbaufläche erlaubt uns weniger Reben pro Stock zu halten und eine markante Qualitätssteigerung heranzuzüchten, die neuen Barrique-Fässer tragen ein Übriges dazu bei." Claude ist in seinem Element.
Die Spelunke in Carros, auch durch Einfluss des edlen Rémy, wird uns immer sympathischer. Ohne es geplant zu haben, philosophieren wir ausgiebig über unsere rosige Zukunft und den neuen Spitzenwein aus dem Hause Ruipart.
„Claude, wir werden dich über die neusten Erkenntnisse auf dem Laufenden halten. Bitte vorerst kein Wort an Eduard und vor allem nicht an Barreau."
„Wegen Barreau, macht euch da mal keine Sorgen!"
Kräftig der Händedruck zum Abschied.

Das Vorzimmer von Anwalt Dosseau an der Rue de France in Nizza entspricht dem puren Gegenteil vom damaligen Empfangsbüro bei Anwalt Duront. Vielleicht ‚sachliche Gediegenheit', müsste man hier vermerken. Streng nach hinten gekämmte Haare, dunkle Hornbrille, zweiteilige dezente Garderobe: Die Erscheinung der Dame am Empfang bestätigt meinen Eindruck von kühler Kompetenz, die ich bereits beim Betreten des Vorzimmers gewinne. Entsprechend formell ihre Begrüßung.

„Guten Tag, Monsieur Sternenberg, Monsieur l'Avocat Dosseau wird sie gleich empfangen, nehmen Sie doch bitte Platz."

Warm und einladend damals der Empfang im Bureau Paul Duront und hier das unterkühlte Gegenteil beim Advokat Dosseau. Nicht minder der Unterschied beim Auftritt von Monsieur Dosseau persönlich. Ungefähr fünfundvierzig Jahre alt, markante Gesichtszüge, kräftige gerade Nase, vorstehendes Kinn.

Ohne Umschweife bittet er mich, Platz zu nehmen, für Floskeln und Nettigkeiten hat er keine Zeit. Er kommt sofort zur Sache.

„Wie ich von Anwaltskollege Duront orientiert wurde, sind Sie einem möglichen Verbrechen auf der Spur. Das Opfer ist eine Frau Ruipart, Weingutbesitzerin aus Tourrettes-sur-Loup. Können Sie mir die Umstände näher beschreiben?"

Paul Duronts Hinweis, Monsieur Dosseau sei ein scharfsinniger Strafrechtsanwalt kann ich vollumfänglich nachvollziehen. Es macht ihn fast schon wieder sympathisch. Mehrmals unterbricht er meine Ausführungen.

„Als Belastungsmaterial haben Sie eine Aufzeichnung aus dem Wohnzimmer und der Küche von Frau Ruipart mitgebracht. Sonst noch weitere belastende Hinweise?“
„Das Resultat der Kaffeeanalyse liegt im Moment noch nicht vor. Ich werde es nach Bekanntwerden sofort an Sie weiterleiten.“
Gemeinsam verfolgen wir die Schlüsselstellen meiner Aufzeichnung auf meinem Laptop.
Er lehnt sich im Ledersessel zurück, die gefalteten Hände ruhen auf der Schreibunterlage, sein Gesichtsausdruck bleibt weiterhin emotionslos.
„Ihre Schilderung und Ihre Vermutung einer verbrecherischen Handlung gegenüber Frau Ruipart, ausgeführt von Frau Jelena Pawltow und als Drahtzieher im Hintergrund Treuhänder Barreau, kann ich vollumfänglich nachvollziehen.
Die vorhandenen Beweismittel reichen in diesem Falle jedoch nicht aus, um eine Anklage zu erheben. Anders sähe es aus, wenn Frau Ruipart verstorben wäre, dann wäre der Tatbestand nachvollziehbar und die Beweislast anklagefähig. Im jetzigen Moment, Frau Ruipart geht es gesundheitlich wieder besser, wäre es für einen gerissenen Anwalt ein Leichtes, die Anklage zu zerzausen.“
„Jetzt bin ich doch ein bisschen irritiert, Monsieur Dosseau. Mit anderen Worten, ich soll warten, bis Frau Ruipart ermordet wird, erst dann können wir gegen die Verbrecher vorgehen?“
Meine Entrüstung ist nicht zu überhören.
„Nun, ich habe nicht gesagt, dass Sie nichts unternehmen sollen, Monsieur Sternenberg, ich empfehle ihnen sogar zu einem Schritt, den Sie heute noch einleiten sollten: Es gilt, das Tatmotiv auszuschließen.“
„Und wie stellen Sie sich das vor?“

„Barreau will dieses Weingut ruinieren und dann sich einverleiben. Sollte die Gutsherrin versterben, aus welchen Gründen auch immer, wird er mangels geregelter Erbnachfolge als Treuhänder beinahe unentgeltlich dieses Grundstück erwerben können. Dies natürlich nur, solange er als Treuhänder des Weingutes Ruipart waltet. Wird Barreau dieses Amtes enthoben, verliert er jeglichen Anspruch auf das Gut oder auf einen subventionierten Kaufpreis. Nach einer rechtskräftigen Kündigung würde ihm auch ein vorzeitiges Ableben von Frau Ruipart keinen Nutzen mehr bringen. Frau Ruipart muss Barreau die Anstellung als Treuhänder mit eingeschriebenem Brief fristlos kündigen, und dies noch heute. Als Kündigungsgrund soll sie fehlendes Vertrauen, Verhinderung jeglicher zukunftsorientierter Investitionen in das Weingut und die Weigerung zur Freigabe der Buchhaltung aufführen."
„Unsere geschilderten Argumente rechtfertigen eine fristlose Kündigung."
„Vermeiden Sie Hinweise auf die Videoaufzeichnung und Ihre Kenntnis um den vergifteten Kaffee, Barreau soll sich diesbezüglich noch in Sicherheit fühlen.
Und bitte im Anhang des Kündigungsschreibens vermerken: Kopie an Maître Philippe Dosseau.
Barreau wird sich verkneifen, Einsprache zu erheben."
Erstmals huscht ein diabolisches Lächeln über das kantige Gesicht.
„Mit gleicher Formulierung und ebenfalls fristloser Kündigung soll Madame Ruipart Jelena Pawltow die Stelle kündigen."
Als großen Vertrauensbruch würde das Gericht die bewusste Unterschlagung der Beziehung zu Barreau akzeptieren.
„Wenn der Eindruck entstehen sollte, dass ich die Angelegenheit nicht ernst nehme, täuschen Sie sich, Monsieur Sternenberg. Barreau steht für mich schon lange auf der schwarzen

Liste, noch fehlen entscheidende Beweise, die zu einer Verurteilung reichen. Deshalb meine Bitte, mir jede noch so unscheinbare Information weiterzuleiten. Irgendwann schnappt die Falle zu.
Senden Sie mir auf jeden Fall das Resultat der Laboruntersuchung."
Mit diesen Worten und kräftigem Händedruck verabschieden wir uns.

Das Resultat der Kaffeeanalyse ergab eine gefährliche Dosis von Troagnin.
Troagnin schwächt den Kreislauf und führt nach längerem Konsum zu Kreislaufzusammenbruch und zum Herztod. Das Gift ist nachträglich im Körper nicht mehr nachweisbar. Obwohl wir um die Gefährlichkeit dieser Kaffeemischung wussten, trifft die bestätigte Vermutung vom vergifteten Inhalt Geneviève wie ein Blitz aus heiterem Himmel. Schreckliche Visionen belasten Geneviève.
Heftig schluchzend sagt sie: „Muss ich bald sterben, wie lange bleibt mir noch vergönnt zu leben, werde ich fest leiden müssen?"
In meinen Armen sucht sie Geborgenheit, sanft gleiten meine Hände über ihr Haar.
„Ich glaube überhaupt nicht an eine Verschlechterung deines Gesundheitszustandes, Geneviève. Seit diesem verhängnisvollen Tag, du erinnerst dich noch an den Folgemorgen am Fenster, hast du kein Gift mehr in dir aufgenommen. Dein Gesundheitszustand hat sich seither schlagartig gebessert. Das Zittern deiner Hände ist beinahe verschwunden und der wiedererlangte Appetit spricht Bände. Du bist auf dem Weg der Besserung, du wirst wieder völlig gesund werden, glaube mir."
Länger Zeit verweilen wir eng umschlungen.

Die ausführlichen medizinischen Laborresultate, für uns in wenig verständliche Medizinfloskeln gehüllt, sind inzwischen per Post unterwegs zu Anwalt Dosseau. Eine Kopie werden wir den untersuchenden Ärzten in Bern übergeben. Morgen, Donnerstag, soll Geneviève im Inselspital Bern untersucht werden.
Die Fahrt dem tiefblauen Meer entlang Richtung italienischer Grenze wirkt entspannend. Cap Ferrat liegt hinter uns, in Kürze werden wir Monte Carlo erreichen und als erstes Zwischenziel das Hotel Vista Palace oberhalb Monte Carlo. Lächelnd, mit Genevièves wieder aufkeimendem Lebenswillen lehnen wir auf bequemen Fauteuils.
„Ich muss mich fast ein wenig schämen, Marco. Noch nie war ich hier oberhalb Monte Carlo, dabei bin ich nur wenige Kilometer von hier entfernt aufgewachsen."
Wir schlürfen an einem Ballon Vacqueyras und genießen die Aussicht auf das unter uns liegende mondäne Steuerparadies.

Es ist fünf Uhr abends, als wir in Bern eintreffen. Der Portier im Bellevue Palace hält zuvorkommend die Türe des Mercedes offen und hilft Geneviève galant aus dem Wagen.
Luxuriöses Ambiente und Wohlfühlatmosphäre am Empfang des Hotels, nochmals getoppt durch die eindrücklichen, im Abendrot glühenden Berner Viertausender in unserer Suite.
„Oh, ist das wunderschön hier, Marco. Wäre ich nur nicht so sehr belastet durch den morgigen Tag."

Vierundzwanzig Stunden sind inzwischen verstrichen. An der Bettkante lausche ich Genevièves Ausführungen. Die untersuchenden Ärzte hatten sie den ganzen Tag gefordert: Belastungs-EKG, diverse Bluttests, Kontrastmittel, Computertomographie vom Becken bis Kopf, Leber- und Nierentests und einiges mehr.

„Es geht mir den Umständen entsprechend gut, Marco. Das lange Ausharren in der Röhre hat mich am meisten gestresst."
„Ich hatte nicht damit gerechnet, eine weitere Nacht im Spital verbringen zu müssen. Jetzt bin ich aber froh, eingewilligt zu haben. Diese Nacht werde ich auch noch überstehen und morgen bis zehn Uhr sind alle Tests abgeschlossen."
Sie hält mir ihr Handy mit einem SMS von Claude entgegen.

Hallo meine herrliche Gutsherrin. Eduard freut sich ebenfalls über die glückliche Fügung.
Von Barreau habe ich bisher nichts mehr gehört, auch die angekündigte Überprüfung der Pinie ist ausgeblieben.
Ich wünsche dir eine schöne Zeit mit Marco und freue mich, wenn wir wieder gemeinsam mit dir und Marco auf unsere erfolgreiche Zukunft hinarbeiten!
Dein Claude

„Claude ist einfach eine Perle, er war immer für mich da, ich mag ihn sehr."
„Noch weiß Claude nichts von meinem Besuch bei Anwalt Dosseau und der hinterhältigen Mordabsicht an dir, Geneviève. Lassen wir ihn vorerst nur im Glauben um die juristischen Verfehlungen Barreaus. Vielleicht wissen wir mehr nach unserer Rückkehr aus Rumänien."
„Oh, das höre ich gerne, dann ist Rumänien wirklich ein ernsthaftes Thema für dich."

Nervös und angespannt sitzen wir am Freitagnachmittag um zwei Uhr im Büro des Chefarztes der toxikologischen Fakultät im Inselspital Bern. In den wenigen Sekunden des Eintretens ins Zimmer analysieren wir die Mimik des

Professors. Irgendetwas Positives herauslesen aus seinen Bewegungen, hoffen auf eine aufgehellte Miene oder sogar ein leichtes Lächeln.
„Frau Ruipart, Herr Sternenberg …"
Unerträglich ist die Spannung, schieß los bitte, sag, dass alles in bester Ordnung ist.
„… wir haben in den vergangenen eineinhalb Tagen ausführliche Tests mit Frau Ruipart durchgeführt …"
Wir sind aufs Äußerste konzentriert.
„… und wir müssen oder wir dürfen Ihnen mitteilen …"
Wir hängen an den Lippen des Professors. Kleine, kaum sichtbare Fältchen bilden sich um seine Mundwinkel.
„… wir können Ihnen mitteilen, dass die bisher erlittene Vergiftung, dank frühzeitigem Unterbruch, nicht lebensbedrohlich ist, und Sie wieder voll genesen werden."
Wir liegen uns längere Zeit in den Armen. Das Räuspern des Professors holt uns zurück.
„Betroffen sind Nieren, Leber und die Milz. Sie arbeiten mit achtzig Prozent ihrer normalen Leistung. Wir rechnen mit einer vollständigen Erholung innert zwölf Monaten. Essen Sie viel Gemüse, rauchen Sie nicht und halten Sie sich regelmäßig an der frischen Luft auf, auch Sport fördert Ihre Gesundung.
Und, Sie sollten in den nächsten zwölf Monaten nicht schwanger werden, Madame."
Unser Lachen ist dermaßen ansteckend, unser Professor strahlt ebenfalls wie ein Maikäfer bei seinem Erstflug.
Der Rest des Nachmittags ist reine Freude, das herrliche, die Sinne beflügelnde Wetter trägt ein Übriges dazu bei. Erstmals in meinem Leben besuchen wir den Gurten.
„Erinnerst du dich noch an deine Äußerung, dich zu schämen, weil du noch nie im Vista Palace oberhalb Monte Carlo warst, Geneviève? Nun ist es an mir, mich ein wenig zu schämen.

Der Gurten liegt auch nur 60 Kilometer von meiner Heimat entfernt und ich war ebenfalls noch nie auf diesem herrlichen Aussichtsberg."
Wir schlendern den Panoramaweg entlang und genießen den fantastischen Rundblick.
Die Kette der Berner Alpen mit den Giganten Eiger, Mönch und Jungfrau liegen zum Greifen nahe. Aneinanderkuschelnd auf einer Bank lassen wir die wunderschönen Bilder auf uns wirken.
Die nächsten Stunden verfliegen im Nu. Nach einem kurzen Abstecher durch die Berner Altstadtgassen sitzen wir nun im Café Fédéral, der Zeiger steht auf halb acht Uhr. Würdevoll lässt der Maître Sommelier den edlen Meursault in den Schwenker einlaufen und genussvoll gleitet das Carpaccio mit schwarzem Rettich und geräuchertem Forellentatar in unsere Gaumen.
Das bekannte Restaurant Café Fédéral macht seinem Namen alle Ehre. Diesen heutigen Tag wollen wir feiern, wir haben allen Grund dazu. Einander vis-à-vis sitzend und zugetan, als ob um uns herum nichts existieren würde.
„Marco, ich meine dich inzwischen gut zu kennen, und trotzdem weiß ich kaum, wie du fühlst?"
Die Ereignisse der letzten Tage haben uns auf ungewöhnliche und schnelle Weise zusammengeführt.
„Es ist mir ein Anliegen, dich spüren zu lassen, dass ich glücklich bin und mich in deiner Nähe sehr wohl fühle."
Der edle Château Margaux in großen Schwenkern begleitet unseren Dialog. Behutsam gleitet ihr Messer über die Hausspezialität Entrecôte Café Fédéral.
Den Blick dem feinen Fleischstück zugewandt mit einem verlegenen Lächeln. „Und dann verstehen wir uns auch in einem anderen Bereich offensichtlich sehr …"
Ihr Kopf hebt sich, sinnliche, leidenschaftliche Augen nehmen mich gefangen.

„Herr Ober, darf ich Sie um einen Gefallen bitten? Würden Sie uns zwei kleine Notizblöcke und Schreibmaterial bringen?“
Mein Kugelschreiber gleitet über den Notizblock.

Geneviève, du bist wunderschön und sehr begehrenswert. Dein sinnlicher Mund, deine roten Lippen und deine feurigen Augen lassen mich dahinschmelzen.

Den Text übergebe ich in ihre inzwischen wieder leicht zitternden Hände.
Der nächste Zettel wandert in die Gegenrichtung.

Marco, deine Zeilen berühren mich sehr, sie bereiten mir Wärme und wecken Leidenschaft. Es ist lange her, dass ich so gefühlt habe.

Hin und her reichen wir uns die sinnlichen Botschaften, bis der Kellner sich mit einem Lächeln auf den Lippen meldet.
„Darf ich Ihnen nun das Sorbet bringen, Monsieur, Madame?“
Ich bin am Notieren, während sie ihren Dessertlöffel lasziv im Munde hin und her bewegt, ihre feurigen Augen lassen mich kaum mehr Atem holen.
Noch ein, zwei Zettel wandern über den Tisch.
„Marco, bitte lass uns jetzt gehen. Den Kaffee können wie ein andermal genießen. Bitte, ich möchte nun gehen, verstehst du mich ein wenig? Bitte.“
Der aufmerksame Kellner, wahrscheinlich auch die Gäste links und rechts um uns herum, haben unser erregendes Treiben beobachtet. Wenige Augenblicke später ist die Rechnung mit einem wohlwollenden Trinkgeld beglichen.
Innig klammert sich Geneviève auf dem kurzen Weg in unser Hotel an meine Arme, den Bundesplatz und die um diese fortgeschrittene Zeit einladend beleuchtete Altstadt nehmen wir nur noch am Rande zur Kenntnis.

Kaum in der Suite, reißen zwei leidenschaftliche Menschen einander die Kleider vom Leibe, unsere glühenden Körper versinken im einladenden Bett und im endlosen Lustrausch. Irgendwann in der Nacht muss ich zur Toilette. Kleidungsstücke und Schuhe liegen verstreut in der Suite herum, ebenfalls Notizzettel aus dem Fédéral. Geneviève schläft tief. Auf der Toilette lasse ich die Texte nochmals auf meiner Zunge vergehen.
„In gewissen Situationen, du weißt, welche, solltest du mir gehorchen, liebe Geneviève."
„Ich will dir gehorchen, Marco. Was geschieht, wenn ich trotzdem nicht folgsam bin?"
„Dann müsste ich dich angemessen bestrafen, natürlich immer der Situation entsprechend."
„Sagst du mir ein Vergehen, für welches du mich besonders streng bestrafen würdest, bitte?"
Ihre Schrift wird von Zettel zu Zettel zittriger.
„Nun, es ist dir verboten, feucht zu werden, solltest du dich nicht daran halten, wird die Strafe entsprechend ausfallen!"
Dann folgte der Moment, in welchem Geneviève auf den Kaffee verzichten wollte und den dringenden Wunsch verspürte, zurück ins Hotel zu gehen.
Breites Grinsen sehe ich im Badezimmerspiegel vis-à-vis und sage zu mir selbst: „Du bist doch ein Esel, aber es bereitet mir unglaublich viel Freude, manchmal ein Esel zu sein."

Das reichhaltige, mit exotischen Früchten, feinen Käse- und Brotsorten bestückte Frühstück im Bellevue Palace am Samstagmorgen genießen wir ausgiebig. Vis-à-vis sitzend, laben wir an den Köstlichkeiten, vielsagend lächelnd schwelgt Geneviève im Erlebnis von gestern Nacht.
„Du bist ein richtiger Lümmel, Marco. Du hast mich fix und fertig gemacht. Oh, wie ich es liebe, von dir auf fantasievolle Weise gedemütigt zu werden."
Unschuldig lächeln mir ihre dunkel glänzenden Augen entgegen.
„Du verdienst es auch, gedemütigt zu werden, wahrscheinlich sollten wir öfters ‚ernsthafte Gespräche' miteinander führen. – Du siehst übrigens blendend aus, Geneviève."
Arm in Arm schlendern wir durch Berns Lauben und genießen die einladenden Schaufensterauslagen.
Sonnenstrahlen blinzeln kurzfristig zwischen den Häuserzeilen, um dann ebenso schnell durch ein nächstes Gebäude wieder verdeckt zu werden. Modegeschäfte, rustikale Einrichtungshäuser, ein buntes Durcheinander an vielfältigem Gewerbe verleihen der Straße diesen einladenden, bis weit über die Grenzen Berns bekannten Glanz.
Eine Boutique hat es Geneviève angetan. Mit elegantem lachsfarbenem Jupe, schwarzen Strumpfhosen und dunkelbraunen hochhackigen Schuhen in der edlen Einkaufstasche, einem Lächeln und einem „Was würde ich machen ohne dich, Marco?" empfangen uns erneut die Berner Lauben.
Eine Buchhandlung veranlasst uns einzutreten. In der Abteilung „Reisen Osteuropa" werden wir fündig. Reiseempfehlungen mit kulturellen Hinweisen für Rumänien

wandern in den Einkaufskorb, ebenso wie Straßenkarten von Rumänien, Bulgarien, Mazedonien und Albanien. Mangels Kenntnis der rumänischen Sprache muss unsere Reise nach Rumänien gut geplant und vorbereitet sein.

Sonor schnurrt der Sechszylinder auf der Autostrada dei Fiori Frankreich entgegen. Wir wechseln uns am Steuer ab, bald werden wir die französische Grenze erreichen. Vor Ventimiglia schwenke ich auf eine Autobahnraststätte.
„Nur einen kleinen Halt, Geneviève, ich muss dringend auf die Toilette, nehmen wir noch kurz einen Kaffee."
Gemeinsam betreten wir die um diese Zeit stark frequentierte Autobahnraststätte. Kurz hinter der Türe bitte ich sie einen Moment zu warten.
„Ich glaube, wir werden verfolgt, Geneviève. Seit Savona fährt uns ein schwarzer VW Passat hinterher. Die Toilette ist ein Vorwand, ich wollte sehen, ob ich mir diese Geschichte nur einbilde."
Genevieve nun sichtlich nervös.
„Darum wolltest du auch, dass ich mit dir aus dem Wagen steige. Und, ist er uns hierher gefolgt?"
„Er ist auch auf die Autobahnraststätte abgebogen, ob und wo er allenfalls geparkt hat, entzieht sich unserem Blickfeld."
In bunter Reihenfolge betreten Reisende die Raststätte: Männer, Frauen, Kinder. Ob sich der nur kurz sichtbare, im Passat vorbeifahrende Mann darunter befindet, kann ich nicht feststellen.
Keine fünf Minuten später, ohne Kaffee und ohne Besuch der Toilette, sitzen wir wieder im Mercedes und brausen los. Der Passat hat ungefähr zwanzig Fahrzeuge weiter vorne parkiert, der Fahrer sitzt noch immer im Wagen. Einhundertsechzig Sachen zeigt der Tacho, der Passat folgt uns erneut mit respektablem Abstand.

„Ich werde die Ausfahrt Ventimiglia nehmen und versuchen ihn abzuhängen.“
Er weiß nun mit Sicherheit, dass wir ihn bemerkt haben. An der Zahlstelle klebt das VW-Emblem an meinem Heck. Um die vierzig, kräftige Statur, dunkler Schnurrbart, noch dunklere Sonnenbrille. Diesem Kerl möchte ich nicht in einem verlassenen Park um Mitternacht begegnen.
Ich bin das vorderste Fahrzeug an einer soeben auf Rot gewechselten Ampel, dies ist meine Chance.
Die Ampel auf der Querstraße wechselt auf Grün. Noch während sich die Kolonne in Bewegung setzt, prescht mein Mercedes bei Rot über die Kreuzung. Bremsen quietschen, lautes Hupen gilt dem idiotischen Fahrer, der Passat hat keine Chance zu folgen. In einer Tiefgarage eines zufällig ausgewählten Wohnblocks parkieren wir.
Wir schauen uns lange in die Augen, erst nach einer Weile finden wir das Gespräch.
„Ich habe keine Ahnung, wer dieser Mann sein könnte und warum er uns verfolgt. Ich kann mir kaum vorstellen, dass Barreau hier die Hände im Spiel hat.
Vielleicht hat es diese dubiose Gestalt auf den teuren Wagen abgesehen und wir wurden von einem ‚gewöhnlichen‘ Verbrecher verfolgt.“
Wir wägen ab, konstruieren mögliche Absichten und kommen zum Schluss, dass alles halb so schlimm und keine weitere Gefahr von dieser unbekannten Person zu erwarten sei.
Nach einer endlosen Stunde Warten in den kahlen Parkingräumen, einige Fahrzeuge sind herein- und hinausgefahren, der Passat war nicht dabei, tasten wir uns aus unserem Versteck und eine Viertelstunde später erreichen wir erneut die Autobahn nach Frankreich.
Noch ist es hell, kein schwarzer Passat oder ein anderes suspektes Fahrzeug folgt uns.

Den Halt im Vista Palace lassen wir trotzdem aus und mit ungefähr einer Stunde Verzögerung erreichen wir um sechs Uhr abends meinen Wohnsitz in Mandelieu-la-Napoule.
„Warum stoppst du den Wagen vor dem Gebäude, Marco?“
Genevièves Erstaunen ist groß, als ich, noch im Wagen sitzend, den Monitor meines Laptops aufklappe und sie drei Bildsequenzen gleichzeitig mitverfolgen kann, einmal in der Tiefgarage, dann im Treppenhaus vor der Eingangstüre zur Wohnung und in der Wohnung selbst mit Blickkontakt zur Lifttüre.
„Reine Vorsichtsmaßnahme, Geneviève. Ich möchte keine unliebsamen Überraschungen erleben.“
„Denkst du, dass Barreau deine Wohnung ausfindig gemacht hat?“
„Ich vermute nein, aber sicher sein können wir nie.“
Die einzigen bewegten Bilder stammen aus der Tiefgarage, gestern Nachmittag zwischen vierzehn und sechzehn Uhr, das Hinein- und Hinausfahren eines Peugeot 807, wahrscheinlich ein Mitbesitzer der Terrassensiedlung.

Letzte Sonnenstrahlen fallen ins Wohnzimmer. Mandelieu-la-Napoule erstrahlt im gleißenden Abendlicht, die Stimmung könnte nicht schöner sein.
Noch gönnen wir uns keine Ruhe, lange Reise hin oder her, wir erarbeiten am Wohnzimmertisch uns wichtig erscheinende Details. Herausfinden, nach was wir in Rumänien suchen sollten, heißt unsere Devise, und ob es wirklich einen Zusammenhang zwischen dem Tod von Pascal und dem Treuhänder Fernand Barreau gibt; im Moment tappen wir völlig im Dunkeln.
Ziel unserer Arbeit ist das Erstellen eines Rasters, einer Logik, die uns weiterhelfen soll auf der Suche nach eventuellen Motiven und Hintergründen zum Tode von Pascal.

Duft von erhitztem Öl, Zwiebeln und Knoblauch dringt ins Wohnzimmer.
Sichtlich stolz stellt Geneviève ihre kulinarische Köstlichkeit auf den Tisch. Auberginen, Tomaten, Zucchini in Scheiben geschnitten, dazu Thymian und Rosmarin, alles mit Salz und Paprika gewürzt, ihr Ratatouille lässt das Wasser im Munde zusammenlaufen. Genussvoll, zwischen weißen Blättern, Agenden und Notizblöcken widmen wir uns ihrer Kochkunst und tragen alles, was wir wissen, zusammen.
Das Radarbild gewinnt an Informationen, wir sortieren nach zeitlichen Ereignissen:

Januar 2000	*Anstellung Fernand Barreau als Treuhänder*
Samstag, 14. Mai 2005	*Tel. von Polizei in Bukarest, Mitteilung von Pascals Tod*
Seit 2005	*Seit Pascals Tod sich verschlechternde Geschäftszahlen*
März 2009	*Anstellung von Jelena Pawltow*
April 2009	*Genevièves beginnende gesundheitliche Probleme*
Dienstag, 6. April 2010	*Unsere fristlose Kündigung von Barreau und Jelena*
Freitag, 9. April 2010	*Unbekannter VW Passat verfolgt uns.*

Offene Fragen notieren wir ebenfalls auf dem Radarbild.

Reaktion Barreau und Jelena auf die fristlose Kündigung
Stecken andere Interessen, als die von uns bisher vermuteten, hinter dem Giftanschlag und gibt es weitere Motive, die einen Tod von Geneviève „rechtfertigen"?
Was tat Jelena Pawltow, bevor sie die Stelle bei Geneviève antrat?

Ist Geneviève nach der fristlosen Kündigung von Barreau und Jelena noch immer in Gefahr?

Entspannt auf dem Sofa, letzte Happen Ratatouille und den roten Domaine Ruipart genießend, läuft unser Gespräch durch die Zeit.

„Was war eigentlich der Grund zur Anstellung von Barreau als Treuhänder auf deinem Weingut, Geneviève?"

„Er hatte uns damals einen großen Gefallen erwiesen. Ein dubioser Kunde wollte unsere Weinlieferung nicht bezahlen. Barreau brachte es fertig, die bereits abgeschriebene Forderung beim Kunden durchzusetzen und den gesamten Betrag einzufordern."

„Kannst du diese Geschichte noch etwas genauer umschreiben?"

„Die erste Weinlieferung an diesen Kunden wurde von ihm prompt bezahlt. Bald darauf erfolgte eine zweite, größere Bestellung, welche ebenfalls anstandslos bezahlt wurde. Dann die dritte Bestellung, die größte Bestellung, die wir je hatten; sie brachte uns an den Rand des Ruins. Die Zahlung blieb aus, alle Bemühungen, unter Beizug des Friedensrichters, Betreibung et cetera an das Geld zu gelangen, verpufften wirkungslos. Dann die Rettung durch das Engagement von Barreau."

Nachdenklich sinnend Genevièves Gesichtsausdruck.

„Weißt du noch, wie der Kunde hieß, Geneviève?"

„Den Namen habe ich vergessen, es sind ja auch schon elf Jahre her, ich meine, es war im Herbst 1999, er war auf jeden Fall kein Franzose, angeblich betrieb er ein Restaurant in Marseille."

„Wie ist der Kunde auf euch aufmerksam geworden?"

„Das haben wir uns oft gefragt, Marseille liegt nicht in unserem Einzugsgebiet."

Meine Mimik ist nun ebenso nachdenklich wie diejenige von Geneviève.
Der rote Domaine Ruipart verweilt länger als sonst im Gaumen und gibt Raum zum Überlegen.
„Wer hat euch die Empfehlung von Barreau gemacht? Ich nehme an, es war eine Empfehlung."
„Das war auch sehr merkwürdig, Marco. Damals haben wir von einem glücklichen Zufall gesprochen, jetzt, wo du mich darauf ansprichst, wird mir bewusst, dass es auch etwas anderes als ein glücklicher Zufall gewesen sein könnte. Vielleicht war diese Weinbestellung Teil eines Planes und sorgfältig inszeniert."
„Ähnliche Gedanken gehen auch mir durch den Kopf."
„Barreau selber hat uns damals angerufen und sich empfohlen. Er habe aus vertraulichen Quellen von unseren Sorgen um die offene Bezahlung gehört, er sei versiert im Einfordern von geschuldeten Beträgen. Die Tür zur Anstellung von Barreau stand offen!
Mir wird schwindlig bei diesen Gedanken, Marco. Wenn an all dem Befürchteten etwas Wahres haftet, dann hatten wir diesen Teufel schon seit zehn Jahren in unserem Hause. Schenkst du mir nochmals ein, Marco, ich brauche etwas zur Beruhigung."
Das Glas verweilt längere Zeit unentschlossen an ihren sinnlichen roten Lippen.
„Wenn wir schon dabei sind, viel Hinterhältiges von Barreau aufzudecken, sollten wir auch den Rest nicht vergessen. Ich denke an seine Combox-Mitteilung vom vergangenen Montag, wollen wir sie jetzt abhören?"
Klebriger Wortschleim entrinnt dem Handy-Lautsprecher. Wir sind nicht in der Lage, alles auf einmal zu verarbeiten, und lassen den Hohn zweimal über uns ergehen.
„Dieser unglaubliche Zynismus", bemerkt Geneviève, „wie schlecht muss dieser Mensch doch sein."

Erneut fließt roter Domaine Ruipart in die Schwenker. Der heutige Tag begann mit viel Lebensfreude in Bern, nun sitzen zwei bedrückte Menschen beisammen und suchen Vergessen im Inhalt großer Schwenker.

„Lass es für heute gut sein, Geneviève, wir haben viel geleistet. Morgen sieht alles wesentlich besser aus.“

Dunkelbraune und blaue Augen verweilen im Gegenüber, das helle Licht der Morgensonne vermag die in unseren Gesichtern widerspiegelnden Bedenken nicht wegzuscheinen. Ohne es auszusprechen, fühlen wir unsere gegenseitigen Sorgen. Welche bösen Überraschungen erwarten uns wohl heute? Unsere Gedanken drehen im Dunstkreis um Barreau, Jelena und Rumänien sowie der Unwissenheit, ob Genevièves Leben weiter in Gefahr ist oder wir uns unbelastet dem erneut prosperierenden Weingut widmen können.

„Wir werden weiter nachforschen müssen, Geneviève. Nur wenn wir für alle ungelösten Fragen eine beruhigende Antwort finden, dazu erwarte ich auch Resultate aus dem geplanten Besuch Rumäniens, können wir unbeschwert die Zukunft angehen."

Erneut umgeben mit Notizzetteln, Tabellen, Agenden und Prospektmaterial aus Rumänien, genehmigen wir uns das Frühstück auf dem Tisch im Wohnzimmer.

„Wie hieß die Reiseagentur, welche damals die Reise nach Rumänien organisiert hat, Geneviève?

Es würde Sinn machen, dieselbe Agentur mit der Planung zu beauftragen. Wir sollten im selben Hotel in Bukarest absteigen und die von der Delegation gewählten Orte besuchen, vielleicht lässt sich irgendein Hinweis finden."

„Pascal hat immer Buch geführt, seine Reisedokumente sind in seinem ehemaligen Bureau in meinem Haus in einem Ordner abgelegt."

„Ich schlage vor, morgen, wenn wir uns zur Sitzung mit Claude und Eduard auf deinem Weingut treffen, auch Einsicht in die benötigten Reisedokumente zu nehmen."

Auf dem Radarbild, bei den offenen Fragen, gesellt sich ein weiterer Eintrag dazu.

War die ausbleibende Bezahlung der Weinlieferung aus dem Jahre 1999 inszeniert und öffnete sie die Türe zur Anstellung von Barreau?

Weiter leitet das zeitlich gestaffelte Radardiagramm zielstrebig durch unser Gespräch.
„Im Mai 2005 starb Pascal, fast gleichzeitig mit dem Tod von Pascal verschlechterten sich die Unternehmenszahlen der Domaine Ruipart. In diesem Punkt scheint die Situation klar.
Barreau hat laufend Geld aus dem Unternehmen abgezweigt und sich bis heute geweigert, die Buchhaltung offenzulegen. Im März 2009 erfolgte die Anstellung von Jelena. Deine gesundheitlichen Probleme begannen einen Monat später, inzwischen wissen wir, weshalb.
Auch dieser Punkt ist beantwortet."
Noch suchen einige der notierten Fragen nach Antworten, besonders auch diejenige der Reaktion von Barreau und Jelena auf die fristlose Kündigung.

Es ist Montagmorgen, (12. 4.) neun Uhr, die Sonne lacht vom Himmel der Provence, wir sind unterwegs mit dem Miet-Citroën zu Genevièves Weingut.
„Claude und Eduard werden wir nicht über das vereitelte Verbrechen gegen dich orientieren, wir lassen sie im Glauben, die Kündigung von Barreau sei aufgrund Verfehlungen der ungetreuen Geschäftsführung erfolgt, alles andere würde sie nur verunsichern."
Noch immer steht der defekte schmiedeeiserne Torflügel offen und das angerostete, schief hängende Domaine-Ruipart-Schild zeugt auch nicht von Aufbruchstimmung.

Unser Citroën C5 macht an seinem gewohnten Platz halt. Die beiden Fahrzeuge, der ältere Peugeot-Kastenwagen von Eduard und der Toyota-Hi-Ace-Brückenwagen von Claude, parkieren wie gewohnt vor dem Betriebsgebäude.
„Wow, Geneviève!", die Freude Eduards ist nicht gespielt, „du siehst hinreißend aus. Der rote Pullover steht dir super", und ohne den Namen Pascal zu erwähnen, „wie damals zu deiner besten Zeit."
Ein sichtbar verlegenes Räuspern lässt seinen Ausrutscher über die ihm entglittene Äußerung fühlen.
Claude springt in die Bresche. „Ja, was doch ein erfolgreicher Gutsverwalter alles bewirken kann." Dabei zwinkert er vielsagend mit den Augen und zeigt sein breites Grinsen.
Genevièves Lächeln zerstreut die kurz aufflackernden Bedenken Eduards. Sie weiß um seine wohlwollende Absicht.
Alsbald sitzen wir gemeinsam am gemütlichen Wohnzimmertisch in Genevièves Haus.
Der Kaffee schmeckt nun besonders gut und die süßen Kleinigkeiten finden reißenden Absatz.
Selbstbewusst ergreift Geneviève das Wort: „Also meine Herren, ich möchte euch über den letzten Stand der Entwicklung im Zusammenhang mit Fernand Barreau orientieren."
Mein anerkennendes Nicken bekräftigt sie in ihren Ausführungen.
„Fernand Barreau hegte nicht, wie ich es immer gemeint habe, gute Absichten für mich und mein Weingut. Marcos Nachforschungen lassen auf massive finanzielle Verfehlungen schließen. Sicherlich auch der Grund, weshalb Barreau die verlangten Buchhaltungsunterlagen nicht aushändigt.
Einerseits hat er sich kriminell bereichert, andererseits käme ihm ein Konkurs sehr gelegen, exklusives Bauland ist sehr gefragt, und er rechnet sicherlich damit, dieses Grundstück dann günstig erwerben zu können.

Diese zweite Vermutung, Claude hat sie übrigens auch schon in Betracht gezogen, ist rein spekulativ, aber sie könnte durchaus zutreffen.“
Unruhig dreht Claude die inzwischen leere Kaffeetasse auf dem Unterteller. Geneviève zeigt ihre Kündigungsschreiben an Barreau und Jelena.
„Was, Jelena hast du auch gekündigt!“, schießt es aus Claudes Munde.
Welches Verbrechen hat die denn begangen, Geneviève, jetzt bin ich aber gespannt.“
„Sie steckt mit Barreau unter einer Decke.“
Die Verblüffung steht Claude und Eduard ins Gesicht geschrieben.
„Ich habe doch gewusst, dass mit der etwas nicht stimmt“, frohlockt Claude. „Diese Tussi ist nicht geschaffen für Haushaltarbeiten, ihre Fähigkeiten liegen wesentlich tiefer.“
Köstlich, das herzhafte Lachen der Männer. Ich sehe die beiden wieder vor mir, als sie den Grund für das unkontrollierte Wegrollen des Nissan Sunny mit Folgecrash in die Hauswand in Jelenas üppiger Oberweite suchten. Genevièves sorgenvolle Miene lässt sie in ihrem Übermut innehalten.
„Mich interessiert natürlich, woher du die Information über die Verbindung der beiden erfahren hast, Geneviève. Seit ihrer Anstellung habe ich sie kein einziges Mal mit Barreau angetroffen.“
Schmunzelnd, noch immer unter dem Eindruck der vorher geäußerten Meinung Claudes, mit einem unterdrückten Lächeln um die Mundwinkel, nickt auch Eduard zur Bestätigung.
„Ich war es, ich habe die beiden in einem Straßencafé zusammen gesehen“, melde ich mich dazwischen.
Claude und Eduard verstehen die Welt nicht mehr.

„Kaum bist du hier eingezogen“, ereifert sich Claude, „weißt du besser Bescheid über verborgene Beziehungen als das Boulevardblatt ‚Le Quen quen‘.“
„Nun, das war reiner Zufall. Auf meiner sonntäglichen Radtour, in einem Straßencafé kurz vor Saint-Raphaël, begegnete ich den beiden. Sie waren sehr mit sich beschäftigt, für die anwesenden Gäste hatten sie kein Auge, auch mich haben sie nicht wahrgenommen.“
„Irgendwie werde ich den Gedanken nicht los, dass dieser Crash mit dem Nissan Sunny mit ein bisschen Fremdeinwirkung zustande kam.“ Eduards verschmitztes Lächeln begleitet seine Bemerkung.
„Ich war der Erste vor Ort“, meint Eduard, „Jelena rannte wie eine verstörte Henne um ihren kaputten Sunny, dann musste sie dringend zur Toilette und kurz darauf wartete ebenso dringend ein Arztbesuch.
Geneviève, du tatest mir damals richtig leid; niedergeschlagen an der Hauswand lehnend, hast du ungläubig das Geschehen beobachtet.
Marco trat wenig später in die Szene. Völlig cool, als ob du gewusst hättest, was geschehen ist, analysierst du die Situation, dann ermöglichst du Jelena auch noch den ‚dringenden‘ Arztbesuch, indem du Genevièves Renault Kangoo zur Verfügung stellst. Ich hatte den Eindruck, es käme dir gelegen, Jelena so schnell wie möglich vom Platz zu wissen.
Überhaupt vermute ich noch einige Ungereimtheiten, nicht zuletzt auch wegen Barreaus Äußerung, das Wohnhaus und die Pinie untersuchen zu lassen.“
Breit sein Grinsen, und ein überlegenes, „ist da nicht etwas mehr dahinter, das wir wissen sollten, Marco!“
Mein entwaffnendes Lachen und Genevièves Heranschmiegen besänftigen die beiden Schlaumeier, Eduard ist nicht auf den Kopf gefallen.

„Alles zu seiner Zeit. Gebt uns etwas Luft; wenn etwas Wichtiges ansteht, werden wir euch orientieren."
Claude ergreift das Wort. „Jetzt versteh ich auch, weshalb Geneviève am letzten Montag im Bistro in Carros diese Zuversicht ausstrahlte."
„Wenn wir schon vom Bistro in Carros sprechen, Claude, erinnerst du dich noch an den Anruf von Barreau auf die Combox von Genevièves Handy? Wir haben die Nachricht erst gestern abgehört. Diesen Genuss möchten wir euch nicht vorenthalten."
Vier Schwenker mit edlem Domaine Ruipart stehen inzwischen auf dem Tisch und acht glänzende Augen stoßen auf unser Wohl und eine erfolgreiche Zukunft an. Eduard beherrscht das Augenzwinkern nun ebenso gekonnt wie unser Rebbaufachmann Claude.
Barreaus schleimige Stimme fließt aus Genevièves Handy-Lautsprecher.
„Hallo Geneviève, ich habe dich heute schon zweimal versucht zu erreichen, warum antwortest du nicht?
Noch ist nicht alles verloren, Geneviève.
Ich werde mich mit voller Energie deines Weingutes annehmen. Wir sollten nun sehr viel miteinander besprechen. Erteile mir raschmöglichst wieder Vollmacht über alle Bank-, Versicherungs- und Kundengeschäfte …"
Claudes erregte Zwischenbemerkung. „Dir werde ich die Schnauze polieren, dann wirst du wissen, wie eine Vollmacht aussieht."
„… Auch die Investitionen werden wir auf einen vertretbaren Stand herunterfahren", ertönt es aus dem Handy, „… Sternenberg wäre dein Untergang gewesen, glaube mir."
In einem Zug leeren Claude und Eduard die Schwenker.
„Deine Wohnung und den Vorplatz müssen wir untersuchen lassen, diesem Verbrecher Sternenberg traue ich jede

Schandtat zu. Übrigens, wohin bist du gefahren und weshalb hast du mir nichts gesagt?
Bitte melde dich raschmöglichst. Gruß, Fernand."

Claude füllt wortlos sein Rotweinglas nach und leert die Flasche bis zum letzten Tropfen, wir drei haben das Nachsehen.

Kurzes Schweigen.

„Ich kann euch beruhigen, Messieurs", melde ich mich dazwischen, „Geneviève und ich halten am vorgesehenen Kurs fest. Barreau wird nie mehr Einfluss auf Genevièves Weingut ausüben.

Alles bleibt wie von Geneviève veranlasst, die fristlose Kündigung von Barreau und Jelena wird mit niemandem diskutiert. Wir werden gemeinsam mit euch den erfolgreichen Weg weitergehen.

Und sollte Barreau nochmals auftauchen, würden wir ihn wegen Hausfriedensbruch einklagen. Morgen werden die Türschlösser an allen Gebäudeteilen ausgetauscht und der Auftrag zur Sanierung des Eingangstores ist ebenfalls erteilt.

Geneviève wird solange bei mir wohnen."

Es verschlägt ihnen die Sprache. Nach einer Gedenksekunde: „Habe ich richtig gehört? Geneviève wird bei dir wohnen? Wie soll ich das verstehen? Dann hast du hier irgendwo eine Wohnung?" Claudes Erstaunen hallt im inzwischen erneut leeren Weinglas.

„Ich werde euch vieles erzählen müssen, auch das mit meiner Wohnung. Im Moment scheint es noch zu früh, gebt uns bitte zwei, drei Wochen Zeit. Auf keinen Fall dürfen Barreau und auch Jelena von dieser Wohnung erfahren, das könnte für Geneviève gefährlich werden."

Claude ist leicht empört. „Ihr beide macht es wirklich spannend, bahnt sich da eine größere Sache an?"

Unser vertrauenerweckendes Lächeln beruhigt die beiden Herren. Inzwischen steht der Zeiger auf halb elf, die Arbeit ruft. Claude und Eduard verabschieden sich mit kräftigem Händedruck. „Du bist ein Teufelskerl, Marco, aber du gefällst uns."

Geneviève macht sich auf die Suche nach den Unterlagen „Rumänien", inzwischen erledige ich den Abwasch der Weingläser und des Kaffeegeschirrs.
Längere Zeit vergeht, eigentlich müsste Geneviève mit diesen rumänischen Dossiers im Wohnzimmer sitzen und ihr „Marco, ich habe die Unterlagen gefunden" schon längst die Küche erreicht haben.
Stattdessen sitzt sie mit leerem Blick auf der Treppe, ihr Kopf auf den Händen aufgestützt. „Marco, ich glaube, langsam verliere ich den Verstand."
Hilfe suchend ihr Blick in meine Richtung.
„Den Ordner habe ich gefunden, aber keinen Hinweis mehr auf diese Rumänienreise. Ich selber habe seinerzeit das Register ‚Rumänien' erstellt, nun findet sich nicht einmal mehr ein Hinweis im Register vorne im Ordner!"
„Hast du auch im Ordner des Vorjahres nachgeschaut, Geneviève? Die Reise fand im Mai 2005 statt, die Planung hat ihre Zeit gebraucht, vielleicht hat sie Pascal im 2004 abgelegt."
„Auch daran habe ich gedacht, leider findet sich auch dort kein Dossier."
„Darf ich einen Blick in den Ordner werfen? Vielleicht stoße ich auf etwas Ungewöhnliches. Vier Augen sehen mehr als zwei. Ist es derjenige Ordner neben dir auf der Treppe?"
Mühsam, von einem Seufzen begleitet, übergibt mir Geneviève den mit viel Inhalt gefüllten Ordner. In markanter Handschrift prangt „Planungen, Projekte 2005" auf dem Ordnerrücken.

Am Wohnzimmertisch, eng nebeneinandersitzend, beim Umblättern berühren mich ihr Arm und ihre Hüften. Ich fühle Genevièves Hilflosigkeit und Bedürfnis nach Nähe. Register um Register durchlaufen unsere prüfenden Blicke, ohne Erfolg, auch mir bleibt jeder Hinweis auf die Rumänienreise verborgen.
„Darf ich auch den Ordner 2004 einsehen, Geneviève?"
„Du wirst auch nichts finden, Marco."
Ihre Tonlage schwankt zwischen Zuversicht und Bangen. Wenig später steht auch der Ordner „Planungen, Projekte 2004" auf dem Wohnzimmertisch. Dasselbe Resultat wie vorher, nirgends ein Hinweis über die Rumänienreise oder den Reiseveranstalter.
„Es ist zum Verzweifeln, Marco. Irgendwie fühle ich mich wie im falschen Film, ich weiß genau, dass diese nun nicht mehr auffindbaren Unterlagen existierten. Nach Pascals Tod habe ich sie beinahe täglich durchgeblättert."
Noch immer nebeneinandersitzend, suchen Genevièves Schulter und ihr Oberkörper die Geborgenheit meiner Nähe. Sanft gleiten meine Hände über ihr schönes Haar. „Nicht verzagen, Geneviève, es lässt sich für alles eine Antwort finden. Ich glaube auf etwas Interessantes gestoßen zu sein."
Hellwach, mit neugierigem Blick, ihre weichen Rundungen nun nicht mehr fühlbar. „Marco, bitte lass es mich wissen, erlöse mich vom bösen Gedanken, geträumt zu haben."
„Betrachte einmal das Register vorne und dann die bedruckten Seiten im Innern des Ordners 2005. Fällt dir dabei etwas auf?"
Längere Zeit verweilen Genevièves Blicke auf den verschiedenen Blättern, welche sie behutsam Seite um Seite über die Ordnerbügel schiebt.
„Ich kann beim besten Willen nichts Außergewöhnliches feststellen. Der Druck ist immer derselbe, bitte sage es mir, ich werde sonst noch verrückt."

Ich entnehme das Eingangsregister und lege es neben ein bedrucktes Blatt auf der Innenseite.

„Fällt dir nun etwas auf?"

„Ich glaube es nicht!", heftig ihre Reaktion, „ich bin einer falschen Fährte gefolgt. Es ist nicht der Text, es ist das Papier. Die Farbe des Registerpapiers ist heller als diejenige der übrigen Blätter!"

„Jemand, wir wissen, wer dieser Jemand ist, hat das Dossier Rumänien und das alte Register entfernt und ein neues Register bedruckt und eingelegt, natürlich ohne Hinweis auf Rumänien, dabei aber übersehen, dass die Farbe des Papiers nicht ganz der Papierqualität im Innern des Ordners entspricht."

„Ich bin einfach sprachlos ob dieser raffinierten Kaltblütigkeit."

Erneut fühle ich ihre Rundungen und heftig ihre Umarmung.

„Oh Marco."

Ihr leidenschaftlicher Kuss raubt mir den Atem, es fällt mir schwer, mich zu beherrschen, hier am Wohnzimmertisch vor dem Fenster zum Hof und das am helllichten Tag. Langsam lösen wir uns aus der Umarmung, kleine Freudentränen werden vom Taschentuch aufgefangen, die sachliche Analyse bestimmt wieder den Verlauf.

„Alle Hinweise auf Pascals Reise nach Rumänien wurden beseitigt, aber weshalb? Hast du eine Erklärung, Marco?"

„Bevor wir feststellen, weshalb, sollten wir wissen, wer außer Jelena noch Zugriff auf diese Ordner hatte."

„Ich bin schockiert. Nur eine Person hatte Zugriff, wir wissen beide, wie sie heißt."

„Diese Jelena ist so etwas von durchtrieben, Geneviève, wenn sie vor einem Mordanschlag nicht zurückschreckt, dürfte es für sie ein Kinderspiel gewesen sein, diese Unterlagen verschwinden zu lassen.

„Die Frage ‚weshalb' scheint mir hingegen schon schwieriger zu beantworten. Ich habe meine Vermutung, aber wirklich nur eine Vermutung.
Ich glaube, dass Barreau und Jelena diese Dokumente nicht primär vor dir verstecken wollten, vielmehr könnte der Plan darin bestanden haben, nach deinem Ableben keine Hinweise mehr auf Pascals Tod auftauchen zu lassen.
Sicherlich hätte eine Untersuchung über deinen frühen Tod stattgefunden, die beiden mussten also großes Interesse daran haben, die Untersuchungsbehörden nicht auf einen weiteren mysteriösen Todesfall in der Familie aufmerksam zu machen."
Dieses Mal fühle ich ihre Brüste noch erregender als vorhin.
„Kennst du noch jemanden aus der damaligen Reisegruppe? Vielleicht lässt sich über einen damaligen Delegationsteilnehmer Näheres erfahren."
Noch immer Mund an Mund in enger Umarmung.
„Nicolas Murback war ebenfalls beteiligt an diesem Rumänienprojekt. Er pflegte damals engen Kontakt zu Pascal. Er ist auch Winzer, sein Weingut liegt in Gigondas, etwa 250 Kilometer von hier."
„Der Faden scheint mir zu entgleiten, Geneviève. Ich verliere langsam die Kontrolle, halten wir durch bis heute Abend, ich werde dir dann sehr viel Aufmerksamkeit schenken."
Ein letzter inniger Kuss und ein nochmals heftiges Aneinanderschmiegen unserer erregten Körper, nur zaghaft legt sich unser gegenseitiges Verlangen.
„Rufe diesen Nicolas an, vielleicht können wir ein Treffen mit ihm vereinbaren."
Ein-, zweimal tief durchatmen. Geneviève tippt die im Internet ermittelte Nummer in ihr Handy.
„Nicolas? – Geneviève Ruipart, aus Tourrettes-sur-Loup, erinnerst du dich noch an mich? –

Ja, genau, Pascal. – Danke bestens, und dir, Nicolas? – Darf ich dich um einen Gefallen bitten, Nicolas? –
Ich möchte nochmals den traurigen Todesort Pascals in Bukarest besuchen. Leider habe ich die Reiseunterlagen irrtümlich entsorgt, hast du – das freut mich aber sehr.
Weißt du, am liebsten würde ich die Unterlagen bei dir abholen. – Oh, das würde mir auch sehr passen!
Einen Moment bitte, Nicolas. –
Marco, es würde Nicolas bereits morgen möglich sein, was meinst du? –
Nicolas, wunderbar, wir würden dann etwa um elf Uhr bei dir vorfahren und dich anschließend zum Mittagessen einladen. –
Doch, das möchten wir, du machst uns einen riesigen Gefallen. – Werden wir sehen.
Herzlichen Dank. Du bist wunderbar, und bis morgen."

Herrlich die Abendstimmung an der Croisette in Cannes. Schauspielgrößen aus aller Welt zieht es hierher, auch wir fühlen uns wie kleine Könige inmitten nobler Restaurants und edler Boutiquen.
Direkt neben der Nobelherberge Martinez im idyllischen Restaurant laben wir uns an feinen Köstlichkeiten. Heute darf es ein spezieller Bordeaux sein, der Château Pape Clément lächelt aus vollbauchigen Schwenkern.
Wir sind uns sehr nahe, ihre leicht geröteten Augen glänzen verführerisch. Meine Ankündigung, ohne genaue Verbindlichkeit, von heute Mittag lässt vieles offen und beflügelt unsere erotischen Fantasien, sie setzt die erregten Körper in Wallung.
Einladend empfängt uns meine Wohnung.
Mandelieu-la-Napoule mit der Bucht von Nizza erstrahlt im Lichtermeer tausend warmer Leuchten. Die sanfte

Hintergrundmusik und das Licht der verspielten Lampen in meinem neuen Heim tragen ein Übriges zur sinnlichen Stimmung bei.
„Gefällt dir dieses seidene Dreieckstuch, Geneviève?"
„Braun ist meine Lieblingsfarbe, Marco, was möchtest du damit?"
Sie weiß um die erotische Bedeutung meiner Frage und weiß auch, was man mit einem solchen Tuch alles anfangen kann.
„Ich möchte dir deine wunderschönen Augen verbinden."
Devot lächelnd, „darf ich zuerst das Badezimmer aufsuchen, ich möchte mich für dich frisch machen."
Lustvoll ihre Hüften wiegend, entschwindet Geneviève im Badezimmer.
Ihre Arme um meinen Hals geschlungen und den Körper leidenschaftlich an mich gepresst. „Ich stehe dir zur Verfügung, strenger Meister …"
Sanft legt sich das sinnliche Tuch über ihre Augen, kreuzt hinter ihrem Kopf und findet sich vorne wieder verknotet. Behutsam, nur durch Lust geführt, begleite ich sie ins Schlafzimmer.
„Ich erlebte ein unglaubliches Glücksgefühl, als ich dich damals auf die Pinie klettern sah, Marco. Es war mir völlig egal, weshalb, ich wusste, dass du es wegen mir tatest."
„Hilfst du mir beim Ausziehen deines Pullovers, Geneviève?"
Sie hebt ihre Arme und mit dem engen roten Pullover rutscht auch die seidene Augenbinde über Genevièves hübsches Gesicht. Sie hängt an meinen Lippen, ihr Lächeln ist reine Lust, das Seidentuch findet erneut Halt über dem lustvoll glänzenden Feuer, nur der Knoten sitzt straffer als vorher. Als Nächstes gleitet ihr Gurt durch die Haltebänder und sanft fällt ihr dunkelblauer Lederjupe zu Boden.
„Wärst du auch ein bisschen traurig gewesen, wenn ich verstorben wäre?"

Der rote BH engt sie nun nicht mehr ein. „Du darfst dich nun aufs Bett legen, erregende, schöne Frau."
Sanft führe ich ihren lustvoll bebenden Körper aufs einladende Bett.
„Ich wäre unendlich traurig gewesen, wenn dir etwas zugestoßen wäre, Liebes.
Den Moment vor deiner verschlossenen Türe, das Nichtwissen, ob du mir öffnest, oder überhaupt noch öffnen konntest, war schrecklich."
Ihr linker Arm weist inzwischen zum kräftigen Bettpfosten und der rechte ist ebenfalls auf dem Weg zum anderen.
„Den Kampf um die Türe durfte ich nicht verlieren, du wärst den Häschern schutzlos ausgeliefert gewesen."
Ihr feuchtes Höschen gleitet mit meiner Unterstützung nach unten und muss meinem lustvollen Munde Platz machen.
Ein wenig fehlt mir der Atem.
„Ich rannte die Treppe hinauf, dir hinterher und vom Gedanken besessen, dich beschützen zu müssen, Liebes."
Lusterfüllt beben ihre Brüste. Wenige Handgriffe genügen und mit Unterstützung weiterer Seile zeigen ihre eleganten Beine nun Richtung der unteren beiden Bettpfosten.
Erregung ist schön, Erregung vermischt mit Lustlauten der Angebeteten versetzt Liebende in Wallung und verstärkt das Verlangen nach noch mehr Lust.
Tiefer dringt meine Zunge auf dem Pfad paradiesischer Lust.
„Du machst mich verrückt, Marco, bitte, bitte, erlöse mich, ich halte es nicht mehr aus." Stöhnende und kaum mehr verständliche Worte quellen aus ihrem sinnlichen Munde.
Mein Mund gleitet wieder nach oben, über die erregten Brustwarzen und bis hinauf zu ihren roten Lippen.
„Liebes, ohne mich darum gefragt zu haben, offenbarst du dich auf intimste Weise. Das habe ich dir nicht erlaubt,

wenn du jetzt die Beine schließt, werde ich von weiteren Maßnahmen absehen."

Demütig lächelnd schlägt Geneviève meinen Wunsch in den Wind, sie will einfach nicht gehorchen. Erneut taucht mein Mund in den Kelch der Lust, noch intensiver erfüllen Genevièves Lustlaute das Schlafzimmer und stacheln mein ungezügeltes Lustempfinden zur Höchstleistung an.

Ihr im Lustrausch sich windender Körper treibt auch den eigenen Hormonspiegel zum Kochen und unwiderruflich dem Gipfel der eigenen Ekstase entgegen.

„Nimm mich, ficke mich, ich kann nicht mehr, Marco, bitte, bitte."

Mit gelösten Fußfesseln empfängt mich Geneviève in ihrem glühenden Schoß. Der Gletscher bricht, der gewaltige Tsunami ergießt sich in den endlosen Ozean und erst die Erschöpfung lässt mich auf ihren wunderschönen Körper sinken.

Längere Zeit liegen die beiden Liebenden erschöpft und erfüllt nebeneinander, die Nacht umhüllt sie in tiefer Geborgenheit.

Am Dienstagmorgen nehmen wir ein kleines Frühstück und wenig später, vom sonor schnurrenden Geräusch unseres Diesel-Citroën begleitet, sind wir auf dem Weg ins Weindorf Gigondas.
„Ich muss mich konzentrieren, Marco, das gestern Erlebte macht mich sonst noch süchtig!"
Sinnlich ihr Lächeln, weich fühlen sich ihre Lippen an meinem Halse an, ihre Hand gleitet unter das Lenkrad an einen Ort, der fühlen lässt, das Erlebnis von gestern jederzeit wiederholen zu können.
„Du bist wirklich eine Nummer, Geneviève, sprichst von Konzentration auf unserer Mission und lässt keinen Augenblick aus, mich davon abzulenken!"
Zwei übermütig schmunzelnde Menschen im Auto, vor lauter Herumalbern verpassen wir bei Aix-en-Provence beinahe die E14. Um Viertel vor elf, unser Citroën rollt die Saint-Côme hinauf und schwenkt ein aufs Areal des Weingutes Murback. Empfangen werden wir vom Gebell des übermütig herumwedelnden großen Labradors.
„Bitte, lieber Hund, lass die Pfoten von mir." Genevièves erfolgloser Versuch, das übermütige Tier abzuwehren.
Erst das Kommando von Nicolas bringt das freudig wedelnde Empfangskomitee zur Raison.
Herzlich die Umarmung. „Du siehst wunderbar aus, Geneviève, schön, dass ich dich wieder als strahlende Schönheit erleben darf."
Verstohlen sendet sie mir einen vielsagenden Blick zu, was will sie wohl damit sagen?
„Darf ich dir Marco Sternenberg vorstellen? Er ist mein neuer Gutsverwalter."

Yves Montand lässt grüßen, die Ähnlichkeit mit dem französischen Filmcharmeur ist frappant. Braun gebrannt, schmales Gesicht, Seitenscheitel, nach hinten gekämmtes, kurzes grau meliertes Haar, melancholischer Blick, diesem Bild von Mann kann kaum eine Frau widerstehen. In einer Quizsendung würde wohl jedermann alles über seinen Beruf tippen, nur nicht auf einen Weinbauer aus dem kleinen Weinnest Gigondas.
„Nicolas, herzlich willkommen, Marco."
Wir reichen uns die Hand, der Labrador wedelt um die Wette.
„Ich mache euch einen Vorschlag. Gleich hier um die Ecke, im Péridon, werden wir in etwa einer Stunde eine Kleinigkeit zu Mittag essen, ich habe den Tisch bereits reserviert. Nun bin ich gespannt auf Genevièves Anliegen."
Der weiße Gigondas wartet im Kühler auf dem knorrigen Holztisch und eine Platte mit provenzalischen Käsehäppchen und feinen Broten lachen zum vormittäglichen Apéro. Die Gastfreundschaft in Nicolas' Haus widerspiegelt den gewinnenden Charme seines Besitzers.
Nachdenklich Nicolas' Gesichtsausdruck. „Lange ist es her, seit ich dich das letzte Mal gesehen habe, Geneviève. Damals warst du eine gebrochene, vom Schicksal gezeichnete Frau, sind es vier oder fünf Jahre her?"
Das freundliche „Hallo miteinander" unterbricht die Unterhaltung. Sie spricht aus farbigem Gesicht und steht in der Diele vor der Wohnzimmertüre. Herzlich ihr rauchiges Timbre und ebenso herzlich ihr im tiefen Dunkel ihrer Haut kaum wahrnehmbares Lächeln.
Scheinbar kennen sich der schwarze Labrador und die dunkelhäutige Schönheit bestens, stürmisches Schwanzwedeln und heftiges mit den Pfoten an ihr Emporsteigen machen klar, diese Dame muss zum Hause gehören.

„Darf ich euch Anne, meine Lebenspartnerin, vorstellen?" Die stolzen Worte unseres Charmeurs.
Ein wenig Verwirrung oder vielleicht Erstaunen spiegeln sich in Genevièves noch vor wenigen Augenblicken strahlenden Gesichtszügen.
„Wir haben uns vor drei Jahren kennengelernt. Seither ist Anne meine Muse und mein administratives Gewissen. Ohne sie wäre mein Weingut nicht einmal die Hälfte wert."
Ihr Lächeln wird noch breiter.
„Anne war bereits aktiv, sämtliche Unterlagen unserer damaligen Weinreise nach Rumänien sind für euch zusammengestellt."
Nun finden auch unsere Hände zum Gruß mit der dunkelhäutigen Schönheit. Sie setzt sich neben Nicolas.
„Genevieve, du hast mich mit deinem Telefonat neugierig gemacht. Wo drückt der Schuh, weshalb möchtest du nochmals nach Rumänien? Soviel ich weiß, warst du kurz nach Pascals Unfall schon einmal dort."
„Ich stand damals noch völlig unter Schock, alles verlief wie in Trance, heute sehe ich die Ereignisse anders, aus einer gewissen Distanz, wenn du verstehst. Ich glaube reif zu sein für ein endgültiges Verarbeiten des schrecklichen Ereignisses. Marco wird mich dieses Mal begleiten."
„Das letzte Mal warst du in Begleitung deines Weinfachmanns, wie heißt er noch – lass mich raten, Bunnet, glaube ich, ja, sein Name ist mir auch heute noch präsent. Einer der besten Weinfachmänner Frankreichs, mit dieser Koryphäe wirst du dich kaum mehr retten vor Aufträgen, Geneviève."
Die Gedenksekunde entwickelt sich fast zur Gedenkminute, alle Augen sind erwartungsvoll auf Genevièves Mund gerichtet.
„Eigentlich", beginnt Geneviève, „müsste es so sein, wie du es beschreibst, Nicolas. Claude Bunnet ist tatsächlich eine

großartige Person, menschlich und beruflich. Der Erfolg meines Weingutes hingegen entwickelt sich seit dem Tode Pascals wenig erfreulich.
Ein Treuhänder aus Nizza leitet seither die Geschicke meines Gutes; wie sich herausstellte, arbeitete er vor allem in seine eigene Tasche. Marco hat diesen Schwindel aufgedeckt.
Heute weiß ich auch, weshalb sich dieser Treuhänder heftig gegen einen Gutsverwalter wehrte. In der kurzen Zeit seit Marcos Anstellung blüht mein Weingut förmlich auf, wir laufen wieder auf Kurs."
„Offensichtlich blüht noch etwas anderes als nur dein Weingut auf."
Die schmunzelnde Bemerkung von Yves Montand. Herzlich die Stimmung, um gleich wieder dem ernsthaften Anliegen in Gigondas Platz zu machen.
„Ja, das war damals eine tragische Reise nach Bukarest", fährt Nicolas fort. „Alles begann vielversprechend, jeden Tag besuchten wir, von einer rumänischen Delegation mit Dolmetscher begleitet, interessante, für einen Weinbau geeignete Gebiete. Die Möglichkeiten in diesem Land sind enorm, beste Bodenbeschaffenheit, sonnige Hanglagen, leistungsbereite Menschen und unglaublich tiefe Lohnkosten.
Die Abende verbrachten wir im Hotel mit Protokollen, Planskizzen, Berechnungen und jeweils am Schluss mit einem Glas rumänischen Rotwein. Das Gesöff war kaum aus den Flaschen zu kriegen, unserer Stimmung tat dies keinen Abbruch, im Gegenteil, wir amüsierten uns köstlich.
Dann dieser traurige Freitagmorgen. Pascal war sonst immer einer der Ersten beim Frühstück. Nicht an diesem Morgen, wir rätselten noch, weshalb und wer ihn wecken sollte.
Ungewöhnlicher Lärm und aufgebrachte Stimmen aus der Hotellobby schreckten uns auf, dann rannte ein völlig

verstörter Hotelangestellter herein und sagte, ein Mann sei direkt vor dem Hoteleingang von einem Auto überfahren worden.
Wir ahnten Schreckliches und wenig später gesellten wir uns zur hysterisch herumschreienden Menschenmenge vor dem Hotel."
„Konntest du Pascal identifizieren?"
„Versuche zu verstehen, Marco. Ich war einfach nicht in der Lage, näher heranzutreten oder sogar einen Blick unters Auto zu werfen.
Zwei meiner Kollegen taten dies. Es war eindeutig Pascal, der tot unter dem Wagen lag."
Geneviève hält die Arme aufgestützt auf dem knorrigen Tisch, ihr Gesicht in den Händen verborgen.
„Wie hat sich der Fahrer des Unfallwagens verhalten?"
„Ich weiß nicht einmal, wer der Fahrer war. Es herrschte ein unglaubliches Durcheinander, dazu regnete es in Strömen. Es kam mir vor, als stünden wir kurz vor dem Weltuntergang."
Beinahe hilflos die Gestik und Mimik vom Sunnyboy, er zeigt Gefühle, er leidet ebenso wie Geneviève.
„Weißt du noch etwas über das Unfallfahrzeug, oder haben du oder eure Gruppe sonst irgendeine außergewöhnliche Feststellung gemacht? Irgendetwas, vielleicht auch völlig Unbedeutendes?"
„Suchst du nach anderen Ursachen für Pascals Tod, Marco?"
Dunkelbraune fragende Augen mit hochgezogenen Brauen und Erstaunen signalisierende Gesichtszüge verlangen nach einer Erklärung.
„Es gibt da schon einige fragwürdige Ereignisse. Es sind nur Vermutungen, aber sie beschäftigen uns beide zutiefst."
Geneviève mit leicht zittriger Stimme. „Zwei Komma fünf Promille Alkohol soll Pascal im Blut gehabt haben. Pascal trank nie übermäßig, er konnte mit Alkohol umgehen, dazu

war der rumänische Wein, wie du es eben beschriebst, offensichtlich auch nicht genießbar.
Dann beschäftigt uns natürlich auch sein Ausbleiben beim Frühstück und der Grund seiner Anwesenheit bei strömendem Regen vor dem Hotel."
„Etwas hat uns wirklich irritiert. Auch während des Heimfluges nach Frankreich beherrschte dieses Thema unsere Diskussion – weshalb war die Polizei dermaßen schnell am Unfallort? Die ersten Polizeifahrzeuge fuhren bereits vor, noch während wir nach draußen rannten, und warum wollten sie unbedingt verhindern, dass wir dich, Geneviève, und unsere Familien anrufen durften?
Mindestens sechs Polizisten waren vor Ort, drei davon nicht uniformiert, wahrscheinlich höhere Funktionäre.
Unsere Gruppe wurde isoliert, ein richtiggehendes Verhör fand statt, jeder wurde einzeln befragt. Nicht das Weshalb interessierte die Beamten, sondern, was uns Pascal über sein Leben, seine Familie und über seine Zukunftspläne anvertraut hatte.
Den Rest kennt ihr ja. Die Handys wurden uns abgenommen und erst am Flughafen, unter Kontrolle, im Fluggepäck am Schalter eingeschlossen.
Du wolltest noch wissen, wie das Unfallfahrzeug aussah, Marco. Irgendein osteuropäisches Produkt in dunkelgrüner Farbe. Und wenn wir schon nach Besonderheiten suchen, weder die Frontscheibe noch die Wagenfront zeigten Spuren eines Aufpralles."
Die vielen Fragen in unseren Gesichtern lösen sich erst, als sich Anne mit breitem Lächeln und einem Stapel Unterlagen erneut an den Tisch gesellt. „Hier die gewünschten Dossiers. Übrigens, das rumänische Reisebüro heißt Sylvania Fun und befindet sich an der Avenue des Orangers in Nizza."

Letzte Tropfen Gigondas schmeicheln unseren Gaumen, die Häppchen sind auf demselben Weg entschwunden, wir brechen auf ins Péridon.
Yves Montand ist in seinem Element, er schwelgt in seinen Ausführungen, während Anne an seinen Lippen hängt. Ihr sinnliches Lächeln lässt keinen Zweifel, die zwei verstehen sich.
„Rechts vor uns, auf dem sanft ansteigenden Hügel liegt mein Rebberg."
Seine Hand weist erhaben in die Richtung seines Besitztums.
„Die Knospen gedeihen prächtig, wenn nicht noch Frost oder extreme Regenfälle alles verderben, wird unser diesjähriger Gigondas spitze."
Aufgeräumte Stimmung im Péridon, die schönen Seiten unseres Seins halten wieder Einzug in unseren, von Lachen geführten, Dialogen.
Anne und Geneviève unterhalten sich bestens, vielleicht auch ein wenig unter der Wirkung des Alkohols, der rote Gigondas lässt grüßen.
„Eine Frage beschäftigt mich noch, Nicolas, wie hat sich die Geschichte ‚Rumänien' entwickelt?", frage ich.
„Oh, diese Sache haben wir schon lange abgehakt. Nach all den Turbulenzen und dem schrecklichen Unfall von Pascal hatte niemand mehr Lust, das Projekt ‚Rumänien' weiter zu verfolgen."
Nebst den idealen, bereits geschilderten Vorzügen gibt es auch handfeste Nachteile für einen effizienten Weinbau in diesem Land. Eine sprachliche Verständigung ist beinahe unmöglich, Französisch, Englisch kann kaum jemand.
Das Land ist sehr korrupt, hier einen betriebswirtschaftlichen Erfolg anzustreben ist unter den herrschenden Bedingungen zum Scheitern verurteilt.
Dann diese Schikane durch die Polizei, wir hatten einfach die Nase voll."

Herzlich die Verabschiedung, der Uhrzeiger steht bereits auf zwei Uhr.
„Mich stimmt es ein wenig traurig, dass wieder eine Ehe die in die Brüche gegangen ist.“ Genevièves Äußerung unterstreicht ihre Betroffenheit.
„Ich habe Nicolas’ Ehefrau nur ein-, zweimal gesehen, eine wirklich liebenswerte Person und sehr gut aussehend“, und von einem tiefen Seufzer begleitet, „aber eben, das ist scheinbar der Lauf des Lebens. Anne ist durchaus eine liebenswürdige Person, hoffentlich hält diese Beziehung, ich möchte es den beiden sehr gönnen.“
Nur das leichte Säuseln des Fahrtwindes und das Abrollgeräusch der Pneus begleiten die momentane Stille.
Ausfahrt Nizza, die Stadt und der endlose Verkehr auf der Promenade des Anglais verlangen unsere volle Aufmerksamkeit. Es ist kurz nach vier Uhr, wir schwenken ab in die Avenue des Orangers, die Hinweistafel zur Einfahrt ins Parking des Reisebüros Sylvania Fun ist nicht zu übersehen.
„Sollen wir den Agenturangestellten auf die damalige Weindelegation ansprechen, und wie viel von unserem Wissen wollen wir preisgeben, Marco?“
„Vielleicht ist es sinnvoll, nicht auf diese Reise einzugehen. Wir erwähnen einfach, ein Bekannter von uns habe das Hotel Carra am See Lacul Cismigeu sehr empfohlen.
Nicht weit vom Lift entfernt findet unser Citroën einen Parkplatz. Wohlwollend lächelnd nimmt Geneviève zur Kenntnis, dass auch das starke Geschlecht ihre liebe Mühe beim Einparken in engen französischen Parkhäusern bekundet.
Endlos lässt der Lift auf sich warten, ob da wohl jemand einen Zügeltermin wahrnimmt?
Genevièves Nervosität ist nicht zu übersehen, ungeduldig, ohne das Geschriebene wirklich einzusehen, blättert sie in den von Anne zusammengestellten Unterlagen.

Die Lifttüre öffnet sich.
„Willst du nicht einsteigen, Marco? Etwas scheint dich zu beschäftigen."
Wenige Augenblicke später schließt die Lifttüre, wir stehen noch immer im Vorraum.
„Ich bin mir nicht sicher, Geneviève, irgendetwas hat mich irritiert. Ich kann dir im Moment nicht sagen, weshalb, lass uns nochmals zurück ins Parking gehen."
Unter der Türe ins Parking schweifen unsere Blicke ins Innere, ungefähr sechzig Fahrzeuge dürften parkiert sein. Nichts deutet auf etwas Beunruhigendes hin.
„Ich muss mich getäuscht haben, noch während des Umdrehens und des erneuten Ganges zum Lift halte ich Geneviève am Arm zurück.
„Entschuldige meine Unentschlossenheit, Geneviève. Ich möchte nochmals zurück zum Citroën und dann den Weg bis hierher zurücklaufen."
Ihre hochgezogenen Augenbrauen lassen Zweifel vermuten. Ist dem Marco noch zu helfen, so oder ähnlich stelle ich mir ihren momentanen Gedankenvorgang vor. Ohne zu protestieren, begleitet sie mich zum auf dem engen Parkfeld abgestellten Citroën.
Erneut stehen wir vor dem Eingang zum Liftbereich; kopfschüttelnd, mit verlegenem Lächeln und entschuldigendem Armehochheben signalisiere ich Geneviève, einer dummen Vision erlegen zu sein.
Soeben fährt ein Fahrzeug ins Parking, gleichzeitig schaltet die Grundbeleuchtung eine Stufe höher und erhellt den Raum bis in die hintersten Ecken.
Angewurzelt, neben der Türe zum Liftbereich, bleibe ich stehen. Jetzt erst erkenne ich den Grund meiner Irritation.
„Geneviève, stell dich neben mich und schau in die Tiefe des Raumes."

Achselzucken, sie kann nichts Ungewöhnliches feststellen.
„Dort, in der zweithintersten Kolonne, siehst du ein Rücklicht und einen Teil eines blauen Cabrios."
„Ja, und was ist damit?
„Es ist ein Mini-Cooper-Cabrio. Erinnerst du dich, als ich dir vom Straßencafé vor Saint-Raphaël und dem Treffen von Barreau und Jelena erzählte? Jelena fuhr damals mit einem blauen Mini-Cooper-Cabrio vom Platz.
Natürlich muss es sich nicht um diesen Mini handeln, in Nizza fahren einige solcher Minis umher, aber ausgerechnet hier im Parking beim Reisebüro Sylvania Fun, ist schon seltsam. Stell dir vor, was passiert, wenn wir im Reisebüro auf Jelena treffen würden.
Die kann auch zwei und zwei zusammenzählen. Sie müsste zum Schluss gelangen, dass als Grund dieser Reise nach Rumänien kaum Vergnügen dahintersteckt, und dann könnte es auch für uns in Rumänien gefährlich werden."
Wenig später steht der Citroën erneut auf dem bekannten Parkplatz vor meiner Wohnung in Mandelieu-la-Napoule, der Kontrollblick auf den Laptop lässt auf nichts Beunruhigendes in oder um meine Wohnung schließen. Im Wohnzimmer flimmert Google Maps mit Straßenkarte von Nizza über den Bildschirm.
„Kannst du mir den Ort von Barreaus Treuhandbüro zeigen, Geneviève?"
„Nach Pascals Tod war ich noch ein-, zweimal in seinem Büro, es liegt direkt am alten Hafen in Nizza." Ihr Zeigefinger fährt über den Bildschirm. „An den genauen Standort oder den Namen der Straße kann ich mich bei bestem Willen nicht mehr erinnern. Ich muss in meinen Unterlagen nachschauen, lass uns aber zuerst das kleine Nachtessen genießen."

Die Teller mit gedünsteten Spargeln und Schinken gesellen sich an den Esstisch, dazu je ein Glas Domaine Ruipart in großen Schwenkern. Einem entspannten Abend steht nichts mehr im Wege, wir stoßen an.

„Der dunkelblaue Mini im Parking geht mir nicht aus dem Kopf, Geneviève. Ich versuche herauszufinden, ob eine Verbindung zwischen dem Reisebüro Sylvania Fun und dem Treuhandbüro Barreau bestehen könnte.

Offensichtlich hat Barreau seit deinem letztem Besuch die Adresse gewechselt, am alten Hafen von Nizza findet sich kein Hinweis mehr auf den Treuhänder Barreau, das Büro liegt neu an der Rue Bottero in Nizza."

Zurückgelehnt, die Hände hinter dem Kopf verschränkt, den Blick nachdenklich an die Decke gerichtet, sinniere ich vor mich hin.

„Dich scheint wieder etwas zu beschäftigen, Marco."

„Komm, setze dich neben mich und halte dich fest, es wird auch dir die Sprache verschlagen."

Gebannt, den Blick auf den Bildschirm gerichtet verfolgt sie den im Zoombereich wandernden Cursor.

Der Pfeil zeigt zuerst auf die Avenue des Orangers, den Standort des Reisebüros Sylvania Fun, er wandert eine Querstraße weiter und bleibt auf der Rue Bottero stehen.

„Hier befindet sich Barreaus Treuhandbüro!"

Genevièves Reaktion ist heftig.

„Wahnsinn, dann befinden sich das Reisebüro Sylvania Fun und Barreaus Treuhandbüro im selben Gebäude, nur die Eingänge liegen an zwei verschiedenen Straßen und das Parking wird von beiden benutzt."

Aufgebracht und mit Tränen kämpfend, klammert die geschockte Frau am Arm ihres Weingutleiters.

„Barreaus Agentur und diese Reisebüroorganisation stecken unter einer Decke, davon müssen wir ausgehen, Geneviève."

„Mir wird schwindlig bei dem Gedanken, es kommt mir vor, als werde ich von einer Lawine überrollt. Gott sei Dank sind wir nicht in den Lift gestiegen, Marco.“
Die restlichen, inzwischen erkalteten Spargeln und der nun nicht mehr so fein schmeckende Schinken wandern ohne Essensfreude in unsere Gaumen.
Ebenso lustlos erfolgen unsere nächsten Eintragungen auf dem Radarbild.

Polizei in Bukarest unverhältnismäßig schnell am Unfallort
Nicht der Unfall selbst, dafür Pascals Familie und seine Zukunftspläne haben die Ermittler interessiert.
Der Unfallwagen zeigte keine sichtbaren Aufprallspuren.
Jelena arbeitet wahrscheinlich im Reisebüro, welches die Weinreise nach Rumänien organisierte.
Barreaus Treuhandbüro und die Reiseagentur Sylvania Fun befinden sich im gleichen Gebäude in Nizza.

„Morgen begebe ich mich in die Höhle des Löwen, ich will wissen, ob diese beiden Agenturen räumliche Verbindung haben, Geneviève.“
Entsprechend den neuen, wenig erfreulichen Erkenntnissen verläuft diese Nacht anders als die letzte, aneinandergeschmiegt, aber ohne erregende Gedanken. Geneviève braucht jetzt Geborgenheit, es erwartet uns eine unruhige Nacht.

Die Schlagzeilen der Morgenpost gelten dem beim Flugzeugabsturz ums Leben gekommenen polnischen Präsidenten Kaczynski. Die Präsidentenmaschine war am Samstag beim Landeversuch auf dem Flughafen von Smolensk im Westen Russlands abgestürzt. Am Sonntag wird Präsident Kaczynski in einem Staatsbegräbnis mit seiner, bei den Polen sehr beliebten, Gattin Maria beigesetzt.
Geneviève stellt den fein duftenden Kaffee und die Croissants neben die Zeitung.
„Mich belastet im Augenblick alles, was mit dem Osten in Verbindung gebracht wird; wie weit ist Smolensk von Bukarest entfernt?“ Ihre Hand verweilt sanft auf meinen Schultern. „Verstehst du mich ein bisschen, Marco?“
„Ich habe volles Verständnis, wenn du die Reise nach Bukarest abblasen möchtest, Geneviève.“
„Nein, das will ich nicht, zu viel ist geschehen“, mehr seufzend, „ich brenne darauf, alle Zusammenhänge mit Pascals Tod und dem versuchten Mordanschlag auf mich zu erfahren.“
„Diese Reise könnte für uns gefährlich werden, Geneviève. Die Mafia hat die Hände im Spiel, die Polizei scheint auch nicht über jeden Zweifel erhaben. Einmal in diesem Land, sind wir völlig auf uns allein gestellt.“
„Begleitest du mich trotzdem?“
Ihrem bittenden Lächeln kann ich nicht widerstehen. „Dann machen wir uns an die Arbeit. Kommst du mit nach Nizza? Als Erstes statten wir dem Gebäude an der Avenue des Orangers einen Besuch ab.“
Das Béret tief ins Gesicht gezogen, dunkle Sonnenbrille, kariertes Hemd und dunkelblaue Latzhosen lassen mich als

perfekten Weinbauer erscheinen. Geneviève tut sich eher schwer in ihrer weiten Garderobe und den Wanderschuhen. Den Flughafen entlang erreichen wir die Promenade des Anglais in Nizza.

Im Parking Palais des Massénas, unweit der Avenue des Orangers, findet unser Citroën einen Parkplatz.

Die Gegensätze könnten nicht größer sein: herrliches Wetter, tiefblaues Meer, pulsierendes Leben, volle Straßencafés, startende und landende, Ferienstimmung vermittelnde Flugzeuge; ganz im Gegensatz unsere Mission mit dem Besuch des dubiosen Gebäudes und dem Nichtwissen, was uns erwartet.

Durch den Parking-Eingang betreten wir das Gebäude.

Das blaue Mini-Cabrio parkt einige Felder weiter als gestern.

In Goldschrift auf edler Hinweistafel beim Lifteingang „Sylvania Fun. Rumänienreisen. 3. Stock". Eine Anschrift auf Treuhand Fernand Barreau lässt sich nicht finden.

Uns stockt der Atem, als sich die Lifttüre unverhofft öffnet. Zwei bestimmten Personen möchten wir jetzt nicht begegnen.

Geneviève presst meine Hand.

Eine ältere Dame und ein Herr am Gehstock verlassen den Lift.

„Puh, einen solchen Schreck überlebe ich nicht ein zweites Mal, Marco!"

Über das Treppenhaus gelangen wir ins Gebäude.

Eklig klebt der Geruch von Urin und anderen menschlichen Ausscheidungen in dem kahlen Gemäuer, vielleicht eine Vorahnung auf das, was uns im übertragenen Sinne im dritten Stock erwarten könnte.

Blass die aufgedruckte Schrift an der Metalltüre im dritten Stock.

Geneviève steht dicht hinter mir.

„Bitte sei vorsichtig, Marco.“ Unsere Sinne voll konzentriert auf das Ungewisse hinter der Türe, nehmen wir das Urinambiente nicht mehr wahr. Langsam, der Türspalt wird größer, öffnet sich der Einblick auf das edle Glasentrée zu Sylvania Fun.
Dunkelbrauner Teppich hinter der Glasfront, rote Ledersessel im Kundenwartebereich. Einsicht bis zur Theke oder sogar in den Innenraum lässt unser Blickwinkel leider nicht zu. Das Einzige, was sich bewegt, sind sichtbare, sich auf dem Teppich abzeichnende Schatten.
Insgeheim verfluche ich mich, meine filigrane Überwachungseinrichtung nicht mitgenommen zu haben. Ein oder zwei Meter unscheinbares Kabel mit Optik Richtung Lift schieben würde genügen, um Einsicht ins Büro und den Raum dahinter zu erhalten.
„Soll ich eintreten, mit dem Risiko, auf Jelena zu treffen, oder wollen wir hier umkehren, was meinst du?“
Wir entscheiden uns für die Umkehr.
Das scheußliche Treppenhaus-Ambiente liegt hinter uns, wir stehen erneut im Parking, zielstrebig nähern wir uns dem Lift und Treppenhaus-Eingang auf der Seite der Rue Bottero.
„Agence Fiduciaire, Fernand Barreau, 3. Stock“, prangt auf dem wohlfeilen Hinweisschild, eingerahmt von weiteren Firmen im Bereiche Versicherung und Unternehmensberatung.
„Eigentlich müssten wir nicht mehr eintreten, das Reisebüro Sylvania Fun und Barreaus Agentur befinden sich im gleichen Stockwerk, alles spricht dafür, dass auch eine räumliche Verbindung besteht.“
Kurz unser Blick, wir sind uns einig. Wir wissen, was wir wissen wollten, es macht keinen Sinn mehr, den dritten Stock aufzusuchen. Einzig die Frage, ob Jelena in einer der

beiden Firmen arbeitet und ob dieses blaue Mini-Cabrio überhaupt Jelena gehört, bleibt nach wie vor nicht geklärt. Hand in Hand schlendern wir dem Ausgang, Richtung Promenade des Anglais, entgegen. Noch während des Verlassens des Parkings sucht mein Auge vergebens nach einem roten Ferrari, Barreau scheint sein Spielzeug anderweitig abgestellt zu haben.

Die Uhr zeigt inzwischen halb eins.

„Geneviève, jetzt genehmigen wir uns einige Kleinigkeiten an der Promenade."

„Mit diesem Outfit kann ich mich kaum auf der Promenade zeigen. Mir ist nicht wohl dabei, Marco. Ich möchte dir doch auch gefallen."

„Da habe ich bereits einen Grund", sinniere ich für sie hörbar, „wegen unpassender Kleidung auf der Flaniermeile von Nizza mit dir ein strenges Gespräch führen zu müssen, Geneviève."

Bei jedem Schritt lässt sie ihre Rundungen fühlen und ihr vielsagendes Lächeln signalisiert ihr Verständnis zu den von mir gemachten Vorschlägen.

Das Soufflé mit Crème fraîche verläuft im Munde.

Wir rätseln um die Zutaten. Bei Ei, Tomaten, Basilikum sowie Salz und Pfeffer sind wir uns einig, Quark und Essig sollten nach Genevièves Empfinden ebenfalls enthalten sein. Hin und her gleiten unsere sinnlichen Worte, das kleine, unter Lachen begleitete Gezänk um die Zutaten lässt uns noch näher aneinanderrücken, wir fühlen unsere erregten Körper, der rote Tischwein mundet ebenfalls herrlich und beflügelt unsere Fantasien.

„Ich werde dir zeigen, wie der Quark mundet und wo man ihn am besten anwendet, Geneviève."

„Bitte, Marco, jetzt nicht mehr Details, ich verliere sonst noch die Kontrolle."

Beinahe fahrlässig schnell verläuft die Prüfung auf dem PC vor meiner Wohnung. Das Radarbild ist in diesem Moment ebenfalls kein Thema, umso mehr dafür die Türe zum einladenden Schlafzimmer.

Bereits schreiben wir einen neuen Tag.
Vor dem Eingang zur Domaine Ruipart bleiben wir im Citroën einen Moment lang ehrfurchtsvoll sitzen.
Wie Phönix aus der Asche präsentiert sich die Eingangspforte zu Genevièves Reich, die Auferstehung könnte eindrücklicher nicht sein.
Das Schild Domaine Ruipart, nun exakt und erhaben am Torbogen befestigt, glänzt in edlem Mattschwarz, darauf mit goldigen Lettern „Domaine Ruipart". Glänzend auch das neu lackierte schmiedeeiserne Tor, beide Flügel stehen offen, symbolisch für die Zuversicht und die wiedererwachte Aufbruchstimmung.
Aus dem nicht sichtbaren Teil des Weinbergs dringt Rauch, er stammt vom Verbrennen von Überresten aus dem Weinberg, Reisholz und verfaulten Stützpfählen.
In bewohnten Gegenden werden diese Mottfeuer als Übel für die Bevölkerung empfunden, hier in dieser herrlichen Landschaft sind sie ein Bote für den Frühling und den nahenden Sommer.
Kaum kommt der Citroën vor Genevièves Wohnhaus richtig zum Stillstand, eilt uns auch schon Claude entgegen.
„Hallo ihr beiden." Herzlich sein breites Lachen.
„Na, was meint ihr beiden zu unserem Triumphbogen? Ich selber habe Hand angelegt, die Beseitigung des Rostes und die Neulackierung sind mein Werk!"
„Claude, wir sind beeindruckt, du bist wirklich ein Genie." Genevièves Anerkennung und Bewunderung über das gelungene Werk.

„Nun zeigen wir auch wieder nach außen, wer wir sind, Claude."
Wangenkuss und herzliche Umarmung bekräftigen ihre lobenden Worte.
Auch das ist bereits erledigt. Stolz hält er Geneviève den Schlüsselbund mit den ausgetauschten Schlüsseln entgegen.
„Alle Schlösser sind gewechselt. Ein einziger Schlüssel genügt für Eingangstor, Wohnung und Betriebsgebäude, ein zweiter für Eingangstor Gästehaus und Betriebsgebäude, und für mich und Eduard habe ich eine Schließvariante mit Zugriff zum Eingangstor und unserem Betriebsgebäude vorgesehen."
„Was würde ich nur machen ohne dich, Claude, du bist ein richtiger Schatz."
„Barreau hat sich nie mehr blicken lassen und Jelena ist ebenfalls vom Erdboden verschwunden. Die beiden sind wir los!"
Sämtliche Poren und Falten in Claudes Gesicht strahlen um die Wette.
„Nun darfst du wieder unbesorgt hier wohnen, Geneviève. Das Weingut kann nur funktionieren, wenn die tolle Chefin vor Ort ist."
Verlegenes Lächeln, Geneviève weiß nicht so recht, wie sie reagieren soll.
„Marco wird dir bestimmt zur Seite stehen. Er wohnt ja gleich vis-à-vis, und wenn's brennt, traue ich ihm zu, das Feuer schnell löschen zu können."
Frech sein Lachen mit dem bekannten Augenzwinkern, er versucht nicht einmal seine Mimik vor Geneviève zu verstecken.
Wir schlendern durch die Reben.
„Der Saft beginnt zu steigen, und die Knospenschuppen fallen ab. Mit dem Umpflügen sind wir auch auf Kurs, die neuen Maschinen sind spitze, Marco. Jetzt müssen wir nur

noch beten, dass die Wachstumsperiode spät beginnt, Frost ist teilweise auch im April oder sogar Mai noch möglich."
Getragen von Freude und Zuversicht genießen wir das von Geneviève zubereitete Mittagessen.
Claude und Eduard sind in ihrem Element, diesem Jahrgang kann nichts Schlechtes mehr widerfahren.
„Die aufgeschobenen Kundenbesuche werden wir nach der Rückkehr aus den Ferien an die Hand nehmen, dann zählt nur noch die Domaine Ruipart."
Verständnisvolles Nicken der beiden Weinfachkoryphäen.
„Also ein, zwei Tage Ferien erlaube ich euch Turteltauben, sonst muss ich das Schild am Eingangstor wieder in Schieflage anbringen." Herrliches Grinsen begleitet Claudes Bemerkung.
Den Nachmittag verbringen wir mit dem Planen unserer Rumänienreise. Auf ein Reisebüro wollen wir verzichten, zu groß erachten wir das Risiko, eine solche Buchung würde schlussendlich über Sylvania Fun abgewickelt.
Alle für uns wichtigen Unterlagen sind im Dossier von Anne, Nicolas Murbacks Lebensgefährtin enthalten.

Die letzten Tage haben wir für unsere Reisevorbereitung intensiv genutzt, Hotel Carra am See Lacul Cismigeu, das seinerzeitige Hotel der französischen Weindelegation in Bukarest, haben wir, wie auch den Direktflug nach Bukarest, direkt über Internet gebucht, ein Visum oder spezielle Einreiseformalitäten wurden nicht verlangt.
Die Unterlagen von Anne waren dabei sehr hilfreich, ein reich befrachtetes Programm erwartet uns in Bukarest und Umgebung, Zeit für Ferienstimmung wird bei unserem Pensum kaum aufkommen.
Es ist sieben Uhr, als mein Miet-Citroën auf dem Parkareal des Flughafens Nizza parkiert. Melancholisch verabschiedet

sich die Sonne und taucht Nizza in dieses Licht, welches es uns schwer macht, dieses Paradies zu verlassen. Es bleibt genügend Zeit zum Einchecken.
Einige geplante Übernachtungen außerhalb des Hotels Carra veranlassen uns, das Reisegepäck aufs Nötigste zu reduzieren und in Rucksäcken zu transportieren. Zeit für Ausgang oder schöne Kleider steht nicht auf dem Programm, zu ernst ist der Grund unseres Rumänientrips.
„Ich bin nervös, wie bei meinem ersten Flug, Marco, wenn alles nur gut geht, irgendwie habe ich ein ungutes Gefühl, ich weiß nicht, warum, es ist einfach da."
„Mach dir keine Sorgen, Geneviève. Wir sind gut vorbereitet, es wird keine Überraschungen geben. Darf ich dich um einen Gefallen bitten?"
„Natürlich, schieß los, Marco."
„Fünf deiner schönen langen Haare bräuchte ich jetzt."
Ungläubig ihr Ausdruck, was willst du damit?
Fünfmal zupft Geneviève an ihren dunkelbraunen Haaren, mit erstaunter Mimik legt sie die seidig glänzenden Haare würdevoll in meine Hand.
„Ich werde sie einzeln in den fünf Türen festklemmen und nur einen kleinen Teil nach außen stehen lassen. Wenn wir zurückkommen und die Haare unverändert vorfinden, wissen wir, dass sich niemand am Wagen zu schaffen gemacht hat. Prüfst du die Umgebung, Geneviève, es darf uns bei meiner Tätigkeit niemand beobachten."
„Du bist wirklich ein unglaublicher Kerl, lernt man das bei euch in der Schule?"

Der Check-in bei der rumänischen Fluggesellschaft Blue Air verläuft ohne Probleme und um Viertel vor acht Uhr sitzen wir in der linken Fensterreihe auf den reservierten Plätzen direkt vor der Tragfläche.

Meine Gedanken kreisen um das Flugzeug, eine Boeing 737-300 mit 150 Sitzplätzen. Nicht, dass mich der Flugzeugtyp stören würde, es ist der Jahrgang 1985. Nur, in der Schweiz wurden diese Typen vor über zehn Jahren ausgemustert.
Feucht meine Hände beim Start. Geneviève fühlt meine Unruhe. „Du hast doch nicht etwa Angst vor dem Fliegen, Marco! Ich glaube es nicht", Genevièves fürsorgliches Lächeln, und an meine Schulter gelehnt: „Der unerschrockene Held hat Flugangst!"
Gequält mein Lächeln, ich lasse sie wegen des wahren Grundes meiner feuchten Hände im Ungewissen.
Zwanzig Minuten sind wir inzwischen in der Luft, die Rettung naht in Form der hübschen, in dunkelblauem Blue-Air-Dress körperbetont gekleideten Stewardess, sie übergibt den Cognac in erwartungsvolle Hände.
„Santé, Monsieur, Madame." Ihr ausländischer Akzent ist nicht zu überhören.
„Weißt du, dass ich eigentlich weiter vorne sitzen möchte?"
„Du meinst erste Klasse, Marco?"
„Noch weiter vorne."
„Sogar im Cockpit? Würdest du dich dann sicherer fühlen?"
„Ich war einmal auf dem Weg dorthin."
„Wie soll ich das nun verstehen? Doch nicht etwa als Pilot oder so etwas?"
Ungläubiges Staunen spricht aus ihren Gesichtszügen. Geneviève weiß nicht, wie sie meine Aussage interpretieren soll. Mache ich Spaß oder war ich tatsächlich einmal auf dem Weg ins Cockpit?
„Wenn ich dich nicht zu sehr langweile, erzähle ich dir die Geschichte."
Eine Stunde sind wir bereits unterwegs.
Unter uns entschwindet das italienische Festland, der beleuchtete Küstenstreifen um Ancona weicht der sich in dunkler Nacht verlierenden blauen Adria.

Freundlich lächelnd stellen erneut schlanke Air-Hostess-Hände zwei weitere Cognacs auf das kleine Tischchen vor uns.
„Marco, ich bin gespannt, was du mit der Fliegerei zu tun hattest. Ich höre dir so gerne zu, ich weiß ja so wenig über dein Leben."
„Schon als Junge träumte ich davon, einmal Pilot zu werden. Mit achtzehn begann ich mit der Fliegerei, machte Theorie und belegte Flugstunden, doch zur Prüfung kam es nie, ich wurde gar nicht erst zur Prüfung zugelassen."
„Woran bist du gescheitert?"
„Es war wegen einer dummen Jugendsünde."
„Jetzt machst du mich wirklich neugierig, Marco, bitte erzähle."
Ermunternd legen sich Genevièves Arme an meine Schultern.
„Mit Ausnahme der Studienzeit in St. Gallen habe ich meine Jugend in Basel verbracht und bis vor einem Monat dieser schönen Stadt am Rhein die Treue gehalten. Mein Freundeskreis war groß, immer lief etwas, bald jede freie Minute verbrachten wir zusammen.
Motorräder und Motocross war damals unsere Leidenschaft. Zur Finanzierung meines Hobbys arbeitete ich an Samstagen und während den Hochschul-Semesterferien in verschiedenen Betrieben. Bei Großverteilern Kisten herumschleppen, Reinigungsarbeiten in öffentlichen Anstalten, Gartenpflege, keine Arbeit war mir zu schade, wichtig war nur die gute Bezahlung.
Kurz vor meinem achtzehnten Geburtstag war es so weit, ich hatte genügend Geld zusammengespart, um mir ein gebrauchtes Motorrad anschaffen zu können. Eine Husqvarna Cross war mein ganzer Stolz.
Für die Fahrprüfung war ich noch zu jung, doch der Verlockung, dieses heiße Gerät unbenutzt im Schuppen eines

Freundes herumstehen zu lassen, konnte ich nicht widerstehen. Meinen Freunden erging es wie mir, auch sie hatten ihr Geld auf der Seite und schlussendlich standen vier Motocross-Maschinen im Schuppen.

Wir hatten riesiges Glück, auf unseren nächtlichen Ausfahrten nie von der Polizei erwischt zu werden.

Endlich war ich achtzehn und mit der bestandenen Fahrprüfung, meine Freunde hatten inzwischen auch den Führerausweis, durften wir offiziell unserem Hobby frönen. An einem feuchtfröhlichen Abend, Mädchen waren meistens mit von der Partie, hatte Guido die geniale Idee, wir könnten nachts mit unseren Geräten eine der Treppen vom St. Alban-Rheinweg hinunter zum Rhein und wieder zurück in die Innenstadt fahren.

Bald war jeden Samstag eine neue Treppe an der Reihe.

Dann kam, was kommen musste! Die Polizei hatte Kenntnis von den vier waghalsigen Motorradfahrern, welche mit ihren lauten Motocross-Maschinen die Basler Bevölkerung nachts in Atem hielt."

„Darf ich kurz stören", die adrette Air-Hostess macht uns ihre Aufwartung. „Möchten Sie das Pouletgericht mit Pasta oder lieber Loup de Mer mit Reis?

Geneviève entscheidet sich für den Fisch, ich für das Poulet.

„Was darf ich Ihnen als Getränk anbieten?"

„Natürlich einen Franzose, und wenn wir schon so nett gefragt werden, dann einen Bordeaux und für Madame den weißen Meursault."

Genussvoll genießen wir das schmackhafte Essen und den mundenden Wein. Entspannt im engen Fluggestühl, den Startstress vergessen, vergeht die Zeit, dieses Mal nicht nur bildlich, wie im Flug.

Waren vor kurzer Zeit noch vereinzelt die Lichter von Frachtern oder Kreuzfahrtschiffen zu erkennen, überfliegen

wir nun bereits Montenegro, und in ungefähr einer Stunde sollten wir in Bukarest landen.
„Möchtest du den Rest der Geschichte noch hören?"
„Bitte, Marco, fahre fort, diese Geschichte gäbe sogar Stoff für einen spannenden Krimi."
Ich nehme den Faden wieder auf. „Am Fuße der Treppe wurden wir erwartet. In einer kopflosen Aktion begingen wir die Jugendsünde. Wir machten Fahrerflucht!
Noch auf der Treppe, auf einem Zwischenpodest, mit einem waghalsigen Manöver, wendeten wir die Motorräder und flüchteten wieder Richtung Innenstadt.
Oben auf der Treppe wurden wir ebenfalls von der Polizei erwartet.
Es gab kein Halten mehr, wir rasten an den Polizisten vorbei und fanden uns wieder in einem Waldstück außerhalb Basels. Dieses Waldstück hatten wir vorher abgesprochen.
Das Glück stand uns zur Seite.
Die Mädchen hielten dicht, wir blieben unerkannt, dafür widmete sich die Presse den verantwortungslosen jugendlichen Rowdys.
Wir waren Helden und Piraten zugleich.
Einen Monat lang verweilten unsere Motocross-Maschinen unberührt im Schuppen. Dann, es war wieder eine Samstagnacht, stürzte Guido und verletzte sich.
Der Rettungsdienst war schnell zur Stelle und mit ihr auch die Polizei.
„Hatte er sich schwer verletzt, dein Freund?"
„Glücklicherweise stellten sich die Verletzungen als nicht lebensbedrohlich heraus, Schlüsselbeinbruch und Schürfungen.
Ich landete auf dem Polizeiposten.
Vierundzwanzig Stunden wurde ich festgehalten, die Namen meiner Freunde gab ich nicht preis und auch Guido hielt dicht.

Entsprechend streng fiel die Urteilsverkündung aus: Drei Monate bedingt für jeden von uns, wobei das Verdikt der Fahrerflucht mehr geahndet wurde als die wilden Fahrten über die Treppen."

„Puh, du bist ein verrückter Kerl, Marco. Irgendwie verstehe ich dich, wahrscheinlich wäre ich als Mädchen auf euch wilde Burschen auch abgefahren."

Zärtlich ihr Kuss am Hals, die Hand gleitet dem Knie entlang und verweilt aufmunternd kneifend auf meinem Oberschenkel.

„Bedingte Gefängnisstrafe heißt nicht unbedingt ins Gefängnis gehen zu müssen, ist das so?"

„Ja, fünf Jahre durfte ich keine Straftat mehr begehen, dann war die Strafe verjährt, was ich jedoch nicht wusste, die Vorstrafe wurde im Strafregister eingetragen und verunmöglichte mir die Zulassung zur Flugprüfung und auch die Bewerbung als Kandidat als Linienpilot.

So, jetzt weißt du, mit welch gefährlichem Gesetzesbrecher du im Flugzeug sitzt."

Nun ist es meine Hand, die frech unter ihren Jupe gleitet und beharrlich an einer bestimmten Stelle verweilt.

Lustvoll nach Luft ringend, protestiert Geneviève über meine unverhoffte Attacke.

„Bitte, Marco, all die Passagiere!"

Mein inniger Kuss lässt sie nicht weiterreden.

Kurze zweieinhalb Stunden sind verflogen, wir befinden uns im Landeanflug auf Bukarest. Nizza ist Geschichte, die Flughafenatmosphäre und das heruntergekommene Taxi holen uns abrupt in die Realität zurück.

Holpernd über Kopfsteinpflaster und schlecht geflickte Straßen, die Hintern auf durchgesessenen Sitzen, deren Federn unsere besten Seiten malträtieren, erreichen wir nach einer halben Stunde Fahrt unser heutiges Ziel, das Hotel Carra.

Erst das Ein-Dollar-Note-Trinkgeld bringt Regung. Ich glaube sogar ein kleines Lächeln zu entdecken, in dem leeren Gesichtsausdruck unseres Chauffeurs.

Geneviève ist angespannt, ihr Unwohlsein lässt sie sich heftig an meinen Arm klammern.
„Hier muss Pascal gestorben sein." Andächtig verweilen wir einen Augenblick vor dem Eingang.
Der Mann an der Rezeption hebt missmutig seinen Kopf über die Illustrierte. Wir stören ihn offensichtlich bei seiner Lektüre und dazu noch kurz vor Mitternacht.
Ein „Herzlich willkommen" oder sonst eine Nettigkeit gehören nicht in sein Repertoire. Offensichtlich lebt er nach dem Slogan „Der Kunde droht mit Bestellung".
Mühsam verläuft unsere Kommunikation, ein wenig Französisch und noch weniger Englisch, irgendwann ist das Anmeldeformular erstellt und die Pässe, auf die er sichtlichen Wert legt, verschwinden in einer Schublade hinter der Theke. Altmodisch auch das Schlüsselfach, in welchem nur wenige Schlüssel fehlen.
„Mich wundert, dass sich hierher überhaupt Gäste verirren und noch mehr, wie die französische Weindelegation in einem solch heruntergekommenen Schuppen absteigen konnte."
Geneviève ist nicht weniger erschüttert.
„Da muss in den letzten Jahren einiges schiefgelaufen sein, Marco. Ganz bestimmt hätte Pascal nie an einem solchen Ort gebucht."
Der Schlüssel knackt im Schloss und quietschend gibt die sich öffnende Türe den Blick ins Innere des Zimmers frei. Vorbelastet vom Empfang, sind wir nun doch ein bisschen überrascht über die Sauberkeit im Zimmer.
Unsere beiden Rucksäcke, wir haben sie eigenhändig in den dritten Stock geschleppt, finden Platz auf einer Kommode.

„So, nun darfst du das Badezimmer benützen."
Geneviève stellt den Desinfektionsspray mit sichtlicher Genugtuung in den Badezimmerschrank mit der zerbrochenen Spiegelfront.
Tiefe Atemzüge zu meiner Rechten, Geneviève fühlt sich geborgen in meiner Nähe, sie schläft den Schlaf des Gerechten; mir ist dieser entspannende Moment leider noch nicht vergönnt, zu viele Gedanken jagen sich in meinem gestressten Hirn.

Nach einigen Versuchen am nächsten Morgen und mit Gottes Segen gelingt es mir, den Duschmischer auf Warm zu stellen, mit dem ernüchternden Ergebnis, dass der Hebel nun in die andere Richtung schaut und sich, außer einer nochmals reduzierten Wassermenge, nichts verändert hat. Nach wie vor ergießt sich nur schwach temperiertes Wasser aus der Duschbrause.

„Ich war noch nie so schnell geduscht, Marco, nun darfst auch du am Genuss teilhaben.“ In ein Frotteetuch gehüllt, entschwindet Geneviève im Wohnzimmer.

Geneviève trägt einfache Straßenkleidung, Wanderschuhe und verzichtet auf Make-up, wir wollen auf keinen Fall auffallen.

Das Morgenessen ist die Fortsetzung von dem, was uns der Tagesanbruch erleben ließ. Kaffee, den man mit viel Fantasie als solchen bezeichnen kann, Brot, welches die Kaumuskulatur strapaziert, dazu Konfitüre, bei der man nicht so genau weiß, ob das Verfalldatum vor einem oder sogar vor zwei Jahren abgelaufen ist.

Wenigstens lächelt die Bedienstete und auch die Dame am Empfang vermittelt eine gewisse Gastfreundlichkeit.

Gedankenversunken bringen wir das Essprozedere hinter uns.

„Bis auf jenen verhängnisvollen Morgen saß auch Pascal in diesem Raum“, sinniert Geneviève, „ich meine sogar das Geschrei der Leute hören zu können, als Pascal tot unter dem Auto lag. Und irgendwie erwarte ich jeden Augenblick jemanden, der hereinrennt, der verkündet, es sei ein Mann vor dem Hotel von einem Auto überfahren worden.

Ich fühle mich unwohl, lass uns irgendein anderes Hotel suchen, ich muss einfach weg von hier."
„Kein Problem, Geneviève, wir werden eine Lösung finden; bevor wir auschecken, sollten wir wissen, welche Hotels sich anbieten. Dazu brauchen wir etwas Zeit, möchtest du das heutige Programm ändern?"
„Nein, das möchte ich nicht, vielleicht treffen wir unterwegs auf ein Hotel, das uns gefällt, lass uns wie geplant dieses Zeitungsarchiv aufsuchen."
Der Wolga, einst russisches Staatssymbol, schaukelt uns über Schlaglöcher dem Zeitungsverlag Libertul entgegen.
Die Gegensätze könnten nicht extremer sein, heruntergekommene Quartiere, dazwischen gediegene Villen und ein Fahrzeugbestand vom auseinanderfallenden Zastava bis zum erlesenen Mercedes oder Porsche.
„Woher nehmen die Besitzer wohl ihr Geld für diese teuren Fahrzeuge?", sinniert Genviève.
Vollends verschlägt es uns die Sprache bei der Vorbeifahrt am Parlamentspalast. Kein Wort hat der Taxifahrer bisher von sich gegeben, nun sprudelt es förmlich aus ihm heraus: „Biggest bulding in world, Ceausescu, hahaha …"
Am Bulevardul Carol humpelt der Wolga unter lautem Bremsenquietschen ein letztes Mal. Übergroß die Lettern am monumentalen in Weiß getünchten Libertul-Verlagsgebäude. Jetzt strahlt unser Taxifahrer ein zweites Mal, das Hahaha noch breiter als vor wenigen Minuten; das Dollar-Note-Trinkgeld in der Hand winkend, verschwindet der Wolga im Verkehrsgetümmel.
Beim Näherkommen entpuppt sich das Gebäude nur noch den Konturen nach als monumental, überall bröckelt der Verputz, die Fensterstoren hängen teilweise herunter und in den unteren Etagen zerstört unschöner Bewuchs den letzten Rest von Würde.

Die Drehtüre lässt uns ins Gebäude eintreten.
„Bonjour Madame."
Wir versuchen's auf Englisch: „Good morning." Ihr Lächeln signalisiert, uns verstanden zu haben, ihre Antwort können wir nicht verstehen.
„Français?"
Wir nicken.
Sie macht ein Zeichen zu warten und entschwindet durch eine schwere Holztüre im Hintergrund.
Alles wirkt düster, die Bodenplatten in dunkelbraunen, gesprenkelten Farbtönen, das spärliche, durch die kleinen Fenster einfallende Licht und der undefinierbare Geruch von Salpeter und Druckerfarbe verstärken den Eindruck von Unbehagen.
Groß gewachsen, grau melierte, nach hinten gekämmte Haare, selbstsicher der Auftritt, er reicht uns die Hand.
„Monsieur, Madame", in perfektem Französisch, „womit kann ich Ihnen dienen?"
Wir sind einen Moment überrumpelt, einen solch eleganten Mann von Welt hätten wir hier nicht erwartet.
„Ich habe ein Anliegen, welches mich sehr beschäftigt. Vielleicht können Sie uns helfen?"
„Schießen Sie los, Madame, womit kann ich Ihnen helfen?"
Ohne auf Details unserer befürchteten Vermutungen einzugehen, erzählt Geneviève ihre Geschichte.
„Ich erinnere mich noch an diesen tragischen Unfall, die Nachricht vom Tode Ihres Mannes muss schrecklich für Sie gewesen sein."
„Also am Samstag, 14. Mai 2005, sagen Sie … da muss ich ins Archiv, wollen Sie mich begleiten?"
Wir folgen dem Herrn die Treppe nach unten.
„Der Lift ist nicht mehr in Betrieb, wir nehmen es sportlich, vieles funktioniert in diesem Land noch nicht, wie wir

es gerne hätten. Aber trotzdem ist unser Glaube an die Zukunft ungebrochen."

Einem langen Gang folgend, mit kaltem Neonlicht nur dürftig beleuchtet und links und rechts mit Lagergestellen und unzähligen Ordnern vollgestopft, bleibt unser akademisch aussehender Helfer vor einem Gestell stehen.

2005 steht auf dem obersten Metallrahmen, die Monate laufen von oben nach unten.

Er zieht den Ordner „Mai 2005" vom Regal und bläst den Staub in Richtung von uns weg.

„Scheinbar hat sich außer Ihnen noch niemand für den Mai 2005 interessiert", seine humorvoll vorgetragene Bemerkung.

Wir folgen dem Herrn in eine Nische mit Tisch und vier Stühlen. Er bittet uns auf schlichten Holzstühlen Platz zu nehmen.

„Ich erlaube mir, mich kurz vorzustellen. Ich heiße Laszlo Cosmatu und arbeite hier als Lektor. Ursprünglich war ich Professor an der hiesigen Universität und unterrichtete Französisch und Englisch.

Mit fünfundfünfzig Jahren werden wir in Rumänien pensioniert, das Amt, welches ich hier bekleide, ermöglicht mir auch nach der Pensionierung ein nicht verzichtbares Zusatzeinkommen."

Es folgt eine gut inszenierte Gedenksekunde, mir ist klar, auf was mich Herr Cosmatu aufmerksam machen will.

Geneviève ist dem Gespräch nicht gefolgt, gebannt starrt sie auf den noch immer geschlossenen Ordner.

Unser Professor blättert den Ordner „Mai 2005" durch und hält inne beim Montag, 16. Mai.

Heftig Genevièves Reaktion auf das formatfüllende Bild im Regionalteil.

Längere Zeit schweift ihr Blick über das Papier, scheinbar ohne irgendetwas für sie Wichtiges erkennen zu können.

Vom Unfallauto sieht man vor lauter Menschen fast nichts und die Qualität des Zeitungsbildes lässt auch zu wünschen übrig.
Mitfühlend beobachtet unser Akademiker Genevièves Ratlosigkeit.
„Vielleicht hilft es Ihnen, wenn ich den Text für Sie übersetze."
Genevièves spontanes Nicken lässt ihre Nervosität fühlen.
„Ja bitte, das wäre sehr nett von Ihnen."

Am vergangenen Samstag, gegen acht Uhr, ereignete sich vor dem Hotel Carra am Lacul Cismigeu ein tragischer Unglücksfall. Ein französischer Gast des Hotels, welcher einer französischen Weindelegation angehörte, wurde beim Verlassen des Hotels von einem Automobil angefahren und erlitt tödliche Verletzungen.
Der Fahrer des Unfallfahrzeuges gab zu Protokoll, dass der Franzose unverhofft zwischen zwei parkierten Fahrzeugen auf die Fahrbahn trat. Er hatte keine Chance auszuweichen oder zu reagieren, zudem war die Sicht durch den wolkenbruchartigen Regen eingeschränkt. Die Polizei wollte sich noch nicht zum Unfallgeschehen äußern, meinte aber, es könnte beim tödlich verunfallten Franzosen Alkohol im Spiel gewesen sein. Spurensicherung und weitere Abklärungen seien im Gang.

Noch immer findet er kein Zeichen einer Zustimmung oder sonstige Reaktion in Genevièves Gesichtszügen.
„Hilft es Ihnen, wenn ich Ihnen sage, dass der Zeitungsbericht nicht in allen Teilen stimmt. Der Fahrer des Unfallwagens war kein Fahrer, es saß eine Frau am Steuer."
Der Blitz, welcher uns beinahe erschlägt, könnte nicht heftiger sein.
Geneviève klammert an mir.
„Marco, das verkrafte ich nicht mehr." Die Tränen nehmen ihren Lauf.

„Habe ich irgendetwas Falsches gesagt?" Sorgenvoll die Mimik unseres Professors.
„Spielt es für Sie eine Rolle, von wem Ihr Gatte überfahren wurde?"
Wir sind im Moment nicht in der Lage zu antworten.
„Es hat uns auch beschäftigt, weshalb im Zeitungsartikel keine Frau erscheinen durfte, aber wie es so ist in Rumänien, wenn die Polizei, wir meinen sogar der Geheimdienst, die Securitate, im Spiel ist, stellt man keine Fragen."
„Darf ich nochmals das Foto sehen?" Geneviève hält das bedruckte Papier erneut in ihren zittrigen Händen.
„In der Regel werden im Zeitungsbericht nur gewählte Auszüge eines Originals abgelichtet", so der Professor.
„Das Negativ des Originalfotos lagert in einer anderen Zone. Ich habe dort keinen Zutritt, vielleicht kann ich etwas organisieren."
Seine Worte: „Das Amt, welches ich hier bekleide, ermöglicht mir nach der Pensionierung ein nicht verzichtbares Zusatzeinkommen", noch in Erinnerung, lässt meine Hand in die hintere rechte Hosentasche gleiten.
„Sagen Sie mir, wie viel ich Ihnen für diese Sonderleistung bezahlen muss. Wir brauchen diese Originalaufnahme dringend, vielleicht können Sie uns drei Abzüge besorgen."
„Also für hundert US-Dollar könnte man einiges bewegen ..."
Ehrfurchtsvoll hält unser Akademiker die zwei Monatslöhne eines Professors in seinen Händen.
„Und noch etwas, das Sie interessieren könnte. Wir haben selber recherchiert und herausgefunden, wo die Fahrerin des Unfallautos wohnte. Im Nobelhotel Alia, ganz in der Nähe des Triumphbogens war sie abgestiegen.
Ihren Namen habe ich vergessen, aber den werde ich Ihnen auch noch ausfindig machen können.
Wenn die Securitate damals Interesse am Todesfall hatte, ist das Thema auch heute noch heiß. Hier sind wir sicher,

aber ein weiteres Zusammentreffen mit Ihnen darf ich mir nicht mehr leisten.
Die Fotos und weitere allfällige schriftliche Informationen zum Unfall werde ich Ihnen an einem neutralen Ort übergeben. Seien Sie morgen Nachmittag um drei Uhr im Café Eliot am Bulevardul Regina Elisabeta. Betreten Sie das Café durch den Hintereingang.
Ich werde eine Viertelstunde nach Ihnen, ohne von Ihnen Kenntnis zu nehmen, das Café betreten und unverzüglich zur Toilette gehen. Hinter dem Spülkasten der rechten Toilette deponiere ich einen dunkelbraunen Umschlag mit den Informationen. Um nicht aufzufallen, bestelle ich anschließend einen Kaffee und lese einen Zeitungsbericht.
Und noch eine Bitte, verstecken sie das Couvert unter Ihrer Jacke, warten Sie mit dem Öffnen, bis Sie an einem Ort sind, wo Sie nicht beobachtet werden können, also auch nicht im Taxi."
Unser Professor beherrscht sogar das Geheimnis eines Undercoveragenten.
„Ich schlage vor, dass wir nun wieder nach oben gehen. Am Empfang werden wir uns verabschieden und ich werde mich entschuldigen, dass ich Ihnen nicht habe helfen können.
Reine Vorsichtsmaßnahme, man weiß ja nie."
Wir sitzen wieder im Taxi, dieses Mal in Richtung unseres Hotels Carra.
„Noch wissen wir nicht mit Sicherheit, ob die Frau am Steuer des Unfallwagens Jelena Pawltow hieß, Geneviève, und ob wir voreilige Schlüsse ziehen dürfen.
Zugegeben, wenn die Polizei die wahre Person hinter dem Lenkrad bewusst unterschlägt, fällt es mir schwer, nicht an eine Mafia oder eine andere verbrecherische Organisation zu denken. Auf jeden Fall hege ich jetzt noch größere Zweifel an der Integrität der hiesigen Polizei.

Jetzt sollten wir die Möglichkeit nutzen und gleich versuchen in diesem Nobelhotel Alia einzuchecken, sozusagen in der Höhle des Löwen, natürlich anonym, unter falschem Namen, die Pässe haben wir aus irgendwelchen Gründen verlegt. Ich werde mir einen Grund einfallen lassen, und wenn das Hotel nicht voll belegt ist, werden wir ein Zimmer finden, die sind doch alle käuflich!"
Geneviève hält sich noch immer fest an meinem Arm. „Ich mache mit, ich will alles wissen, du hast meine volle Unterstützung, Marco."
Unsere Rucksäcke sind gepackt, zum Auschecken bleibt uns keine Zeit, wir wollen uns sowieso die Diskussion um Bezahlung und getätigte Reservationen ersparen, vielleicht sind wir sogar froh, wieder hier im Hotel übernachten zu können. Erneut schüttelt uns der Wolga dem neuen Ziel entgegen. Die Gegend wird vornehm, wir umfahren den Triumphbogen und parkieren kurz darauf vor dem Nobelhotel Alia. Am Empfang werden unsere bescheidenen Erwartungen bei Weitem übertroffen. Schwarze Ledersessel auf rotem Spannteppich, moderne Klubtische und Gemälde zeitgenössischer Maler an den farbigen Wänden vermitteln eine Gediegenheit, wie wir sie sonst nur in den exklusivsten Hotels des Westens antreffen. Auch die spärlich anwesenden, vornehm gekleideten Hotelgäste stammen scheinbar aus einer anderen Welt.
Der Herr am Empfang mustert die beiden Rucksacktouristen mit vornehmer Zurückhaltung. „Sie wünschen, Monsieur, Madame?" in bestem Französisch.
„Wir suchen ein Zimmer für ein oder zwei Nächte, Monsieur."
Ohne den Blick von der Tastatur des Computers zu erheben: „Waren Sie schon einmal Gast in unserem Hotel?"
Wir verneinen.
„Doch, da lässt sich etwas machen", seine überraschende Zusage. „Im zweiten Stock, ein Doppelzimmer mit Blick

auf den Park und Triumphbogen, die Nacht kostet für zwei Personen inklusive Frühstück 250 Euro."

Sichtlich überrascht, mit unserer spontanen Zusage hat er offensichtlich nicht gerechnet, verlangt er nach unseren Pässen oder Identitätskarten.

„Da haben wir ein kleines Problem, Monsieur. Die Pässe sind uns heute abhandengekommen, wir wissen nicht einmal, wo genau, wahrscheinlich auf der Stadtrundfahrt, irgendwo im Gedränge in der Altstadt."

„Sie müssen verstehen", seine gespielte Höflichkeit, „ohne Papiere darf ich Sie leider …"

Die Einhundert-Dollar-Note schaut unschuldig aus der zusammengefalteten Libertul, welche ich auf die Theke lege. Er stützt seine Hand neben die Zeitung.

„Also, ausnahmsweise lasse ich Sie hier übernachten, darf ich Sie um Ihre Namen bitten?"

Seine Hand wieder am Computer, die Hundert-Dollar-Note dafür nicht mehr in der Zeitung.

„Geneviève Leclerc, Marco Stall, wohnhaft in Belp bei Bern, in der Schweiz."

„Das genügt, besten Dank. Die heutige Übernachtung müssen sie im Voraus bezahlen."

Das Glück scheint uns zu lachen, diese zu bestechende Person passt in unser Schema, sie wird uns weiterhelfen können.

„Dürfen wir Sie unter vier Augen sprechen, Monsieur? Wir hätten da einige für uns sehr wichtige Fragen."

Unauffällig, auf der Suche nach unerwünschten Zuhörern wandert sein Blick nach links und rechts.

„Ich habe heute nochmals Dienst von zehn Uhr abends bis vier Uhr morgens. Wäre es Ihnen möglich, um zwei Uhr nochmals vorbeizuschauen? Wir könnten uns dann ungestört hinter der Theke unterhalten."

Unser Zimmer ist eine Wucht, das Entrée mit großen Ablagemöglichkeiten, ein riesiges Badezimmer, ein noch größerer Wohnraum und in einer Seitennische das einladende große Doppelbett.

Ein gepflegtes Nachtessen erwartet uns im fantasievoll eingerichteten Speisesaal unseres Hotels Alia. Trotzdem gelingt es uns nicht, die kulinarischen Köstlichkeiten zu genießen. Zu schwer lastet das vor uns stehende Gespräch mit dem diskreten Herrn von der Empfangstheke.

Auch an Schlaf ist nicht zu denken. Unruhig wälzt sich Geneviève hin und her, das Signal des Weckers um halb zwei empfinden wir beinahe als Erlösung.

Es ist fünf Minuten vor zwei Uhr, der Lift bringt uns hinunter in die menschenleere Lobby. Mit einer ihm angeborenen distinguierten Geste bittet er uns einzutreten und am edlen Besprechungstisch Platz zu nehmen.

„Womit darf ich Ihnen dienen?"

„Zuerst möchte ich mich bei Ihnen für Ihr Entgegenkommen bedanken, uns Ihre Zeit zur Verfügung zu stellen, unser Anliegen ist nicht ohne eine gewisse Brisanz, wir sind sehr auf Ihre Diskretion angewiesen."

Ein Räuspern, ein tiefer Blick, wir verstehen uns. In seinen Augen leuchtet bereits die nächste größere Dollarnote.

„Wir möchten wissen, welche Gäste in der Zeit zwischen dem 12. und 14. Mai 2005 bei Ihnen abgestiegen sind."

Die Drehtüre beim Empfang setzt sich in Bewegung. Das junge Paar hat es anscheinend eilig und nimmt uns zwei im Hintergrund und den inzwischen wieder an der Theke stehenden Concierge kaum zur Kenntnis.

„Können Sie mir den Namen dieser Person nennen, nach welcher Sie suchen?", unser distinguierter Concierge lässt seine Hände über die Tastatur des PCs gleiten.

„Nach einer Jelena Pawltow."

Die Nervosität lässt uns unruhig hin und her tappen.
„Leider findet sich niemand mit diesem Namen auf der Gästeliste, Madame. Ich starte nochmals einen Versuch über vierzehn Tage.
Leider auch kein Resultat. Vielleicht ist diese Dame unter einem anderen Namen abgestiegen? Dies könnte in unserem Hause schon einmal vorkommen", sein vielsagender Blick gehört mir.
„Eine Jelena Burewista logierte in der Zeit vom 10. bis 14. Mai 2005 in unserem Hotel, sie ist Rumänin."
„Haben Sie vielleicht Fotos von Ihren Gästen?"
„Leider dürfen wir von unseren Gästen ohne ihr Einverständnis keine Fotos machen", vom Concierge so überzeugt vorgetragen, dass jeder einigermaßen anständige Mensch seinen Worten ungefiltert Glauben schenken muss.
Nachdenklich legt er seine Stirne in Falten.
„Wir führen oftmals Seminare und Tagungen in unserem Hotel durch, da werden Fotos gemacht, welche teilweise in unseren Prospekten und Empfehlungsbroschüren Verwendung finden. Auf diesen Fotos finden sich meistens auch Hotelgäste, welche sich zufällig an einer der Bars aufhielten. Dieses Fotomaterial ist nur der Direktion zugänglich. Auf den Eventkalender habe ich jedoch Zugriff, dort sind alle Sonderanlässe der letzten zehn Jahre gespeichert, nur einen Moment, gleich bin ich so weit.
Aha, im Mai 2005, es war der 12., fand in unserem Hause ein großes Firmenjubiläum statt, die Amanar, ein rumänisches Bergbauunternehmen feierte mit einhundert geladenen Gästen ihr fünfzigjähriges Jubiläum, bestimmt existieren Fotos von diesem Anlass.
Ich habe da meine Beziehungen, wenn Sie mir etwas Zeit lassen, werde ich morgen auf die Fotodatei zugreifen. Ich muss da sehr vorsichtig sein, Sie verstehen, Monsieur. Die

nächste Einhundert-Dollar-Note glänzt in seinen Augen. Dann werde ich die Fotos auf meinen Laptop herunterladen. Wie wär's, wenn wir uns morgen, das heißt, eigentlich schon heute, abends um neun Uhr in Ihrem Zimmer treffen würden?"

Wir willigen ein, eine bessere Möglichkeit könnte sich uns kaum bieten.

„Dürfen wir Sie noch um einen Gefallen bitten? Wäre es Ihnen auch möglich, die Liste der Hotelgäste auszudrucken, welche vom 12. bis 14. Mai 2005 hier anwesend waren?"

Eine Fünfzig-Dollar-Note beflügelt den Drucker. Erhaben drückt unser Informant die gewünschten Unterlagen in meine Hände.

Wir reichen uns die Hand, inzwischen zeigt die luxuriöse Wanduhr an der Rezeption: Mittwoch, 21. April, 0315 Uhr. Die Liste mit Namen der Hotelgäste werden wir heute nicht mehr durcharbeiten. Erschöpft fallen wir in einen unruhigen Tiefschlaf.

Gedämpfte, die Sinne beflügelnde Sonnenstrahlen fallen durch die Gardinen unseres edlen Hotelzimmers. Nicht so am heutigen Tag, sie vermögen unsere getrübte Stimmung nicht aufzuhellen.

Die gestrige Erkenntnis, dass eine Frau am Steuer des Unfallwagens saß, dieselbe Frau im Luxushotel Alia abgestiegen ist und unsere schreckliche Vermutung nährt, sie könnte Jelena Pawltow heißen, verdirbt uns den Tag, bevor er richtig beginnt.

Wir stehen gedankenversunken am Fenster.

„Ich empfinde wie du, Geneviève, auch mir ist unwohl, und ich möchte dieses Land so schnell wie möglich verlassen. Vielleicht könnte dies schon übermorgen der Fall sein."

„Wahrscheinlich wird es heute noch regnen, ich spüre den Wetterwechsel", meint Geneviève.

Hektik entsteht in unserm Zimmer, als wir die fortgeschrittene Zeit zur Kenntnis nehmen, es ist bereits neun Uhr, nur noch eine halbe Stunde ist das Frühstücksbuffet geöffnet.

Die Kellner sind bereits beim Abräumen, wir setzen uns an einen vorher nicht belegten Tisch, bestellen Kaffee und wenden uns dem nicht mehr sehr reichhaltigen Buffet zu.

Eine heftige Diskussion schwappt durch die Klapptüre der Küche und auf dem Weg zurück ins Hotelzimmer erleben wir dieselbe Unruhe an der Empfangstheke: Concierge, Kassier und Portier sind wild am Gestikulieren.

Die Morgenausgabe der Zeitung Libertul liegt offen am Empfang. Übermächtig die Schlagzeile, die wir allerdings nicht übersetzen können, dafür prägt sich das formatfüllende Bild eines brennenden Gebäudes in unsere Sinne.

Geneviève ist dieser Zeitungsbericht auch aufgefallen.
„Carra, so heißt doch unser gestriges Hotel, Marco."
Der Concierge hat unser Gespräch mitverfolgt.
„Das Hotel Carra ist diese Nacht vollständig abgebrannt. Man vermutet einen technischen Defekt im Küchenbereich."
„Gab es Verletzte oder sogar Tote?"
„Die Ermittlungen sind noch nicht abgeschlossen, zwei Personen werden vermisst, ein Schweizer und eine Französin, sie hatten ihr Zimmer im dritten Stock gebucht.
Wegen Einsturzgefahr konnte die dritte Etage noch nicht inspiziert werden, bedenklich stimmt der Umstand, dass man die Fluchttüre verschlossen vorfand."
Geneviève presst meine Hand, jegliche Farbe ist aus ihrem Gesicht gewichen. Im Lift überhäuft sie mich mit ihren Fragen.
„Hätten wir eine Chance gehabt, dem Feuer zu entkommen, Marco?
Glaubst du, dieser Brand hat etwas mit unserer Anwesenheit zu tun, oder könnte es sogar sein, dass dieser Brand bewusst wegen uns gelegt wurde?"
Der Himmel hat sich weiter verdüstert, das wenige Sonnenlicht dringt nun noch schwächer als vor einer Stunde durch die Gardinen unseres Hotelzimmers.
Soll ich mich dieser melancholischen Stimmung unterwerfen und dem Pessimismus weiter Nahrung verschaffen? Ich entscheide mich für das Gegenteil.
„Also, ich kann mir nicht vorstellen, dass dieser Brand mit uns zu tun hat, Geneviève.
Wegen eines Weinguts in Frankreich steckt doch niemand ein Hotel in einem völlig fremden Land in Brand, zudem konnte niemand wissen, ob wir uns zu diesem Zeitpunkt im Hotel aufhielten.
Es ist übrigens eine Eigenheit von mir, nach Fluchtwegen in Hotels zu suchen. Unser Balkon war mit den Nachbar-

balkonen verbunden, es wäre also möglich gewesen, seitwärts zu fliehen, zudem war jeder Balkon, auch diejenigen unter uns, mit Geländer ausgerüstet, an welchen wir uns mittels Bettlaken hätten abseilen können.
Da braucht es schon ein wenig mehr, um uns aus der Reserve zu locken, Geneviève."
Mein Lächeln bleibt nicht ohne Wirkung, seufzend lehnt Geneviève an meinem Körper.
Etwas Wesentliches habe ich ihr unterschlagen, und dieses Wissen behalte ich für mich.
Nach dem Besuch des Weingutes von Nicolas Murback in Gigondas führte ich nochmals ein Telefongespräch mit Nicolas. Bei seinen Ausführungen um das Unfallgeschehen vor dem Hotel in Bukarest war mir aufgefallen, dass nie ein Wort über Blut oder eine Blutlache, wie sie bei derart schweren Fällen immer vorkommen, erwähnt wurde.
In meinem Telefongespräch sprach ich ihn explizit darauf an. „Es war kein Blut zu sehen, meinte er, weder unter noch neben dem Fahrzeug."
Für mich brachte dieses Telefongespräch die Bestätigung meiner schon vorher gehegten Befürchtung, Pascal muss bereits tot gewesen sein, als er überfahren wurde, man hatte den Leichnam Pascals vor das Fahrzeug gelegt und dann überfahren.
Unter diesem Gesichtspunkt erhält auch das Feuer im Hotel eine neue Bedeutung.
Vielleicht sind wir in größerer Gefahr, als wir uns bewusst sind!

Es ist Nachmittag, zwei Uhr, das Taxi wird uns zum Café Eliot am Bulevardul Regina Elisabeta chauffieren.
Milchig-trüb empfängt uns die immer noch frühlingshafte, nun aber mit viel Feuchtigkeit gesättigte Luft, kaum mehr

Sonnenstrahlen wärmen unsere Körper, stattdessen wirbeln heftige Windböen Staub in die Luft und lassen die Bäume der Grünanlage unseres Hotels heftig wanken.
Der Portier hält uns die Türe des Taxis.
„Wir dürfen keine Spuren beim vereinbarten Treffen mit unserem Professor hinterlassen und werden deshalb einige Straßenzüge vor dem Café Eliot aussteigen, den Rest der Strecke werden wir dann zu Fuß zurücklegen, Geneviève."
„Ich werde dieses Mal hinter dem Taxifahrer sitzen."
„Sonst wählst du den Sitzplatz hinter der Beifahrerseite, Marco. Hat das mit meinem kleinen Make-up-Spiegel in deiner Hand zu tun?"
Ich ziehe Geneviève näher an mich heran und flüstere ihr ins Ohr.
„Vielleicht versteht unser Chauffeur Französisch, wir sollten uns vorsichtig unterhalten.
Mit diesem Spiegel werde ich das Geschehen hinter uns überwachen, es könnte ja sein, dass uns jemand folgt, eine reine Vorsichtsmaßnahme.
Der Taxichauffeur kann meine Beobachtungen mit dem Spiegel direkt hinter ihm sitzend nicht mitbekommen und für die Insassen eines uns allenfalls verfolgenden Fahrzeuges wäre dieser kleine Spiegel unsichtbar."
„Dann rechnest du damit, verfolgt zu werden?" Geneviève schmiegt sich fester an mich.
„Du kennst meinen beruflichen Werdegang, Geneviève. Irgendwie bin ich immer auf der Hut, meine berufliche Erfahrung hat mich vorsichtig werden lassen."
Einige Straßenkreuzungen später mit diversen Richtungsänderungen lassen meine Befürchtung zur Sicherheit werden, es folgt uns ein Fahrzeug.
Vor der Ampel muss der mit drei Männern besetzte dunkelblaue Skoda aufschließen.

Geneviève nach wie vor an meinen Schultern lehnend, lassen die uns verfolgenden Männer nicht ahnen von mir beobachtet zu werden.
Zwischen dreißig und vierzig Jahre alt, vermutlich schlank, mit kurz geschnittenen Haaren, schätze ich die Männer. Wahrscheinlich ernst zu nehmende Profis.
„Werden wir verfolgt, Marco, kannst du mit dem kleinen Spiegel überhaupt etwas anfangen?"
„Absolut alles in Ordnung, Geneviève, niemand folgt uns", lüge ich.
Ich darf sie nicht einweihen, nach dem Verlassen des Taxis würde ihr kaum mehr natürliches Verhalten den unheimlichen Verfolgern bestimmt auffallen.
Drei Querstraßen vom Café Eliot verlassen wir das Taxi.
„In einer halben Stunde werden wir dort erwartet, wir haben also noch Zeit, Geneviève."
Der Wind bläst nun noch stärker, und die Wolken nehmen bedrohliche Formen an.
Irgendwie passt diese Stimmung zur angespannten Situation.
„Ich brenne darauf, diese Fotos zu Gesicht zu bekommen, lass uns bitte schnell das Café aufsuchen, Marco!"
Meine Überzeugungsarbeit, nicht sofort das Café aufzusuchen, denn unser Informant wird erst um fünfzehn Uhr fünfzehn dort eintreffen, zeigt Früchte. Wir schlendern den Schaufensterauslagen am Bulevardul Timisoara entlang.
„Dieses Land ist wirklich eigenartig, heruntergekommene Läden, dann wieder edle Boutiquen, wie soll das bloß funktionieren?"
Mit Genugtuung nehme ich Genevièves steigendes Interesse an den gediegenen Modegeschäften am Bulevardul Timisoara zur Kenntnis.
Weniger erbauend hingegen empfinde ich die beiden parallel mit uns laufenden Herren auf der gegenüberliegenden Straßen-

seite. Vor einigen Minuten sind sie aufgetaucht, nun folgen sie uns wie ein Schatten. Von der Statur her könnten es zwei Männer aus dem uns vorher verfolgenden dunkelblauen Skoda sein.
Die Spiegelung der Schaufenster lässt mich unauffällig das Geschehen auf der gegenüberliegenden Straßenseite weiter beobachten.
„Täusche ich mich, oder bist du wirklich so angespannt? Du sprichst kaum mehr, Marco.“
„Weißt du, es geht mir ein wenig wie dir, das Unwissen, was uns auf den Fotos erwarten könnte, lässt auch mich nicht zur Ruhe kommen.“
Es ist Viertel vor drei, wir stehen auf der Rückseite des Cafés Eliot.
Die beiden Männer sind verschwunden, eigentlich ein gutes Zeichen, nicht für mich.
Weshalb sind sie plötzlich nicht mehr sichtbar, lauern sie irgendwo im Hinterhalt? Die auf mir lastende Spannung ist kaum vorstellbar. Ich will wissen, wo sich der Gegner befindet.
Wir betreten das Café durch den Hintereingang.
Erneut überrascht uns eine nicht erwartete Gediegenheit im Innern des Cafés.
Moderne Ledersessel, die Wände aus hellbraunem Holz im Verbund mit Natursteinen, dazu warmes Licht und sanfte Hintergrundmusik verleihen dem Café dieses Wohlfühlambiente.
Viele junge, modern gekleidete Menschen teilen anscheinend auch unsere Meinung, das Café ist sehr gut besetzt. Unmittelbar in der Nähe zur Toilette lassen wir uns auf den einladenden Ledersesseln nieder.
Freundlich die Dame und in gepflegtem Englisch nimmt sie unsere Wünsche entgegen.

„Zweimal Espresso Natur, dann zweimal Zwetschgenkuchen …"
Plötzlich verschlägt es mir die Sprache. Die beiden Männer erscheinen unverhofft im Café und nehmen nur zwei Tische von uns entfernt Platz. Ich habe sie nicht kommen sehen und bin im Moment völlig überrumpelt.
Nur kurz die Schrecksekunde.
„… den Zwetschgenkuchen einmal mit Rahm, dann bringen Sie uns bitte noch einen halben Liter Mineralwasser."
„Was ist mit dir los, Marco? Ich habe dich noch nie so unkonzentriert erlebt."
„Vielleicht bin ich wirklich nervöser als du, Geneviève", besänftigend verweilt mein Blick in ihren dunkelbraunen Augen, den Tisch mit den beiden Herren beachte ich nicht.
Die zwei Kaffee und die Zwetschgenkuchen gesellen sich auf den modernen Klubtisch.
„Auf dass es Ihnen gut schmecken möge", ihre mit einem wohlwollenden Lächeln begleitete Bemerkung.
Beinahe synchron und magnetisch angezogen, die Kaffeetasse am Mund scheinen wir blockiert, wandern unsere Blicke zur Eingangstüre.
Der gut aussehende Herr mit nach hinten gekämmten grau melierten Haaren geht auf direktem Weg, ohne von uns oder dem mit den zwei Männern besetzten Tisch Notiz zu nehmen, an uns vorbei zur Toilette.
Die zwei Minuten, bis er wieder erscheint, dauern eine Ewigkeit.
Ich erhebe mich, vielleicht ein wenig zu heftig, wie sich herausstellt, erfasst die gleiche Hektik einen der beiden Männer am übernächsten Tisch.
Auch er hat das Bedürfnis, den Toilettenbereich aufzusuchen.
Ich bin näher an der Türe zum Vorraum und erreiche diesen vor ihm.

Die Türe der rechten Kabine ist angelehnt, nur wenige Augenblicke später drehe ich den Türverschluss von innen. Mein Herz rast, steht er nun vor der Kabinentüre, eventuell in einer der Nebenkabinen oder vielleicht wirklich nur am Pissoir und die ganze Hektik ist bloß Einbildung meiner kriminal geschädigten Fantasie?
Absolute Stille, nur die sanfte Hintergrundmusik ist zu hören und das Parfum des Duftspenders vermittelt sogar ein gewisses Wohlfühlambiente.
Mein Puls schlägt nun noch heftiger, als ich das dunkelbraune Couvert hinter dem Spülkasten hervorziehe und es ungeöffnet vorne unter meiner Lederjacke verschwinden lasse; ob der Größe des Couverts lässt sich der Reißverschluss nur mühsam schließen.
Noch immer herrscht, außer der sanften Musik, völlige Stille im Raum. Soll ich heraustreten oder doch lieber noch eine Zeit abwarten?
Mein Instinkt empfiehlt mir zu warten und das übliche Prozedere einzuleiten.
Gurt und Reißverschluss öffnen, die Hosen herunterlassen und, das fällt mir besonders schwer, mich auf die Klobrille setzen.
Genevièves Spieglein wandert wenige Zentimeter über Bodenhöhe, die nun sichtbaren, in dunklen Jeans steckenden Männerbeine vor meiner Kabine lassen meine Nackenhaare sich sträuben.
Er steht direkt vor der Türe zu meiner Toilette! Meine Gedanken jagen sich:
„Knallt es jetzt, und werde ich von Kugeln durchsiebt, … knallt es und die hereinbrechende Türe erschlägt mich auf der Toilette sitzend …?“
Nichts geschieht, die Beine stehen noch immer unbeweglich am selben Ort, dafür bewegt sich die Türe zum Vorraum.

Eine junge Frauenstimme, scheinbar überrascht durch die Situation, die sie hier vorfindet, äußert sich mit Worten, die ich nicht übersetzen kann. Ihre Stimme verliert sich wenige Augenblicke später wieder im Restaurant.
Der Feind und ich allein, lediglich durch die WC-Türe getrennt, ein Kampf scheint unausweichlich. Ich bin insofern im Vorteil, als er über meine Kenntnisse seiner Präsenz nichts weiß; der Überraschungseffekt liegt auf meiner Seite. Ein Papiertaschentuch lasse ich in der WC-Schüssel mit Wasser vollsaugen und werfe es, zu einer Kugel geformt, dreimal zurück in die Schüssel. Das Geräusch wirkt echt, einzig die fehlenden Geruchsemissionen können mein Vorhaben gefährden.
Ich ziehe die Hosen hoch, schließe gut hörbar den Gürtel und betätige die Spülung.
Jede Pore, jeder Muskel meines Körpers ist aufs Äußerste gespannt.
Zügig, um ihn im Glauben zu lassen, von seiner Anwesenheit nichts zu wissen, öffne ich die Toilettentüre.
Unsere Blicke treffen sich im Spiegel des Lavabos vis-à-vis. Stahlblau und eiskalt sein Blick. Ungefähr eins achtzig groß, etwa zehn Zentimeter kleiner als ich, vom Gewicht her dürfte er meine fünfundachtzig Kilogramm ebenfalls nicht erreichen, ich müsste ihm körperlich überlegen sein.
Unverhofft, aus dem angewinkelten Ellbogen trifft mich sein Schlag direkt in meine Bauchgegend. Dieser Schlag kommt von einem Profi. Normalerweise würde ich jetzt in die Knie gehen, meine angespannten Bauchmuskeln und das dicke Couvert unter der Lederjacke verhindern Schlimmstes. Sein Trommelfeuer wird von meinen noch härteren Schlägen neutralisiert.
Lautes Krachen erfüllt den Raum, als er heftig mit dem Rücken durch die Türe der Nachbarkabine kracht. Schlag

um Schlag treffen Ellbogen auf Körper und Fäuste aufeinander, ein Volltreffer holt ihn von den Beinen.
Noch während des Aufrappelns verspürt er meinen finalen Haken, er sinkt die Wand entlang und bleibt, halb sitzend, eingeklemmt neben der WC-Schüssel stecken.
Schmerzhaftes Stöhnen entweicht seinem verzerrten Gesicht, der dürfte in nächster Zeit außer Verkehr sein und vorerst keinem anständigen Menschen mehr zu nahe treten.
Sein Kittel wurde beim Kampf zerrissen, das Halfter mit der Pistole wird sichtbar, unfähig Gegenwehr zu leisten, entreiße ich die Pistole dem Halfter und lasse sie in meiner Hosentasche verschwinden.
Kaum eine Minute hat dieser Kampf gedauert.
Mit weit aufgerissenen, entsetzten Augen, das Gesicht fahl und ihr Körper hilflos auf dem Stuhl kauernd, erwartet mich Geneviève im Café. Sie hat den Kampf mitbekommen, mein lädiertes Äußeres trägt zusätzlich zu ihrer Verzweiflung bei.
Der zweite Mann am übernächsten Tisch schnellt von seinem Stuhl und rennt zur Toilette.
Er wusste, was sich im WC-Raum abspielen würde, nicht aber, dass die „falsche" Person die WC-Anlage verlässt.
„Wir haben keine Zeit", ich zerre Geneviève vom Sitz, „wir müssen fliehen!"
Beim Herausrennen durch den Hintereingang erfasse ich kurz unseren Professor, welcher ebenso betroffen und mit offenem Munde am Tisch die Zeitung fallen ließ.
Wir rennen um unser Leben.
Mit Blick auf der Suche nach Verfolgern immer wieder rückwärts gerichtet, wechseln wir mehrmals die Straßen, durchqueren einen Hauseingang und stoßen auf eine stark frequentierte Einkaufsstraße.
Niemand scheint uns zu folgen und auch der dunkelblaue Skoda ist nicht auszumachen.

Ein erstes Aufatmen, wir sind den Verfolgern vorerst entkommen, das Couvert und die Pistole habe ich glücklicherweise bei der Rennerei nicht verloren, den inzwischen eingesetzten Regen nehmen wir erst jetzt zur Kenntnis. Wassertropfen kullern über ihre Wangen und völlig außer Atem stößt sie hervor: „Was ist geschehen, Marco? Sag mir bitte alles."

„Es sieht nicht gut aus für uns, Geneviève, ich wurde in der Toilette angegriffen.

Das war kein gewöhnlicher Raubüberfall, das waren Profis", meine Hand lässt die Konturen der Pistole hervorheben, „die habe ich mitlaufen lassen.

Der einzige Ort, der uns eine gewisse Sicherheit bietet, ist unser Hotel, wir sollten schnellstmöglich zurück dorthin."

Unruhig verläuft die Fahrt im Taxi, laufend, den Blick auf der Suche nach einem dunkelblauen Skoda oder sonst einem Verfolgerfahrzeug nach hinten gerichtet, erreichen wir über die mit unzähligen Wasserpfützen gelöcherten Straßen unser Hotel Alia.

„Einigermaßen siehst du wieder wie ein Mensch aus, Marco." Geneviève hält ein blutverschmiertes Taschentuch vor mein Gesicht. „Wir werden im Hotel nach einer Hausapotheke verlangen."

Besorgte Gesichter am Empfang. „Sollen wir einen Arzt rufen?"

„Danke, Madame, eine kleine Hausapotheke würde genügen." Die Dame unterlässt es, nach dem Warum und Weshalb zu fragen, wir leben in einem gefährlichen Land.

„Wir müssen Rumänien schnellstmöglich verlassen, Geneviève."

Die drei A4-Format-Fotos liegen ausgebreitet vor uns auf dem Bett, gestochen scharf bis ins kleinste Detail, einzig die Druckstelle in der Mitte der Bilder, verursacht durch die

Ellbogen des Angreifers, trüben an dieser Stelle die Qualität. Gestochen scharf auch die abgelichtete Frau, welche den Wagen gesteuert haben muss, sie ist blond und trägt kurze Haare.
Kein Zweifel, fünf Jahre jünger, aber unverkennbar, es ist Jelena Pawltow, oder, wie sie sich damals hier im Hotel eingetragen hat, Jelena Burewista. Dieser Name wurde von unserm Professor in seinem Begleitschreiben bestätigt.
Genevièves Augen unterscheiden sich nicht mehr vom Rot des Badezimmerteppichs.
Verkrampft hält sie meine Arme. „Ich war noch nie so zerstört wie heute, Marco, welche Abgründe lassen einen Menschen so tief sinken? Ich möchte noch heute zurück nach Frankreich, bitte veranlasse alles, bitte."
Meine Hand streichelt über ihr schönes, inzwischen wieder trockenes Haar.
„Einfach wird es nicht werden, das Land zu verlassen, Geneviève, einen Linienflug können wir auf keinen Fall buchen."
Zu ihrer Niedergeschlagenheit vermischt sich nun noch Unverständnis.
„Diese Männer waren keine Kriminellen oder gewöhnliche Polizisten, wahrscheinlich ist der Geheimdienst involviert, vielleicht sogar infiltriert durch die Mafia. Wenn wir am Flughafen auftauchen, würden wir sofort verhaftet, und was uns dann passieren könnte, daran wage ich nicht zu denken."
„Ich kann dir nicht ganz folgen." Genevièves besorgte Äußerung.
„Dasselbe Schicksal, welches Pascal widerfuhr, würde wahrscheinlich auch uns blühen.
Pascal wurde kaltblütig ermordet, er war mit Sicherheit schon tot, bevor er von Jelenas Wagen überfahren wurde.

Der Regen prasselt unaufhaltsam ans Fenster, entsprechend düster zeigt sich der Hotelpark mit den im Wind heftig wankenden Platanen, alles wirkt gespenstisch.
Gelähmt folgt Geneviève meinen Worten.
„Vor etwas mehr als vierundzwanzig Stunden ist unser ehemaliges Hotel Carra abgebrannt. Die Medien berichteten lediglich von den vorgefundenen Pässen der beiden vermissten Personen.
Was liegt näher, als mitzuteilen, dass die Französin und der Schweizer bei dem Brand ums Leben kamen? Also sind wir theoretisch bereits tot.
Diese Organisation, oder wer auch immer dahintersteckt, braucht nur noch die passende Gelegenheit, uns tatsächlich umzubringen und dann verschwinden zu lassen. Unsere einzige Chance ist unterzutauchen, ein öffentliches Verkehrsmittel, wie Bus, Zug oder Flugzeug, ist also ab sofort tabu."
Wortlos sitzen wir uns, halb auf dem breiten Bett liegend, gegenüber.
Geneviève rappelt sich erneut auf. „Und wie sicher sind wir hier im Hotel?"
„Wir sind wahrscheinlich auch hier nicht mehr sicher, ich habe einen Plan, er ist riskant, es bleibt uns leider keine andere Wahl."
Gediegenes Ambiente empfängt uns im nur zur Hälfte besetzten Speisesaal, ausländische Gäste aller Hautfarben lassen sich verwöhnen und genießen die Evergreens des Mannes am Piano.
Entgegen den gut gemeinten Empfehlungen des Kellners entscheiden wir uns für den Tisch direkt neben dem Kücheneingang, eine allfällige Flucht durch die Küche erachte ich chancenreicher als durch die Hotellobby.
Das Nachtessen macht keine Freude, wir müssen uns zum Essen zwingen, eine Vorahnung lässt mich fürchten, dass

es für längere Zeit die letzte üppige Mahlzeit gewesen sein könnte.
Die Pistole liegt griffbereit in Genevièves Handtasche.
„Glaubst du, unser Professor kommt heil aus dieser Sache heraus? Es würde mir wahnsinnig leidtun, wenn ihm etwas zustoßen würde."
„Ich vermute schon; wenn die Männer um unseren Informanten gewusst hätten, wäre er vorher abgefangen worden. Die Hektik unmittelbar nach dem Angriff in der Toilette wird es ihm ermöglicht haben, das Café unerkannt zu verlassen."
Eine Sorgenfalte weniger auf ihrem Gesicht. „Und was meinst du, weshalb wurden wir entdeckt?"
„Es gibt eigentlich nur zwei Möglichkeiten:
Beim Einchecken in Nizza; Geneviève Ruipart, oder mindestens dein Nachname Ruipart, wird in einer Datei registriert sein.
Wenn nicht am Flughafen Nizza, dann wahrscheinlich beim Bezug des Hotels Carra wurden diese Verbrecher auf deinen Namen aufmerksam.
Inzwischen bin auch ich überzeugt, dass der Brand absichtlich gelegt wurde.
Aus irgendeinem Grund müssen sie uns eine gewisse Zeit aus den Augen verloren haben, auch unser Besuch der Zeitung Libertul blieb unentdeckt, auf der Hin- und Rückfahrt zur Zeitung wurden wir nicht verfolgt, da bin ich mir sicher. Seit heute Morgen ist es ihnen gelungen, unsere Fährte wieder aufzunehmen, schon kurz nach dem Hotel waren sie hinter uns her.
In Anbetracht unserer kritischen Situation zeigt Geneviève Verständnis für meine Notlüge, im Taxi am frühen Nachmittag nichts von den Verfolgern mitbekommen zu haben.
„Wenn diese Killer uns beseitigen wollen, dann bietet sich ihnen bereits diese Nacht eine weitere Möglichkeit. Mit

einem Passepartout die Türe des Hotelzimmers öffnen, was dann weiter geschehen könnte, sollten wir uns nicht ausmalen; ich gelange mehr und mehr auch zur Überzeugung, dass Pascal damals bereits im Hotel ermordet wurde.
Niedergeschmettert, zusammengekauert auf dem edlen Essstuhl sitzend und mit traurigen Augen lässt Geneviève meine deprimierenden Ausführungen über sich ergehen.
„Marco, du bist so stark und voller genialer Ideen, du wirst doch eine Lösung für uns finden, wir sind viel zu jung, um zu sterben."
Sie heftet sich an mein nicht erwartetes Lächeln, es ist ein Lächeln voller Zuversicht, Geneviève fasst wieder Mut.
„Ich werde uns aus diesem Land bringen, Geneviève, vertraue mir."
Es ist halb neun Uhr, als wir uns auf den Weg zurück ins Hotelzimmer begeben.
Unbehelligt, unter freundlicher Verabschiedung durch die Kellner verlassen wir den Speisesaal, und die Dame an der Rezeption wünscht uns ebenso freundlich eine gute Nachtruhe.
Vielleicht ist sie ein wenig irritiert, unsere Schritte führen am Lift vorbei zum Treppenhaus, in unserer momentanen kritischen Situation könnte der Aufzug leicht zur Falle werden.
Das Klopfgeräusch haben wir erwartet, es ist Punkt neun Uhr, der Mann von der Rezeption steht vor unserer Türe.
„Warte, Geneviève, lass mich die Türe öffnen."
„Was machst du mit diesen Kabeln, Marco?"
Erstaunt verfolgt sie, wie ich vor der Türe kniend das dünne Kabel mit der Zwei-Millimeter-Kamera einen Spaltbreit unter der Türe durchschiebe.
„Alles okay, er steht allein vor der Türe."
Vornehm seine Verbeugung und sein Händedruck.

„An diesem Firmenjubiläum wurden sehr viele Fotos geschossen, es wäre zu aufwendig, alle auszudrucken, ich habe die Fotos für Sie auf eine CD gebrannt."
Würdevoll übergibt er die CD in Genevièves erwartungsvolle Hände, und ebenso würdevoll nimmt er die nächste Einhundert-Dollar-Note von mir in Empfang.
Kaum zwei Minuten hat der Deal im Vorraum des Zimmers gedauert, wir sind wieder allein.
„Es ist an der Zeit, den ersten Teil meines Fluchtplanes umzusetzen, Geneviève; wir werden das Hotelzimmer wechseln."
„Wie stellst du dir das vor", ihre Verblüffung ist nicht zu überhören, „wir können doch um diese Zeit nicht einfach das Hotelzimmer wechseln, und einen Nutzen hätten wir ja auch kaum, die Verbrecher werden uns auch im neuen Hotelzimmer aufspüren."
„Das neue Zimmer werden wir ohne Einbezug der Rezeption ausfindig machen.
Ich habe heute Morgen der Raumpflegerin den Passepartout von ihrem Servicewagen gestohlen."
„Du bist eine Nummer", dieses verblüffte Lächeln habe ich bei ihr seit Frankreich nicht mehr gesehen.
„Lass uns packen, Geneviève, zeige dich nicht am Fenster, wahrscheinlich werden wir beobachtet."
Für Außenstehende nicht sichtbar, nur mit dem Restlicht aus dem Badezimmer, finden auch die Gegenstände aus dem Wohn- und Schlafzimmerbereich den Weg in unsere Rucksäcke.
„Und wie willst du wissen, welche Zimmer nicht belegt sind, Marco?"
Mit entwaffnendem Lächeln: „Ich weiß es auch nicht, wir werden an die Türen klopfen und abwarten, ob sich jemand meldet."

Auf derselben Etage, ungefähr fünf Zimmer weiter, auf der Höhe des Treppenhauses, versuchen wir ein erstes Mal unser Glück.
Zimmer 225, eine Männerstimme meldet sich aus dem Innern. Bevor er aus dem Zimmer tritt, „Excuse me, Sir, I'm wrong."
Zimmer 227, erneut mein Klopfzeichen an die Türe, es bleibt still, niemand meldet sich.
„Vielleicht sind die Gäste noch beim Nachtessen, oder das Zimmer ist tatsächlich frei."
Kontrollblick nach links und rechts, den Passepartout durch den Schlitz ziehen und ohne Zeitverzug betreten wir das Zimmer. Es ist nicht belegt. Wir umarmen uns, die Erleichterung lässt uns nur einen Augenblick die Sorgen vergessen.
„Nur kein Licht, Geneviève, wir müssen uns im Dunkeln einrichten.
Einige wenige Badezimmerutensilien und Kleinigkeiten für die Übernachtung entnehmen wir den Rucksäcken, bei einer unverhofften Flucht soll uns nichts Zeitraubendes im Wege stehen."

Genevièves ruhiger Atem lässt ihren erholsamen Schlaf fühlen, ganz im Gegensatz zu mir, obwohl todmüde, bin ich nicht fähig, Ruhe zu finden. Tageshelle, dann wieder absolute Dunkelheit, in den kurzen Augenblicken der Blitze treten die vom Sturm gekrümmten Platanen und zerzausten Gebüsche über die Netzhaut in meine Sinne.
Gewitter haben mich schon immer fasziniert, in der Geborgenheit eines Bettes, die Blitze, das Prasseln des Regens und Donnerschläge zu erleben ist ein Spektakel, das mich erschauern und begeistern lässt.
Ein einziges Fahrzeug steht längs der Auffahrtstrasse auf dem Parkfeld zum Hotel.
Die Uhr zeigt ein Uhr dreiundvierzig, die Nacht kann noch lange dauern.
Erneut entlädt sich in nächster Nähe der weiße Energiestrahl, gefolgt vom unmittelbaren heftigen Donnerschlag. Der Lack des Wagens reflektiert das helle Licht und lässt das Wageninnere einen Sekundenbruchteil lang sichtbar werden. Die Naturgewalt im sicheren Wagen zu erleben, muss für das im Wagen sitzende Pärchen ähnlich idyllische Gefühle hervorrufen, wie ich sie normalerweise im Bett erlebe.
Ein nächster Lichtblitz erhellt erneut das Innere des Fahrzeuges, gut erkennbar der Mann hinter dem Lenkrad, seine Begleitung kann ich wegen Schattenwurf der Platane eigentlich nur vermuten.
Eigentlich weiß ich überhaupt nicht, ob jemand auf der Beifahrerseite sitzt, und wenn ja, eine Frau oder ein Mann, erst recht verunsichert bin ich durch die Feststellung, dass der hinter dem Lenkrad sitzende Mann offensichtlich ein Fern-

glas an seinen Augen hält, wenn mich nicht alles täuscht, mit Blickrichtung zum Hotel. Die nächste Lichtdusche bestätigt meine Vermutung, das Fadenkreuz seines Fernglases dürfte auf unserer Etage, im Bereiche unseres ehemaligen Hotelzimmers liegen.

Ich bin hellwach.

Bahnt sich da auf dem Platz vor dem Hotel irgendetwas für uns Verhängnisvolles an, soll ich Geneviève aus ihrem verdienten Schlaf aufwecken? Niemand weiß von unserem Zimmerwechsel, also besteht für uns im Moment keine ernsthafte Bedrohung, oder etwa doch?

Die Ereignisse beginnen zu eskalieren.

Zwei weitere Fahrzeuge nähern sich in rasanter Fahrt und stoppen unmittelbar hinter dem bisher parkierten Wagen, es ist eine Mittelklasse-Limousine und ein weißer Kastenwagen. Wie auf Kommando schießen aus dem bereits vorher parkierten Wagen Fahrer und Beifahrer, erst jetzt erkennbar, ebenfalls ein Mann, dann folgen vier Männer aus der mittleren Limousine und zwei weitere Männer aus dem weißen Kastenwagen.

Blitzschnell ist meine kleine Überwachungsanlage unter dem Türspalt installiert, zwei Kabel mit Fischaugenobjektiven, von außen kaum sichtbar und nur einen Zentimeter unter der Türe vorstehend, jedes mit anderem Blickwinkel zum Gang.

Es bleibt mir kaum Zeit zum Aufstehen, die Treppenhaustüre vor unserm Hotelzimmer wird aufgerissen, drei Männer stürmen in den Gang.

Sollten sie jetzt unsere Hoteltüre eintreten, würde ich die auf dem Bett liegende Pistole nicht mehr rechtzeitig erreichen können.

Nur Sekundenbruchteile später, es bleibt mir kaum Zeit zum Ausatmen, rennen die Männer den Gang entlang und bleiben, so vermute ich, vor unserem ehemaligen Hotelzimmer stehen. Aus dem Hotellift gesellen sich die restlichen

vier Männer zur Gruppe und wiederum nur Sekunden später sind sie aus dem Kamerabereich verschwunden, sie müssten nun in unserem ehemaligen Hotelzimmer sein.
Vielleicht zwanzig, maximal dreißig Sekunden nur dauert die Aktion, erneut erfasst die Kamera die Männer, sie stehen wieder im Gang und scheinen sich zu beraten. Dieses Mal ohne Hektik, begeben sie sich auf den Rückzug, beim Eingang zum Treppenhaus, direkt vor meinem Hotelzimmer, bleiben sie erneut stehen.
Ihr hitziges Flüstern lässt die Ratlosigkeit und Frust über den misslungenen Angriff spüren.
Noch immer unter höchster Anspannung und im Schutze der Gardinen beobachte ich die Verbrecher beim Wegfahren mit allen drei Fahrzeugen vom Hotelareal, das Gewitter übernimmt erneut die Regie.
Ich glaube in den letzten fünf Minuten nicht mehr geatmet zu haben, auch der Gebrauch der Pistole hätte mir gegen diese Übermacht nicht helfen können.
Diesen ersten Angriff hätten wir überlebt, die Erleichterung darüber und die Bestätigung, mit dem Zimmerwechsel wahrscheinlich unser Leben gerettet zu haben, lassen mich ein erstes Mal durchatmen; entspannt sinke ich neben die von den dramatischen Ereignissen völlig isoliert, friedlich schlafende Geneviève.
Im Liegen sinniere ich über das weitere Vorgehen, wir sind nicht mehr die Jäger, sondern längst die Gejagten, es geht nur noch ums reine Überleben und dies in einem Land mit fragwürdigen rechtsstaatlichen Auffassungen, dazu ohne die Möglichkeit, mit unseren Handys nach außen zu kommunizieren, seit der Ankunft in Bukarest waren sie ohne Verbindung.
Blitzte, Donnergrollen und Regen lassen mich sanft den sorgenvollen Gedanken entschwinden.

Den Weckruf um sechs Uhr dreißig nehme ich nicht wahr. Es ist Genevièves Hand, die mich zurück in die Wirklichkeit holt.
Der mitternächtliche Sturm ist einem intensiven Landregen gewichen, vereinzelt unterbrochen durch schwach hörbares Donnergrollen in der Ferne. Bereits zeigen sich erste Spuren des noch jungen Tages.
„Du scheinst einen gesegneten Schlaf zu haben, Marco, warum hast du den Wecker eigentlich so früh gestellt?
„Das darf doch nicht wahr sein!", ihre entsetzte Reaktion, als ich ihr die Geschehnisse der letzten Nacht erkläre, „und du hast mich nicht einmal geweckt. Ich hätte dir doch helfen können!"
„Wir müssen die Stadt dringend verlassen, hier wird es bald von Geheimdienst wimmeln, bestimmt werden sie zuerst nach uns im Hotel suchen.
Irgendein Automobil zur Flucht werden wir schon auftreiben."
Ein letzter Blick vom Zimmerfenster, noch ist die Zufahrtsstraße zum Hotel von keinem Fahrzeug belegt, mein Türspion zeigt auch nichts Verdächtiges im Hotelgang.
Im Treppenhaus erkläre ich Geneviève meinen Plan.
Auf dem kürzesten Weg die Stadt verlassen und dann weiter südlich zum nächstgelegenen, nur einhundert Kilometer entfernten Nachbarland Bulgarien, natürlich ausschließlich auf Nebenstraßen und in frühen Morgenstunden, um diese Zeit rechne ich nicht mit Straßenkontrollen.
Vorsichtig bewegt sich die Lieferantentüre auf dem Hintereingang unseres Hotels, unsere Köpfe spähen nach verdächtigen Personen und im aufhellenden Morgen nach sichtbar werdenden Fahrzeugen.
Alles scheint ruhig, den Regenschutz tief ins Gesicht gezogen empfängt die nasskalte Morgendämmerung die beiden Flüchtenden.

Unser Hotel liegt im Westen der Stadt, der nächste Weg aus der Stadt führt demzufolge ebenfalls in westlicher Richtung. Zwanzig Minuten mit ungefähr zwei zurückgelegten Kilometern sind wir inzwischen unterwegs.
Im beginnenden Morgenverkehr, beim Durchfahren der Pfützen verursachen die Fahrzeuge heftige Fontänen, für die beiden am Straßenrand marschierenden Menschen kennen sie keine Nachsicht.
Erste Bauernhäuser im westlichen Vorort von Bukarest tauchen aus dem Regendunst. Das Licht der Straßenlampen bricht sich in den Pfützen und verleiht dem Ganzen ein gespenstisches Bild, nun gesellt sich noch ein blinkendes Blaulicht in die Wasserpfütze vor uns.
Noch wissen wir nicht, woher es stammt, unverzüglich suchen wir Schutz unter dem ausladenden Vordach eines alten Bauernhauses.
Das Blaulicht stammt von einem Polizeifahrzeug, welches in langsamer Fahrt ebenfalls Richtung Westen an uns vorbeifährt. Auf den nächsten zweihundert Metern bietet sich kein Haus mehr als Deckung.
„Was meinst du, wollen wir weitergehen, Geneviève?"
Eben im Begriffe, uns aus dem Versteck zu lösen, erschreckt uns ein Räuspern direkt hinter unseren Rücken. Die alte Dame muss uns beobachtet haben, ihre Handbewegung fordert uns auf, näher zu treten. Heftig ihr Kopfschütteln und ebenso heftig die abwinkende Bewegung in Richtung des sich entfernenden Polizeifahrzeuges, dazu unverständliche Worte.
„Sie will uns etwas mitteilen, ich glaube, sie möchte uns helfen, Geneviève."
Wärme vom Holzofen und das knackende Geräusch des verbrennenden Holzes verbreiten ein gemütliches Wohlbefinden in dem niedrigen, mit dunkeln Holzbalken bestückten Wohnraum.

Längere Zeit sitzen wir uns gegenüber, kaum verständlich ihre Laute aus dem zahnlosen Munde. Sie kann weder Englisch noch Französisch, eine Kommunikation mit ihr scheint nicht möglich zu sein. Die gutmütige Alte zeigt ein aufmunterndes Lächeln, derweil ihre tiefen Falten sie noch älter erscheinen lassen.

Mehrmals wiederholt sie ihre verwerfende Handbewegung in Richtung des vorhin vorbeifahrenden Polizeifahrzeuges. Unser Nicken und die zum Dank zusammengefalteten Hände bestätigen ihr, auch ohne gegenseitige Sprachkenntnisse, ihre Bedenken verstanden zu haben.

Im Dämmerlicht des Wohnraumes fällt mein Blick auf einen in einer hinteren Wandecke kaum sichtbaren Monatskalender.

„Darf ich den Kalender von der Wand nehmen, Madame?"

Sie versteht kein Wort und nickt trotzdem wohlwollend, als ich mich dem Kalender nähere.

Auf dem knorrigen Holztisch wechsle ich die Seite vom Monat April zum Mai.

„Lunä, schreibt sich dieser Monat auf Rumänisch, am Rand eines Zeitungspapiers notiere ich das Wort „Lunä" und ergänze es mit den Zahlen 14. und 2005 (14. Lunä 2005).

Erstaunen und Unverständnis lese ich in ihren Gesichtszügen.

„Es wird schwer werden, ihr dieses Datum und das Geschehen mit Pascal bewusst zu machen, Marco", Genevièves verunsicherte Bemerkung.

Weiter gleitet mein Bleistift über den unbedruckten weißen Rand der Zeitung, es entsteht ein Auto und darunter liegend ein Mann, dahinter notiere ich den Name Hotel Carra.

Die alte Frau rückt ihre Brille näher zur Pupille und berührt mit der Nase beinahe das Papier, derweil meine Hand zwischen dem 14. Lunä 2005 und der Zeichnung mit dem Auto hin und her schwenkt.

Plötzlich presst sie ihre Hände vor den Mund und nickt heftig.
„Sie erinnert sich an den Unfall!" Genevièves begeisterte Feststellung.
„Sie weiß aber noch nicht, was es mit dir zu tun hat, Geneviève."
Nun wandert nicht mehr der Bleistift, sondern mein Zeigefinger zum Mann unter dem Auto und beim Zurückgehen legt sich meine Hand um die neben mir sitzende Geneviève. Sie schaut tief in meine Augen, dabei ihre Hand mit fragenden Bewegungen auf Geneviève gerichtet, sie wiederholt meine Bewegung zwischen Geneviève und der Zeichnung auf dem Zeitungspapier.
Tief ihr Seufzen, und erneut unverständliche Worte entweichen ihrem Munde. Sie bekreuzigt sich, macht den Versuch einer Verbeugung und nimmt Geneviève in ihre Arme. Längere Zeit verweilen die beiden Frauen mit festem gegenseitigem Händedruck auf den schweren Holzstühlen.
„Sie scheint alles zu begreifen und möchte uns helfen, das spüre ich, Geneviève. Die Polizei steht auch nicht in ihrer Gunst, das könnte für unsere Flucht hilfreich sein, ich versuche ihr noch etwas zu erklären."
Inzwischen ist die liebenswürdige Frau mit Früchten, Brot, Käse und Kaffee zurück aus der Küche. Sie fordert uns mit ihrem Lächeln auf zuzugreifen. Kann diese Frau Gedanken lesen? Mein Magen knurrt schon lange und auch bei Geneviève dürfte es kaum anders sein.
Fünfzig Dollar drücke ich der hilfsbereiten alten Dame in ihre Hände.
Heftiges Kopfschütteln, sie will mein Geld nicht annehmen, ihre Ethik verbietet ihr, Geld von Menschen in Not anzunehmen.
Nun ist es meine Hand, welche die ihre fest hält und ebenso bestimmend mein Blick und meine Worte.

„Sie müssen das Geld annehmen, Madame. Sie haben uns sehr geholfen, bitte."

Natürlich kann sie meine Worte auch dieses Mal nicht verstehen, aber sie weiß, was ich meine.

Widerwillig, mit leichtem Kopfschütteln lässt sich die alte Frau schlussendlich überzeugen, das Geld anzunehmen.

Ungläubiges Staunen und Bewunderung ob meines Kommunikationserfolges signalisieren Genevièves glänzende Augen.

Erneut lasse ich den Bleistift über einen unbedruckten Zeitungsrand gleiten.

Meine Strichmännchen bestehen aus drei Personen, zwei nebeneinander und eines vis-à-vis stehend.

Weiblein und Männlein symbolisieren die beiden nebeneinanderstehenden, also Geneviève und ich, dem Männlein vis-à-vis verpasse ich eine Polizeimütze und in die Hand eine Pistole, die auf uns zielt, dazu mit Handschrift „Politie".

Mit eigener Handbewegung verleihe ich der Szene Nachdruck, indem ich auf Geneviève ziele.

Schockiert fasst die alte Frau mit beiden Händen ihren Kopf und nickt nachdenklich.

Sie weiß, was ich ihr sagen will, und sie weiß auch um die Gefahr, welche uns von der Polizei droht; drei sorgenvolle Gesichter sitzen sich bedrückt in der warmen Stube gegenüber.

Mühsam erhebt sich die alte Frau vom Stuhl, humpelt zum antiken Holzmöbel und holt aus einer Schublade einen Schreibblock. Zittrig wandert ihr Bleistift über das Papier.

Eine Straße entsteht, dann ein Haus, sie erklärt mit Handzeichen, dass es ihr Haus ist, und in einigen Zentimetern Entfernung ein Punkt oder ein Ring, dann legt sie den Bleistift zur Seite.

Sie berührt mit ihren zitternden Fingern den soeben gezeichneten Punkt und wechselt zum symbolischen Polizisten auf meiner Zeichnung am Rande der Zeitung.

Ich nicke und auch Geneviève hat verstanden, es muss sich um einen Kontrollposten der Polizei handeln. Verwerfende Handbewegungen und ihr schmerzhafter Versuch durch drehende Kopfbewegungen sollen uns klarmachen, hier ist kein Durchkommen möglich.
Hilfe suchend ihre Schulterbewegung, dazwischen erneut Worte, die wir nicht verstehen.
Die ausgebreitete Straßenkarte Rumäniens mit angrenzendem Bulgarien lege ich vor ihr auf den knorrigen Holztisch.
Von Bukarest wandert mein Finger zuerst nach Westen, dann in südlicher Richtung nach Bulgarien.
Wiederum für uns unverständliche Worte und ein Nicken signalisieren, uns erneut verstanden zu haben.
Den Bleistift führt sie auf der von ihr gezeichneten Straße einige Zentimeter in die gleiche Richtung weiter bis zu einem größeren von ihr gezeichneten Quadrat neben der Straße.
Beim Quadrat zeigt sie auf die Früchte, Brot und Käse auf dem Tisch.
Es muss sich um einen Lebensmittelladen oder ein Einkaufscenter handeln.
Unser Nicken lässt sie einen Moment lächeln.
Und jetzt das Verblüffende: Sie signalisiert mit Handbewegungen zwischen uns beiden und dem Quadrat, uns dorthin zu bringen.
Nun lächeln auch wir beide ein erstes Mal.
Keck ergreift sie meinen Arm und nimmt uns mit nach draußen in die Scheune neben dem Wohnhaus, ihr Humpeln scheint sie nicht mehr zu behindern.
Harasse mit Kartoffeln und Äpfeln, dazwischen Gartengeräte, Stoffsäcke, Heu in Ballen gepresst, ein uralter Traktor und etwas zurück ein ebenso alter Holzkarren mit Deichsel erwarten uns in der chaotisch anmutenden Scheune.

Sie fordert uns auf den Holzkarren am Haken des Traktors anzukuppeln.
Unter ihrer Anleitung heben wir anschließend zwei Bahnen Harasse auf die Ladebrücke des Holzkarrens, lassen in der Mitte einen Zwischenraum, welcher offensichtlich für uns bestimmt ist, das entnehme ich jedenfalls ihrem schelmischen Lächeln. In den Zwischenraum legt sie schmunzelnd eine alte Pferdedecke, Holzplanen decken nun die beiden Harassreihen zu und obendrauf gesellen sich nochmals mehrere Harasse mit Kartoffeln.
Als Abschluss befestigt die alte Dame eine große Zeltplane über unserem Versteck. Vorsichtig öffnet sie das laut quietschende Scheunentor. Der Regen prasselt erbarmungslos vom Himmel und der kalte Luftzug fährt uns durch Mark und Knochen. Könnten wir doch noch eine Zeit lang das Kaminfeuer in ihrem alten Haus genießen!
Während die alte Dame im Schwingsattel an Hebeln zieht, fordert sie mich auf, an der Kurbel vorne am Motor des Traktors zu drehen.
Wann lief dieser Traktor wohl zum letzten Mal? Diese alte Frau wäre ohne fremde Hilfe niemals in der Lage, den Motor aus eigener Kraft anzuwerfen.
Knattern, dunkle Rußwolken, der Steinzeit-Traktor nimmt heftig schüttelnd Drehzahl auf.
In einer Mischung aus Erstaunen und Zuversicht zwängt sich Geneviève, eng an mich geschmiegt, in den schmalen Raum zwischen den Harassen.
So nahe waren wir uns seit Frankreich nie mehr, Zeit für erotische Gedanken sind in diesem Moment so fern wie Bukarest und Nizza.
Mit Stroh stopft die alte Frau die Öffnungen im Kopf und Fußbereich zu und Sekunden später setzt sich das Gefährt rumpelnd in Bewegung.

Erst jetzt wird mir bewusst, in welch gefährlicher Situation wir uns befinden.
Wenn die Polizei die Plane hebt, bleibt uns keine Chance.
Ich wäge Pro und Kontra ab, ohne die Möglichkeit zu haben, an der Situation überhaupt etwas ändern zu können.
War ich zu leichtsinnig mich auf den Vorschlag der alten Frau einzulassen?
Schauer überfällt mich bei der Vorstellung, wie die Polizei, ohne geringste Chance, Widerstand leisten zu können, das Menschenpaket in den weißen Kastenwagen verfrachtet.
Im Dieselgestank nähern wir uns dem angekündigten Kontrollposten. Vereinzelt erkenne ich stehende Fahrzeuge, welche sie links überholt.
Kreidebleich und kaum mehr atmend klammert Geneviève an meinem Oberkörper, ich bin ihr Beschützer, ein Beschützer, der in diesem Moment selber jeden Schutzengel benötigt.
Heftige Stimmen werden laut, die Alte streitet anscheinend mit der Straßenkontrolle, und wie es scheint mit Erfolg, kein Polizist wagt sich an dem schwer beladenen Karren etwas zu kontrollieren oder sogar die Plane zu entfernen.
Der Traktor setzt sich wieder in Bewegung.
An vorbeiziehenden Stiefeln erkenne ich Polizistenbeine und wenig später holpern wir mit vorheriger Geschwindigkeit weiter Richtung Westen.
Erst jetzt fühle ich meine nassen, von den Strohballen nicht regengeschützten Beine und die Kälte schleicht erneut erbarmungslos ins Bewusstsein.
Genevièves Zittern lässt dieselbe Feststellung vermuten, vielleicht noch verstärkt durch den enormen psychischen Stress.
Wann endlich sind wir am Ziel? Lange halten wir diese strapaziöse, die Knochen malträtierende Fahrt nicht mehr aus.

Unendliche Minuten verstreichen, eine Linkskurve mit Gefälle überrascht uns im engen Versteck, gleichzeitig mit den Harassen rutschen wir nach vorne, noch eine solche Korrektur und die Kartoffeln werden uns begraben.
Endlich steht der Traktor, der Motor beendet seine Tätigkeit. Stolz lächelnd entfernt die Alte die Plache und hilft uns aus dem schmalen Verlies.
Die Gegensätzlichkeit dieses Landes überrascht uns erneut. Ein supermodernes Einkaufszentrum liegt vor uns. Der Traktor steht auf einem der unzähligen, mit Verbundsteinen vornehm gepflasterten Parkfelder.
Ihr Lächeln ist nun noch breiter als vorhin und ihre Handbewegung signalisiert, hier könnt ihr euch bedienen, ich habe alles Menschenmögliche für euch getan.
„Komm in meine Arme, mein Engel." Natürlich versteht sie wiederum meine Worte nicht.
Mein Kuss auf ihre Wange macht jede verbale Kommunikation unnötig, und auch Genevièves Umarmung und ihr intensiver Händedruck sagen mehr als tausend Worte.
Die erneute Dollarnote, dieses Mal ein Hunderter, akzeptiert sie nun ohne Widerstand. Mit einer tiefen Verbeugung und mit ihrer Bekreuzigung gibt sie uns den Segen für die Zukunft.
Ein-, zweimal kräftig an der Kurbel drehen genügt und das heftig rauchende Gefährt, mit der noch immer winkenden alten Dame verschmilzt langsam im Regendunst des Horizonts.
„Hoffentlich gelingt ihr das Durchkommen bei der Polizeikontrolle."
„Mache dir keine Sorgen, Geneviève. Wenn sie jetzt kontrolliert wird, spricht nichts mehr für Flüchtlinge an Bord. Unsere resolute Dame wird ihr Zuhause unbeschadet erreichen."
Eng schmiegt sich Geneviève an meinen Körper.

Erbarmungslos prasselt der Regen unvermindert vom Himmel, Regenschutz hin oder her, wir sind völlig durchnässt.
Die junge Frau auf dem Parkfeld ist sehr mit ihrem jüngeren Kind und dem Auslösen des Einkaufswagens beschäftigt, sie bemerkt nicht, dass das ältere der beiden Kinder die hintere Türe des alten Zastava nicht verschlossen hat, mein Ellbogen stößt sanft Geneviève.
„Was willst du mir sagen, Marco?" Ihre Stimme zeigt ihr wiedererwachtes Interesse.
„Wir entlehnen uns diesen Wagen, selbst ohne Zündschlüssel dürfte es kaum Schwierigkeiten bereiten, den alten Wagen in Gang zu setzen."
„Die Frau mit den Kindern wird mindestens eine halbe Stunde mit Einkäufen beschäftigt sein, es bleibt uns genügend Zeit, die Zündung zu überbrücken."
Frau und Kinder entschwinden im Einkaufscenter.
Über die unverschlossene hintere Türe gelangen wir ins Wageninnere des Zastava.
Sorgenvoll äußert Geneviève ihr Mitgefühl für die junge Frau, während ich mich an den Kabeln unterhalb des Armaturenbrettes zu schaffen mache.
Dieser Wagen ist ein Geschenk des Himmels, kein Zündschloss, welches die Lenkung blockiert, nur ein Startknopf und nach weniger als fünf Minuten sind die zwei entscheidenden Stromkabel unterhalb des Armaturenbrettes miteinander verbunden.
Der Startknopf bringt den Motor zum Laufen, stotternd und unrund, aber er läuft!
Anerkennend und kopfschüttelnd lässt Geneviève ihre Bewunderung fühlen.
Mit heftigem Ruckeln, die Kupplung ist von einem anderen Stern, setzt sich der Zastava Richtung Tankstelle in Bewegung.

Eine Tankuhr, Fehlanzeige!
Im Shop kauft Geneviève Lebensmittel und Mineralwasser für mindestens drei Tage, während ich mich mit zwei Zwanzig-Liter-Reservekanistern zum Zastava aufmache.
Der Benzintank war fast leer und auch das Befüllen der beiden Kanister beansprucht wichtige Minuten.
Schwer mit Esswaren beladen kehrt Geneviève vom Shop zurück.
Unser Bargeld geht zur Neige, für diese Einkäufe und das Benzin hat es noch gereicht, aber in Zukunft müssen wir uns etwas einfallen lassen.
Ein letzter erleichterter Blick aufs Parkareal, die Frau mit den beiden Kindern ist noch immer im Einkaufscenter und weiß noch nichts vom fatalen Diebstahl ihres Zastava.
Wir setzen uns in den Wagen, starten den Motor und schüttelnd nimmt der Zastava Fahrt Richtung Westen auf.

In Westeuropa wäre das Schicksal des Zastava schon längst durch den Schredder besiegelt, hier, im heftigen Regen, auf der Ausfallstraße von Bukarest sind wir glücklich, dass es ihn gibt, und fühlen uns mit diesem Wagen wie in Abrahams Schoß. Als gelte es einen hoch zerbrechlichen Schatz zu transportieren, bewege ich die alte Diva vorsichtig Richtung Westen.
Ohne sichtbare Polizeipräsenz erreichen wir die Stadtgrenze von Bukarest und kurz darauf, durch den heftig schmierenden Scheibenwischer kaum erkennbar, die Ortstafel mit Hinweis auf die gleichnamige Ortschaft Crevedia. Wir sind auf dem richtigen Kurs, hier müssen wir nach Süden einschwenken. Kaum Fahrzeuge begegnen uns, die Stadt-Land-Grenze trennt wie Schwarz und Weiß, ein erstes Mal legt sich mein Körper entspannter an die steil stehende Rückenlehne des Zastava.
„Ich glaube nicht, dass uns die Securitate außerhalb Bukarest vermutet, sie werden weiterhin in und um Bukarest nach uns fahnden", sage ich.
Auf Nebenstraßen, mit kaum mehr als 30 bis 40 Kilometer pro Stunde holpern wir dem rettenden Bulgarien entgegen. Das Navigationsprogramm im kleinen Garmin leistet überlebenswichtige Dienste.
„Und wie gedenkst du die Grenze nach Bulgarien zu überwinden, Marco?"
„Ich weiß es im Moment auch noch nicht …"
Ein tief fliegendes Kleinflugzeug lenkt uns vom Gespräch ab. Wer sitzt in diesem Flugzeug und weshalb überfliegt es im Tiefflug diese unwirkliche, fast menschenleere Gegend?

Geneviève scheinen dieselben Fragen zu beschäftigen. „Wenn die Polizei vom Diebstahl des Zastava erfahren hat, werden sie auch von unseren Einkäufen, vor allem der gekauften Benzinmenge wissen, dann wäre es auch nicht weiter verwunderlich, wenn sie die Fahndung nach uns mit Flugzeugen ausdehnen würden."
„Ich traue der Situation ebenfalls nicht, wir müssen uns schnellstmöglich unsichtbar machen."
Das Flugzeug ist am Horizont entschwunden, eine mit Schlaglöchern und Pfützen übersäte Naturstraße führt in einen nahen Wald.
Im Schritttempo um die Pfützen herumfahrend, gewinnen wir die schützende Deckung des Waldes.
Nach wenigen Hundert Metern lichtet sich der Wald, eine grüne Wiese öffnet sich und im hinteren Winkel tritt eine Holzhütte aus dem Regendunst.
Im Fernglas erkenne ich Details, wahrscheinlich eine Jagdhütte, die Holzläden sind geschlossen, offensichtlich ist sie nicht bewohnt.
„Wenn es uns gelingt, den Zastava dort zu verstecken, sind wir eine gewisse Zeit vor den Verfolgern sicher."
Unmittelbar hinter der Holzhütte befindet sich ein offener Schuppen mit geschnittenem Holz.
Schweißtreibend ist die Arbeit, aber die Mühe lohnt sich. Die Nische ist nun groß genug, der Zastava findet Platz zwischen den Holzbeigen. Hilfreich auch die zerrissene Plane, die wir im hinteren Teil des Schuppens finden. Vom Zastava ist nun von vorne und von oben nichts mehr zu sehen.
Noch nicht einmal Mittag und kaum mehr fünfzig Kilometer von der bulgarischen Grenze sitzen wir blockiert im Niemandsland. Erneut dringt lauter werdendes Motorengeräusch gespenstisch durch den Wald. Kommt dieses Ge-

räusch von der Straße oder wieder aus der Luft? Versteckt im Schutze einer Tanne harren wir der Dinge, die da kommen. Auf der aufgeweichten Naturstraße sind die Radspuren des Zastava noch immer sichtbar. Sie würden allfällige Verfolger direkt in unser Versteck führen. Ich wünsche mir jetzt alles, nur nicht den Besuch einer motorisierten Polizeipatrouille. Endet jetzt und hier unser Erdendasein? Diese Vorstellung lässt meine Nackenhaare sich sträuben.
Bei der Schießerei könnte ich einige der Verbrecher erledigen, aber gegen die zu erwartende Übermacht hätten wir keine Chance.
Die Rumänische Botschaft würde vom Autounfall der Französin und dem Schweizer berichten und das gewohnte Leben nähme seinen Lauf. Bei Pascal war es doch auch so, alles unkompliziert und erklärbar.
Ängstlich klammernd heftet sich Geneviève an mich. Könnte sie meine Gedanken lesen, sie müsste auf der Stelle in Ohnmacht fallen.
Das Geräusch wird stärker, niedertourig dreht der Motor, nicht wie ein Automotor, sondern wie ein auf Langlebigkeit ausgelegter Flugmotor. Schweiß steht auf meiner Stirne, dieses Mal nicht von der harten Arbeit im Schuppen, und gleichzeitig macht sich Erleichterung breit.
Es ist wiederum ein Flugzeug mit gleicher Flugrichtung wie vorher, durch die Tannenwipfel verfolgen wir seinen Kurs.
„Es ist nicht dasselbe Flugzeug, Geneviève, das macht mir Mut. Auf der Suche nach uns würde die Polizei kaum zwei Flugzeuge direkt hintereinander und auf gleichem Kurs schicken. Es ist trotzdem zu riskant weiterzufahren.
Im Moment sind wie hier in Sicherheit, wir werden abwarten und erst in den frühen Morgenstunden unsere Flucht fortsetzen, vielleicht gelingt es uns, die Jagdhütte aufzubrechen."

In modernen europäischen Automobilen findet sich nicht einmal mehr Werkzeug für einen einfachen Radwechsel, ganz im Gegensatz dazu unser alter Zastava, er vertritt die Generation Automobile aus den Fünfzigerjahren.
Ein wahrer Fundus an Werkzeugen: Schraubenschlüssel, Schraubenzieher, Zange, Pneuhebel und sogar ein Hammer finden sich im zerklüfteten Kofferraum.
Der Pneuhebel leistet die erhofften Dienste. Der schwere, aus Holzlatten gefertigte Fensterladen kann dem Druck des Hebels nicht lange widerstehen und auch die Scheibe dahinter birst nach einem kurzen Schlag.
Nur Augenblicke später gelingt es mir, durch das zerborstene Fenster den Innenraum zu erklimmen und ohne weitere Behinderung die Hüttentüre von innen zu öffnen.
Atemlos stehen wir im Innern der Hütte. Das wenige Licht durch das kaputte Fenster und die offene Türe ermöglicht eine erste Orientierung. Essnische mit Tisch und zwei Holzbänken, ein gusseiserner Holzofen, ein Schlafabteil mit zwei Betten, ein weiterer knorriger Holztisch mit vier Stühlen und drei Petroleumleuchten, die Wände voller Jagdtrophäen und zwei Schrotflinten hängen ebenso an den Wänden wie Geweihe von Hirschen, Steinböcken und Rehen.
Längere Zeit schauen wir uns gedankenversunken in die Augen. Alles wirkt unwirklich und ist trotzdem real.
Erneut holt uns Motorenlärm in die Realität.
Vom soeben eingestiegenen Fenster ist uns der Blick Richtung Waldweg versperrt. Das andere Fenster und der Fensterladen in Richtung des vorher gefahrenen Weges lassen sich von innen öffnen, nur ein Spaltbreit genügt, die Lichtung und der Weg zu unserer Hütte liegen direkt in unserem Blickfeld.
Die langläufigen Schrotflinten hängen unterhalb der Geweihe, die Patronenmagazine sind leer.

Zeit zur Suche der Schrotpatronen habe ich auch nicht, ich müsste mich auf meine Pistole verlassen.
„Geneviève, leere alle Schubladen, irgendwo müssten sich Patronen für die Schrotflinten finden."
„Hier!" Heftig atmend drückt sie mir eine Schachtel mit einer Menge Schrotpatronen in die Hand.
Das Motorengeräusch war schneller, und bevor ich die Schrotflinte geladen habe, ist es bereits wieder am Abklingen, glücklicherweise ebenfalls von einem tief fliegenden Flugzeug und erneut aus derselben Richtung.
„Ich vermute ganz in der Nähe einen Flughafen. Den sollten wir uns ansehen, nicht jetzt, aber morgen früh!"
Gleichzeitig mit dem nachlassenden Stress wird uns die nasse Kälte in der Jagdhütte erneut bewusst. Ein Feuer im Holzofen können wir uns wegen der Rauchbildung erst bei Dunkelheit leisten.
Zwei Pullover aus unseren Rucksäcken verhelfen zu etwas mehr Wärme, viel zu wenig für ein Wohlbefinden.
Neckisch und einladend lachen uns die rot-weiß karierten Bettbezüge entgegen und Augenblicke später sitzen wir mit Sandwiches, Tomaten, Gurken und Mineralwasser im warmen Bettzeug beim Mittagessen.
„Ich vermute, dass mit der Ermordung von Pascal und dem Giftanschlag auf dich vielleicht ein viel größeres Motiv als dein Weingut der Grund sein könnte. Sogar ein Hotel wurde niedergebrannt und dies ohne Rücksicht auf Menschenleben. Die Verbrecher müssen an noch etwas anderem, wahrscheinlich viel Größerem Interesse haben. Versuche dich zu erinnern, auch an für dich unbedeutende Ereignisse. Vielleicht finden sich dort Anhaltspunkte für die Jagd nach dir und Pascals Tod."
Entspannt liegen wir uns in der wohligen Wärme vis-à-vis.
„Ich habe mir in den Jahren nach Pascals Tod oft den Kopf zermartert. Vor unserer Hochzeit war er einmal mit Freunden

auf dem Kilimandscharo. Er hat nie über etwas Außergewöhnliches berichtet. Wir haben alles miteinander geteilt, ich bin völlig ratlos."
Ihr hilfloses Suchen nach Antworten und Gründen für all das Unerklärbare lässt unsere Körper einander näher rücken, wir fühlen die gegenseitige Wärme.
„Erinnerst du dich, Marco, als du damals bei deinem Vorstellungsbesuch an meiner Türe geklingelt hast? Ich hatte dich bereits eine Zeit lang beobachtet."
„Und ob ich mich erinnere, Geneviève."
Noch intensiver fühlen wir die Nähe zum andern.
„Die Sehnsucht nach einem Mann ließ meine Gedanken schon seit Monaten um eine neue Beziehung kreisen. Dann standest du mir unter der Türe gegenüber. Groß gewachsen, kräftig, gut aussehend, deine blauen Augen und dein gewinnendes Lachen ließen mein Herz außer Kontrolle geraten.
Ich tat etwas, was ich mir nie zugetraut hätte, und setzte mich über Barreaus Weisungen hinweg. Ich ließ mein Herz sprechen. Dann meine Betroffenheit, als mich Barreau über deine „vermeintlichen Verbrechen" orientierte. Ich war völlig am Boden zerstört.
Du hast mich überwältigt und gefesselt, in meinen Fantasien hatte ich mir dies immer von dir gewünscht, dann geschah es aus völlig anderem Grund. Ich war verzweifelt und erregt, unfähig mich zu bewegen. Du legtest mich behutsam auf das Duvet am Fußboden, ein Mann mit so viel Gefühl kann nicht böse sein. Ich schwebte zwischen Hoffen und Bangen. Dann glitten die Bilder über den Bildschirm deines PCs, ich erkannte die wahren Hintergründe von Barreaus Bösartigkeit, und die Schleusen der Sehnsucht öffneten sich. Mein Wunsch ging in Erfüllung, dir völlig ausgeliefert verschmolz ich im endlosen Verlangen als deine devote Lustsklavin. Ich wollte dir …"

Erregte Lippen lassen sie nicht mehr weitersprechen. Genevièves Seidenfoulard, von mir fantasievoll eingesetzt, trägt zur erfüllenden Luststeigerung der nächsten wonnevollen Stunde bei.
Entspannt liegen wir in der geborgenen Wärme in der rustikalen Jagdhütte. Die Uhr zeigt bereits vier Uhr nachmittags, noch immer fallen Tropfen vom Himmel, spärlicher jedoch als vor einigen Stunden, die Front scheint sich zu verziehen.
Mindestens fünf Flugzeuge, alle mit derselben südlichen Flugrichtung, habe ich inzwischen gezählt, ihre Anwesenheit bestärkt mich in der Vermutung eines Flugfeldes in unmittelbarer Nähe.
Sanft streicheln Genevièves Hände unter der Bettdecke über meinen nackten Oberkörper.
„Ich habe mich nie getraut, dich nach deinem Empfinden für mich zu fragen, Marco. Jetzt fasse ich den Mut, vielleicht auch unter der gegenwärtigen Bedrohung; innerlich glaube ich zu fühlen, dass du mich ein bisschen magst."
Sanft küsse ich ihren sinnlichen Mund.
„Das erste Mal, als ich unter der Türe in deinem Weingut war, stand mir eine blasse, kränkelnde Frau gegenüber. Sie musste einmal sehr schön gewesen sein, trotz ihres jungen Alters fühlte ich ihre Zerbrechlichkeit und Trauer.
Die Stelle im Weingut hat mich fasziniert, dann fühlte ich auch Zuneigung zu dir, Geneviève. Das schwache Leuchten in deinen dunklen Augen spornte mich zusätzlich an, für die Stelle bei dir zu kämpfen.
Ich war mir bewusst, eine Rückfrage bei Barreau hätte das Aus für mich bedeutet, ich wollte diese geheimnisvolle Frau mit in meine Zukunft einbauen."
Geneviève dreht sich zur Seite, sie will ihre Gefühle nicht zeigen, ich spüre sie trotzdem und sie weiß es.

Längere Zeit verbringen wir wortlos in der Geborgenheit des warmen Bettes und lauschen den aufprallenden Regentropfen. „Wenn wir früh aufbrechen, sollte der Grenzübertritt nach Bulgarien noch vor Tagesanbruch möglich sein.“ Abwägend sitze ich nun vor der ausgebreiteten Straßenkarte. „Vor der Grenze nach Bulgarien werden wir den Zastava im Wald verstecken und einige Kilometer zu Fuß zurücklegen, die Wälder sind groß und können von den Grenzwächtern kaum kontrolliert werden. Allfällige Grenzzäune werde ich mit den Werkzeugen im Zastava aufschneiden können, diese Chance müssen wir uns zunutze machen. Zwei Routen habe ich bereits eingeplant.“

Die Nacht bricht herein und mit ihr dürfen wir endlich das heimelige Feuer im Holzofen entfachen. Das Knacken, der Duft des brennenden Holzes und die sich ausbreitende Wärme lassen uns aneinander kuscheln. Das Liebespaar auf Hochzeitreise in einer idyllischen Waldhütte.

Nochmals drei Flugzeuge habe ich bis zum Eindunkeln gezählt, ein Hinweis auf einen Flughafen ließ sich auf der Karte jedoch nicht finden, trotzdem werden wir morgen früh danach suchen.

Der Gedanke an einen kleinen Provinzflughafen mit „wunderbaren“ Flugzeugen begleitet mich in die kurze Nacht.

Es ist drei Uhr in der Früh, noch herrscht tiefe Nacht an diesem Freitagmorgen.

Unser heutiges Ziel ist klar und es bleibt keine Wahl, wir müssen es erreichen, Bulgarien!

Brot und Käse zum Frühstück, eine letzte Kontrolle der Umgebung und bereits rollt unser Zastava unter heftiger Rauchbildung zwischen den Holzbeigen hervor. Außerhalb des Holzschopfs lässt sich die Beifahrertüre öffnen und ermöglicht das Zusteigen von Geneviève.

Gespenstische Ruhe empfängt uns auf der langsamen Fahrt durch den Wald in Richtung der ursprünglichen Straße nach Bulgarien.

Die Regenfront hat sich endgültig verabschiedet, dafür begleiten uns Dampfschwaden und schwere von den Bäumen fallende Regentropfen auf den ersten Metern über die noch immer feuchte Schlaglochstrecke.

Keine weiteren Autospuren, nur diejenigen unseres Wagens sind erkennbar, lassen unsere Befürchtung, andere Fahrzeuge hätten in den letzten fünfzehn Stunden diesen Weg benutzt, vergessen. Vorsichtig, der dürftigen Beleuchtung des Zastava Rechnung tragend, bewegen wir uns Richtung Süden.

„Da!“, Geneviève sieht es zuerst, „das Symbol eines Flugzeuges.“

Auf dem im schwachen Scheinwerferlicht kaum erkennbaren Wegweiser sehe auch ich das Schild mit Flugzeug und dem Richtungspfeil auf die Seitenstraße. Nur kurz durch eine schmale Waldpassage führt der Weg und fünfhundert Meter später öffnet sich ein Flugfeld und vorgelagert ein großer Hangar.

Das Parkfeld vor dem Hangar ist leer und auf dem gesamten Areal ist kein Licht zu erkennen.

„Es scheint niemand hier zu wohnen.“

Hinter dem Hangar, halb auf der Wiese, auf grobkörnigem Schotter parkiere ich den Zastava.

„Vielleicht bietet sich eine neue Gelegenheit, Geneviève, ich glaube noch nicht daran, aber wer weiß …?“

Ein mulmiges Gefühl in meiner Magengegend meldet sich beim Umschreiten des Hangars. Geneviève heftig atmend, durchlebt scheinbar die gleiche Belastung wie ich.

Das große Schiebetor ist mit einer massiven Kette gesichert, hier ist kein Durchkommen. Durch die stark verschmutzten Scheiben dringt der Kegel meiner Taschenlampe in den in

Reih und Glied mit mindestens fünfzehn Flugzeugen dicht gefüllten Hangar.
„Es gibt eine Möglichkeit, in den Hangar zu gelangen, die Scheibe auf der Rückseite bei unserem Wagen ist nur einen Meter über Boden, die müssen wir aufbrechen."
Wiederum hilft der Pneuhebel und Schutz vor Glasscherben leisten unsere Regenjacken. Mit ihrem Polstereffekt überwinden wir die Fensterkante und stehen Augenblicke später im Innern des Hangars.
Geruch von Motorenöl und Benzin schwappt uns entgegen. Sollten wir von der Polizei nun gefasst werden, wäre allein schon der Einbruch Grund genug für die Behörden, uns für länger Zeit hinter Gitter zu bringen. Ganz zu schweigen von dem, was uns sonst noch erwarten würde.
Teils neuere, aber auch alte Propellerflugzeuge erkenne ich im Lichtkegel der Taschenlampe.
Der Lichtschalter in der Nähe des großen Schiebetors lacht mir entgegen, nur eine kleine Drehung am Schalter und die Flugzeuge würden wunderbar beleuchtet auf dem Präsentierteller vor uns stehen, ich wage es trotzdem nicht, ihn zu drehen.
Längere Zeit verweile ich vor einem Einpropeller-Hochdecker-Flugzeug.
„Dieses Flugzeug scheint dich besonders zu interessieren, Marco, was ist damit?"
Sie spürt das Zittern meines Körpers und meinen heftigen Atem.
„Dieses Flugzeugmodell kenne ich, Geneviève. Es ist eine Cessna 182, ich habe auf einer solchen Maschine fliegen gelernt, ich könnte dieses Flugzeug auch heute noch fliegen."
Euphorisch ihre Umarmung, wie ein Kleinkind bei der gelungenen Geburtstagsüberraschung hüpft sie an mir empor.

„Dann sind wir gerettet, Marco. Oh, wie ich dich bewundere, bitte lass uns bald losfliegen. Warum freust du dich nicht?"
Ihre Stimme wirkt nun wieder besorgt, vorbei der Übermut.
„Ich kann diese Maschine fliegen, aber da gibt es noch einige wichtige Fragen, die nicht geklärt sind: Ist die Cessna überhaupt flugfähig? Sie ist immerhin schon zwanzig Jahre alt. Wenn ja, wie bringen wir sie aus dem Hangar? Und ist genügend Treibstoff an Bord?"
Nun zittern Genevièves Arme, krampfhaft hält sie sich an mir fest.
„Bitte, Marco, du wirst es schon richten. Ich glaube an dich, ich weiß, dass du es schaffst!"
„Gehen wir davon aus, dass am Morgen der Hangar geöffnet wird, kein Hindernis vor dem Flieger im Weg steht und der Abstand zu den beiden Maschinen links und rechts ist auch genügend groß – dann wäre es möglich, direkt vom hiesigen Standort den Motor zu starten und loszurollen. Ein Flugzeug wird immer aus dem Hangar geschoben, was ich im Schilde führe, ist purer Frevel und würde jeden Piloten den Ausweis kosten."
Geneviève schöpft Hoffnung. Ihr Mund will sich nicht mehr von meinem Halse lösen.
Durch die leichten Flugtüren besteigen wir das Cockpit der vierplätzigen Maschine. Ehrfurchtvoll lasse ich die Armaturen und Flughebel auf mich einwirken. Es kommt mir vor, als sei es gestern gewesen, als ich das letzte Mal mit einer solchen Maschine geflogen bin.
Der Zündschlüssel baumelt im Schloss.
Heiß und kalt läuft mir der Schauer den Rücken hinunter, jetzt den Schlüssel drehen und die bange Frage, bewegen sich die Nadeln der Instrumente oder nicht?
Sie bewegen sich, die Ladeanzeige der Batterie signalisiert noch volle Kapazität!

„Geneviève!“ Jetzt ist es mein Mund, welcher ihren Hals küsst. „Die Maschine ist flugfähig, ich nehme an, dass sie noch vor Kurzem geflogen wurde, sonst wäre die Batterie nicht voll geladen.

Dafür besorgt mich eine andere Feststellung, die Tankanzeige steht auf dem letzten Viertel. Mit dieser geringen Benzinmenge ist es riskant zu starten. Der Treibstoff könnte schon nach kurzer Zeit ausgehen, wir müssten noch auf rumänischem Boden notlanden.

„Und die beiden vollen Benzinkanister im Zastava?“

„Auf diese Idee bin ich eben auch schon gekommen, Geneviève. Das Benzin in den Kanistern ist das eine, aber das Problem heißt: Wie füllen wir den Inhalt in den seitlichen Einfüllstutzen der Cessna? Mit den beiden Kanistern im Zastava ist dies nicht möglich.“

Ein Trichter lässt sich im Hangar nicht finden, dafür ein leerer Benzinkanister mit Ausflussschlauch, welcher in den Einfüllstutzen passen könnte. Er passt!

Innert weniger Minuten sind die beiden Kanister aus dem Zastava und unsere Rucksäcke bei der Cessna deponiert.

Die Hektik meiner Aktion bleibt nicht ohne Folgen.

Die blutende Wunde am rechten Arm nehme ich dabei ebenso wenig zur Kenntnis wie die tief im Unterschenkel sitzende Glasscherbe.

„Lass mich die Scherbe herausziehen und dich verarzten, Marco.“

Ich ziehe sie selber heraus, ohne einen Schmerz zu spüren.

„Jede Minute zählt, Geneviève, später hast du Gelegenheit, die Wunden zu pflegen.“

Vorsichtig lasse ich den Treibstoff, eine zusammengefaltete Zeitung dient als Trichter, in den leeren Kanister einlaufen. Das Einfüllen in den Bordtank verläuft viel schneller als vermutet und wenig später ist auch der Inhalt des zweiten Kanisters im Bauch der Cessna.

Nur wenig Benzin ging beim Umschütten verloren, trotzdem stinkt es im Hangar penetrant nach Benzindämpfen. Der Erfolg unserer Einfüllaktion wird in der Benzinanzeige sichtbar.
Wenig über einem Viertel steht nun der Zeiger, die vierzig Liter sollten bei optimaler Fluggeschwindigkeit für mindestens zweihundertfünfzig Kilometer reichen, genug um tief in den bulgarischen Luftraum einzufliegen.
Inzwischen steht die Uhr auf fünf.
„Vielleicht noch zwei Stunden haben wir Zeit, dann werden erste Angestellte erscheinen, wir müssen uns beeilen."
Geneviève ist mit dem Einsammeln und Vertauschen der Zündschlüssel der übrigen Propellermaschinen beschäftigt, es soll niemand auf diesem Flughafen in der Lage sein, uns mit einem Flugzeug zu verfolgen, der Zeitaufwand zum erneuten Einsortieren der Schlüssel durch die Flughafenmannschaft wird uns den entscheidenden Vorsprung ermöglichen.
Im Cockpit der Cessna programmiere ich die Flugroute auf meinen Garmin. Als Ziel unseres Abenteuerfluges wähle ich eine der vielen Straßen nördlich von Brindisi auf italienischem Boden.
Seitenwinde könnten uns von der vorgesehenen Route abdrängen, deshalb enthält meine Planung alle fünfzig Kilometer ein virtuelles Zwischenziel.
Die Zeit scheint nun plötzlich stillzustehen, die Minuten werden zur Ewigkeit.
Über anderthalb Stunden sitzen wir im Flugzeug, nervös harren wir der Dinge und immer wieder die bange Frage, wann kommt Leben auf den Flughafen? Wann und wenn überhaupt wird der Hangar geöffnet, und die alles entscheidende Frage, startet der Motor?
Endlich ein Motorengeräusch, ein Fahrzeug muss auf dem Parkplatz vor dem Hangar parkiert haben.

Nochmals verstreichen bange Minuten, wir sind schweißgebadet, die Kette rasselt und scheinbar unter großer Anstrengung schiebt ein Flughafenbeamter das schwere Tor an den Öffnungsanschlag.
Er muss die Benzindämpfe gerochen haben, verunsichert und unruhig durchstreift sein Blick den Hangar – und erkennt uns im Cockpit der Cessna.
„Er will das Tor wieder schließen, Marco!"
Der Schuss aus meiner Pistole bringt die Scheibe am Eingangstor zum Bersten. Der Flughafenmann hält inne, mein zweiter Schuss dringt kaum einen Meter von ihm entfernt in das Schiebetor.
Er scheint zu begreifen und hebt die Hände in die Höhe.
Das eine Hindernis ist gelöst, ich zittere heftig beim Betätigen des Starterknopfes.
Sieg oder Niederlage. Der alles entscheidende Moment erfolgt jetzt, startet der Motor oder startet er nicht?
Wo, wo, wo, der Anlasser dreht, noch erfolgt keine Zündung, wo, wo, wo, der Anlasser dreht erneut – der Motor erwacht zum Leben, infernalisch der Lärm des großvolumigen Flugzeugmotors, heftiger Staub wirbelt durch den Hangar.
Den Schubhebel wenig nach vorne geschoben, das Seitenruder eingeschlagen, die Maschine beginnt zu rollen – der Mann im Überkleid steht noch immer geschockt mit erhobenen Händen neben dem Tor. Verdutzt verfolgt er die Cessna beim Verlassen des Hangars, ungefähr zehn Stundenkilometer beträgt die Rollgeschwindigkeit.
Wir können den Mann hinter dem Flugzeug nicht mehr sehen, wenn es ihm jetzt gelingt, das Leitwerk zu erreichen, würde er sicherlich versuchen die Ruder zu blockieren.
Den Schubhebel schiebe ich nach vorne, sofort gewinnen wir weiter an Fahrt.

Zuerst über eine Wiese, dann queren wir eine Asphaltfläche und steuern unter heftigen Hüpfbewegungen der Startpiste entgegen. Die Cessna ist robust, sie steckt die Schläge mühelos weg. Wir drehen ein auf die Startpiste, den Schubhebel schiebe ich auf Volllast.
Jetzt sehen wir den Mann wieder, er sitzt in seinem Fahrzeug und nimmt die Verfolgung nach uns auf.
Sein Wagen fährt schräg von der Seite auf uns zu, er beschleunigt schneller als unsere Cessna. Noch muss er zweihundert Meter aufholen, auch wir werden schneller.
Nur noch fünfzig Meter trennen uns vom Fahrzeug, unsere Geschwindigkeit beträgt jetzt 110 Kilometer pro Stunde, bei 120 Kilometer pro Stunde kann ich das Höhenruder nach hinten ziehen. Wir heben ab, der Wagen fährt unter uns durch, nur wenige Meter sind wir über ihm, aber diese wenigen Meter genügen.
Herrlich das Gefühl zu fliegen, die Bäume werden kleiner und die Sicht, läge nicht noch viel Feuchtigkeit in der Luft, öffnet sich immer mehr. 160 Kilometer pro Stunde meldet der Tachometer, wir drehen ab nach Westen.
Klitschnass sind meine Hände, sie zittern wie Espenlaub.
„Sollten wir nicht Richtung Süden fliegen?", fragt Geneviève.
Mein entspannendes Lächeln vermittelt wieder Zuversicht und Glaube an das Gelingen unseres Planes. „Ich will die Leute auf dem Flughafen in die Irre führen. Erst wenn sie uns nicht mehr sehen können, deshalb fliege ich nicht sehr hoch, werde ich nach Süden einschwenken."
180 Kilometer pro Stunde vermeldet der Tacho, die Benzinstandanzeige zeigt noch immer gleiche Füllmenge wie vor dem Start, wir drehen ab nach Süden.
Tiefgründig ihr Lächeln. „Du bist ein wahrer Teufelskerl, Marco. Klaust ein Flugzeug und kurvst damit herum, als wäre dies die natürlichste Sache der Welt."

Die Navigationsanzeige meldet nur noch zwanzig Kilometer bis zur bulgarischen Grenze.
Die Gegend ist nun mehrheitlich flach, kaum nennenswerte Erhöhungen erwarten uns im restlichen Rumänien, ganz im Gegensatz zum Balkangebirge, auf welches wir ungefähr einhundert Kilometer hinter der bulgarischen Grenze stoßen werden.
Wir fliegen sehr tief, kein Radar wird uns erfassen.
Mit der Gemisch-Regulierung halte ich die Abgastemperatur und den Drehzahlmesser im grünen Bereich. Sonor schnurrt der Motor das Lied der Zuverlässigkeit.
In nur 50 Meter Höhe überfliegen wir jene Wälder an der Grenze zu Bulgarien, die wir zu Fuß begehen wollten.
Wir möchten uns umarmen, doch die Sitzgurte haben etwas dagegen, dafür schreien wir die Freude aus unseren Körpern.
Das nach unserem Leben trachtende Rumänien liegt hinter uns.
Es ist halb acht Uhr morgens, seit dem Start auf dem Provinzflughafen sind erst dreißig Minuten vergangen. Wäre der Treibstofftank nur zur Hälfte gefüllt, er fasst 300 Liter, könnten wir ohne Zwischenlandung Italien erreichen.
„Eine Autobahn tritt unverhofft aus einer Waldschneise. Wir folgen ihr auf der nördlichen Flanke des Balkangebirges in westlicher Richtung. Auf dieser Teilstrecke lässt sich bestimmt eine Autobahntankstelle finden, die Landung auf der Autobahn ist nicht ungefährlich, wir müssen es trotzdem versuchen."
Tief überfliegt die Cessna das Asphaltband.
„Da unten, Marco."
Eine große Überdachung am Rande der Autobahn und die Konzentration von Autos weist unmissverständlich auf die gesuchte Tankmöglichkeit hin. Nach einer Volte und mit ausgefahrenen Landeklappen setzt die Cessna ohne Probleme vor der Tankstelle auf der Autobahn auf.

Der Schub der Propeller führt direkt vor eine Zapfsäule. Umringt von erstaunten Menschen fülle ich den Tank der Cessna. Zweihundert Liter brauchen ihre Zeit, der Tankstellenwärter persönlich gesellt sich inzwischen auch zum immer zahlreicheren Publikum.

Gemeinsam mit Unterstützung einiger Helfer schieben wir die Cessna von der Zapfsäule rückwärts und bringen sie in Startposition.

Die neugierigen Menschen stehen viel zu nah am Flieger, erst meine heftigen Handzeichen lassen sie ein wenig zurücktreten. Der Anlasser bringt den Motor in Gang, durch das laute Motorengeräusch und den heftigen Propellerwind weicht die Menge endlich zur Seite.

Derweil der Motor im Leerlauf dreht, begibt sich Geneviève mit der Kreditkarte und in Begleitung des Tankstellenwärters zur Kasse.

„Sie akzeptieren die Karte nicht, Marco, was soll ich tun?"

„Jetzt wird es brenzlig, Geneviève."

Mach dich erneut auf den Weg zur Kasse, kehre kurz vorher um und mache den Tankstellenwärter glauben, du hättest noch etwas vergessen. Dann steigst du ein und ich werde mit Volllast starten."

Geneviève ist unterwegs zum Kassenhäuschen, wie abgesprochen, mit entschuldigendem Handzeichen macht sie den Tankstellenwärter verstehen, noch etwas holen zu müssen. Ohne Hektik kehrt sie zurück zur Cessna und steigt ein, sie lässt die Türe noch offen.

Der Plan scheint zu funktionieren, doch der unter Vollschub aufheulende Motor bringt Bewegung ins Kassenhäuschen.

Ich sehe den Handgriff an der Flinte und das Herausstürmen des Tankstellenwärters aus der Zahlstelle mit dem Gewehr in der Hand.

Zehn Sekunden dreht die Maschine nun unter Volllast, 50 Kilometer pro Stunde zeigt der Geschwindigkeitsmesser. Einen Schuss können wir im lauten Gebrüll des Motors nicht hören. Wahrscheinlich hat der Tankstellenwärter einige Schüsse auf uns abgefeuert, dabei entweder das Ziel verfehlt oder die Kugeln stecken im Leitwerk oder sonst wo im Flugzeug.

„Wenn er nur den Benzintank nicht trifft, Geneviève. Das wäre das Schlimmste, was uns jetzt widerfahren könnte."

Das Einfädeln eines Flugzeuges auf die Autobahn ist mit großem Risiko verbunden. Sicherlich ziehen wir eine Kolonne Automobile hinter uns her, glücklicherweise versucht keiner uns zu überholen.

Noch reagiert die Maschine völlig normal, neunzig Kilometer pro Stunde zeigt der Tachometer; dem Mehrgewicht der zweihundert Liter Benzin Tribut zollend, verweilt die Cessna länger am Boden und verlangt nach höherer Startgeschwindigkeit.

Wir heben ab und drehen sofort seitwärts weg.

Die Menschenmenge auf dem Tankstellenareal schaut gebannt nach uns, in diesem Pulk muss auch der Tankstellenwart mit der gefährlichen Waffe stehen, für einen erfolgreichen Abschuss sind wir inzwischen zu weit entfernt.

Höhenruder, Seitenruder, Querruder und Flaps reagieren wie vor der Landung problemlos, sämtliche Glücksengel müssen uns zur Seite gestanden sein.

Wir lächeln, die Erleichterung steht in jeder Falte unserer Gesichter.

„Nun kann uns eigentlich nichts mehr aufhalten, Geneviève, inklusive der vorherigen Benzinmenge befinden sich jetzt mindestens 250 Liter Benzin im Tank, auch bei heftigen Gegenwinden können wir ohne weitere Zwischenlandung bis nach Italien fliegen.

Wie sich erst später herausstellen wird, hat ein Projektil die hintere Kabinenwand durchschlagen, den Nebenpilotensitz gestreift und blieb schlussendlich im Rucksack stecken. Wir nehmen südwestlichen Kurs, das zu überwindende und quer vor uns liegende Balkangebirge sollte für die leistungsstarke Cessna kein Hindernis bedeuten. Dieser Flieger schafft fünftausend Meter, Musala, der höchste Balkanberg ist nur 2900 Meter hoch.
Sanft lasse ich die Maschine steigen, auf 3500 Meter über Meer werden wir dann in den Horizontalflug wechseln und den Balkan überfliegen.
Nach Bulgarien überfliegen wir den Kosovo, und bei Frakull in Albanien erreichen wir das offene Meer, die Adria ist hier nur 150 Kilometer breit, eintausend spannende Kilometer liegen vor uns."
„Politisch ist diese osteuropäische Gegend nach wie vor nicht stabil, ich werde weiterhin, außer beim Überqueren des Balkans, sehr tief fliegen müssen, um dem Radar zu entgehen."
Den Konturen des Balkans angepasst gewinnen wir Höhe. Eintausend Meter sind erreicht, noch fehlen 2500 Höhenmeter zum höchsten Punkt.
„Mir gefällt überhaupt nicht was sich entwickelt.
Siehst du die tief hängenden Wolken, die Cessna ist nur auf Sichtflug eingerichtet, ein Durchfliegen einer Störung ohne Sicht ist tödlich."
Heftige Windböen erfassen den leichten Flieger, „auf diesem Kurs darf ich nicht mehr weiterfliegen, wir müssen sofort umkehren und eine Landestelle suchen."
Wie schnell sich doch alles ändern kann, noch vor fünf Minuten lag uns die Welt zu Füßen, nun wird es brenzlig, es heißt handeln und einen Ort zum Aufsetzen finden. Kurz hinter der Ortschaft Vinishte öffnet sich ein Feld mit gemähter Wiese.

Das Gelände ist leicht ansteigend, nach nochmaligem Überfliegen setze ich zur Landung an.
Landeklappen ausgefahren, mit langsamst möglicher Fluggeschwindigkeit, setzt die Cessna auf der Wiese auf. Heftig schüttelt der Vogel auf dem nun doch sehr welligen Untergrund.
Erneut fordern wir das Glück heraus, sogar ein Überschlag mit fatalen Folgen wäre möglich, nichts dergleichen geschieht, das gutmütige Flugzeug bleibt auf dem Fahrwerk stehen.
Laut heult das Triebwerk beim Drehen des Flugzeuges in die bereits vorgesehene Startposition.
Der Motor steht still, endlos die Ruhe – noch vor fünf Minuten mit einhundertachtzig Stundenkilometer auf dem sicheren Weg in die Freiheit, und nun stehen wir in einem völlig unbekannten Land auf einer Wiese am Bergabhang.
Wortlos schauen wir uns in die Augen, Schweiß steht auf meiner Stirne, die zittrigen und feuchten Hände suchen Linderung in meinen Hosentaschen.
„Den schwierigsten Teil haben wir überstanden, Geneviève, das Starten auf der Wiese, dazu noch bei leichtem Gefälle bergab, ist weniger riskant als die Landung.
Unser tief fliegendes Flugzeug muss von vielen Leuten beobachtet worden sein, vielleicht macht sich jemand auf die Suche nach diesem vermeintlich verunfallten Flugzeug, wir müssen nun die vor uns liegende Wiese auf Steine und Unebenheiten absuchen, um bei Bedarf unverzüglich starten zu können."
Die Wolkenfront hat uns erreicht, es beginnt zu regnen, die Uhr zeigt neun zwanzig.
Glücklicherweise ist das „Geschenk" vom Tankstellenwärter in Form eines runden Loches im Rumpf unbedeutend und steht einem sicheren Weiterflug nicht im Wege.

Weitere Einschusslöcher können wir nicht finden, wahrscheinlich hatte er Erbarmen mit den Ausländern und wollte das Risiko einer Flugkatastrophe nicht auf sich nehmen.
Nebeneinander schreiten wir die Wiese in Startrichtung ab. Vereinzelte kleinere Steine, sie hätten wahrscheinlich kaum Einfluss auf das Startprozedere, beseitigen wir auf einer Länge von ungefähr zweihundertfünfzig Metern, diese Distanz werden wir voraussichtlich bis zum Abheben benötigen.
Nun sehen wir auch die vorher überflogene Ortschaft Vinishte wieder, ein Feldweg führt direkt von dieser Ortschaft hierher, er verläuft nur wenige Hundert Meter unterhalb der Stelle, an welcher wir uns im Moment befinden.
„Was gedenkst du zu unternehmen, sehr lange können wir hier sicherlich nicht bleiben?"
„Aus der Luft droht kaum Gefahr, auch ein Helikopter würde bei solchen Sichtverhältnissen nicht starten und schon gar nicht ein Flächenflugzeug.
In den Bergen verläuft die Wetterentwicklung sehr schnell, vielleicht ist die Störung schon bald vorüber."
Wir machen uns zurück auf den Weg zum Flugzeug.
„Bleibe hier im Cockpit sitzen, Geneviève, der Motor wird noch eine Zeit lang Wärme abstrahlen, ich werde mich am Ende der Startstrecke installieren und die Gegend beobachten."
Mein Rucksack dient als Sitzunterlage, der Regenschutz lindert die Unbill der Witterung und der Feldstecher liegt ebenfalls griffbereit.
Eine Stunde sitze ich bereits auf der offenen Wiese, Wind und Regen werden immer intensiver und die empfindliche Kälte auf eintausend Metern über Meer dringt erbarmungslos durch die Kleider.
Mehrmals gleitet mein Blick durch die Optik zurück zur Cessna und auf die im Cockpit mit sorgenvollem Gesicht wartende Geneviève.

Mit Winkzeichen machen wir uns gegenseitig Mut.
Ich muss einen Moment Wärme tanken und die steif gefrorenen Beine bewegen.
Geneviève wird mich sicherlich zehn Minuten auf dem Beobachtungsposten ablösen.
Sie versteht mein Handzeichen und macht sich auf den Weg zu mir.
Nochmals ein letzter Blick durch die Optik des Fernglases – mein Herz scheint stillzustehen!
Zwei mit Blaulicht fahrende Polizeifahrzeuge nähern sich ausgangs der Ortschaft Vinishte in rasanter Fahrt auf dem Feldweg unserem Hügelzug.
Vielleicht vier Kilometer und einige steile Kurven trennen sie von meinem Standort.
Ich renne, was meine steif gefrorenen Beine hergeben, der Rucksack mit den wichtigen Dokumenten behindert mich zusätzlich, ich muss sie unbedingt mitnehmen und darf sie auf keinen Fall hier zurücklassen.
Mit Handzeichen mache ich Geneviève klar, umzukehren und schnellstens im Cockpit Platz zu nehmen.
Zwei endlose Minuten verstreichen bis zur Cessna.
Ohne die Gurte anzulegen und ein hastiges: „Die Polizei ist unterwegs hierher", starte ich den Motor.
Hebel nach vorne an den Anschlag, die Landeklappen auf maximalen Auftrieb, der Motor heult auf, die Cessna beginnt zu rollen.
Ein totaler Blindflug, eine Kamikazeaktion erwartet uns auf den nächsten zweihundertfünfzig Metern.
Völlig im Unwissen, wann der Flieger abhebt und ob die Polizei bereits so nahe ist, um die Flugbahn zu blockieren, auf den Feldweg blicken können wir sowieso erst nach zweihundertfünfzig Metern, holpert die Cessna mit zunehmender Geschwindigkeit über die feuchte Wiese.

Das nasse Gras hemmt den Geschwindigkeitsgewinn.
Der Punkt, an dem ich noch vor wenigen Minuten saß, ist erreicht und noch immer sind wir nicht in der Luft.
Die Wiese fällt von hier etwas steiler ab, nur noch zweihundert Meter trennen uns bis zum quer verlaufenden Feldweg.
Wenn wir diesen nicht überwinden, ich atme nicht mehr, wird unser Flugzeug zerschellen.
Der Feldweg frisst sich ins Gehirn, krampfhaft halte ich das Steuerhorn, noch fünfzig Meter bis zum Crash, der Motor dröhnt in meinen Ohren, ich ziehe das Steuerhorn nach hinten.
Wir fliegen!!! Wie viel Reserve wir haben ist egal, die Cessna ist in der Luft!
Ihr Rumpf zittert heftig, die Fluggeschwindigkeit ist zu niedrig, die Strömung könnte abreißen und die Maschine dabei abschmieren. Ich glaube an die Cessna, sie gilt als äußerst gutmütig und verzeiht auch kurzfristig eine zu langsame Fluggeschwindigkeit.
Den Konturen des Hügelzugs folgend drücke ich den Vogel sofort wieder nach unten, Geschwindigkeit holen heißt das Gebot des Momentes.
Einhundertzehn Stundenkilometer, noch schüttelt die Maschine, schnell sind einhundertzwanzig, einhundertdreißig Stundenkilometer erreicht, die Cessna fliegt nun mit genügend Auftrieb, der Steigflug kann beginnen.
Die Polizeifahrzeuge sind noch nicht so weit, wie ich befürchtet hatte, nur kurz sind sie noch sichtbar, dann verschlingen sie die Regenwolken.
„Geneviève, ziehe den Sicherheitsgurt fest und halte das Steuerhorn." Erst jetzt finde ich selber Gelegenheit, mich anzugurten.
„Fliegen wir nicht in die Richtung, aus der wir gekommen sind, Marco?"

Seit längerer Zeit wieder einmal ein Lächeln auf meinen Lippen.
„Stimmt, Geneviève, das hast du gut beobachtet."
„Wir werden zuerst auf dreitausendfünfhundert Meter aufsteigen und erst nachher das Balkangebirge überfliegen. Sollte die Sicht nicht besser werden, bleiben wir bis an die Adria auf dieser Höhe, dort können wir dann ohne Risiko auf Meereshöhe absinken."
Der künstliche Horizont auf der Armaturenanlage ist im Moment die einzige Möglichkeit, unsere Fluglage zu kontrollieren.
Während meiner Flugausbildung war ich nie in der Lage, eine solche Situation zu erleben, nun ist es umso eindrücklicher, ohne irgendwelche Sicht nach jeder Seite sich nur auf ein Instrument zu verlassen.
Dreitausendfünfhundert Meter zeigt der Höhenmeter, auch der Garmin vermeldet gleiche Höhe, wir drehen ab Richtung Südwesten.
Das Gefühl, bei null Sicht mit einhundertsiebzig Stundenkilometer zu fliegen, ist wie mit einem Auto bei Autobahngeschwindigkeit und geschlossenen Augen durch einen Tunnel zu rasen.
Einzig der Glaube an das Instrument und die Kursangaben auf dem Navigationsgerät lassen meine Anspannung auf ein erträgliches Maß sinken.
„Auch ohne Sicht werde ich den Flieger sicher ans Ziel steuern, Geneviève, vertraue mir."
Wir fliegen horizontal auf 3500 Metern Richtung Westen, in etwa 900 Kilometern erreichen wir das Mittelmeer.
Heftige Sturmwinde machen unsere Cessna zum Spielball der Lüfte.
Ängstlich klammert sich Geneviève an meine Schulter.
„Werden wir das überleben können, Marco?"

Der Lärm des peitschenden Regensturmes und das Dröhnen des Motors und des Propellers lassen ihre Worte nur bruchstückartig bis zu meinen Ohren.
„Ich versuche den Flieger auf dem künstlichen Horizont und der Flughöhe von 3500 Metern zu halten.“ Meine Worte werden durch das heftige Schlingern und noch kräftigeres Hüpfen unseres Leichtflugzeuges laufend unterbrochen.
Der Wind bläst aus Südwest, wir würden nach Norden abgedrängt.
Der Garmin leistet unverzichtbare Hilfe, alle Zwischenziele kann ich auf dem fiktiven Südwest-Kurs halten, im Moment überfliegen wir nur wenig östlich den höchsten Punkt des Balkans, den Musala.
An eines wage ich nicht zu denken und noch weniger Geneviève mitzuteilen.
Sollten wir aus irgendeinem Grund von unserer Höhe abweichen, sei es durch Leistungsabfall des Motors oder was auch immer, dann brauchten wir mindestens einige Hundert Meter Sicht und jeden verfügbaren Schutzengel!
Die Fluggeschwindigkeit beträgt inzwischen einhundertneunzig Stundenkilometer, gleichzeitig vermeldet der Garmin lediglich einhundertzwanzig Stundenkilometer über Boden; siebzig Stundenkilometer seitlicher Wind bremsen unser Vorwärtskommen.

Südlich von Sofia nähern wir uns der mazedonischen Grenze. Über zwei Stunden bei völligem Blindflug zehren an der Konzentration, die Verpflegung aus dem Rucksack gibt uns neue Kräfte für die nächsten 350 Kilometer bis zum Meer. Das Radar in Bulgarien und Mazedonien wird das hoch fliegende Flugzeug längst erfasst haben, wegen der schlechten Sicht wird kein anderes Überwachungsflugzeug versuchen in die Nähe der unbekannten Cessna zu gelangen.

Die Windböen und heftigen Regengüsse lassen ebenso schnell, wie sie entstanden sind, nach und gleichzeitig verbessert sich die Sicht nach vorne, noch reicht sie nicht bis zum Boden. Die Geschwindigkeit über Grund ist inzwischen beinahe so hoch wie auf dem Log im Flugzeugcockpit.
Den Schubhebel nehme ich leicht zurück, der Motor dreht wieder im idealen grünen Bereich und die Fluggeschwindigkeit erreicht Werte wie nach dem Start im Flughafen südlich von Bukarest.
Erstaunliches Naturschauspiel, innert wenigen Sekunden öffnet sich der gesamte Horizont, der Blick aus dem Cockpit könnte eindrücklicher nicht sein.
Auf 3500 Meter Höhe, kurz vor Mazedonien über wenig besiedeltem Gebiet genießen wir ein erstes Mal das herrliche Panorama.
Steil ziehe ich die Cessna nach unten.
„Keine Angst, Geneviève, wir müssen uns wieder unsichtbar machen und das Radar unterfliegen."
Ängstlich verfolgt sie den kontrollierten Sturzflug, der Boden rast auf uns zu, bereits können wir einzelne Höfe, Wege und weidende Kühe erkennen.
„Puh, das war aber heftig, Marco, meine Ohren sind völlig taub."
Kühe flüchten und erstaunte Menschen auf den Feldern verfolgen den aus dem völligen Nichts in Bodennähe auftauchenden Flieger.
Das Gebiet ist hügelig, wir bleiben tief, größere Ortschaften umfliegen wir in großen Bogen.
Trotz dieses Zickzackkurses rückt das Meer unentwegt näher.
Das Tankmanometer zeigt noch immer eine beruhigende knappe Hälfte des Benzinreservoirs an.
Eine Achterbahn würde nicht mehr hergeben als unser momentaner Flug. Hügelzug hinauf, Hügelzug hinunter,

immer mit der Sicherheit, noch wenden zu können, sollte die nächste Erhebung steiler ausfallen als die Steigleistung unserer Cessna.
Städte wie Prilep und Demir liegen hinter uns und der Lake Ohrid, welcher touristisch erschlossen ist, zahlreiche Strände und Hotels lassen darauf schließen, wird mit weniger als 100 Metern überflogen. Winkende Menschen verfolgen unser tieffliegendes Flugzeug.
Der See liegt 700 Meter über Meer, wir überqueren bereits albanischen Boden, nur noch 125 Kilometer trennen uns von der Küste. Es ist ein Uhr Mittag.
Diese letzten, unter höchster Anspannung stehenden Stunden hinterlassen Spuren.
„Geneviève, ich bin ziemlich erledigt. Die Hände zittern, die Nervosität bringt mich fast um, und es fällt mir schwer, das Ruder ruhig zu halten. Kannst du für kurze Zeit das Kommando übernehmen?"
Ohne zu zögern, greift sie zum vor ihr liegenden Steuerhorn, ihr Lächeln und die stolze Körperhaltung lassen mich beruhigt am Rückenteil des Flugsitzes anlehnen. Noch nicht einmal zwei Uhr.
Vor uns grüßen die westlich stehende Sonne und die tiefblaue Adria.
Begeistert von ihren Flugkünsten ist die Kopilotin noch immer am Steuerhorn.
Übermütig die Querruder betätigend, lässt Geneviève unseren Vogel sanft hin und her schwenken. Wir verabschieden uns von Albanien und grüßen das herrliche Mittelmeer, auf das wir zufliegen. Frachtschiffe und Passagierschiffe aller Größen begleiten uns, Italien liegt zum Greifen nah.
„Wollen wir wirklich bei Brindisi landen, Marco? Weshalb nicht weiter nördlich, der Tag ist noch lang und je weiter

wir fliegen, umso kürzer ist unsere Heimreise, die Tankanzeige steht auch noch ziemlich über einem Viertel."
Dieses Frauenzimmer! Mein verblüffendes Lachen wirkt ansteckend.
„Vor wenigen Stunden wussten wir nicht, wie wir den Kopf aus der Schlinge ziehen, und nun möchtest du mit dem gestohlenen Flieger am liebsten bis nach Tourrettes-sur-Loup fliegen, wenn möglich noch auf deinem Weingut landen!"
Geneviève schmunzelt. „Warum nicht, Marco, dann wären wir doch viel schneller im Bett!"
Ihre Hand gleitet herausfordernd an einen bestimmten Punkt beim Chefpiloten zu ihrer Linken.
Wir sehen die Küste Italiens, erkennen Brindisi und schwenken fünf Kilometer vor der Küste ab, Richtung Norden.
„Der Flughafen von Brindisi verläuft direkt aufs offene Meer. Gehe noch etwas tiefer, Geneviève."
Herrlich das spiegelglatte Meer, die Bugwellen der Schiffe sind über Kilometer sichtbar, das Fliegen kann unendlich viel Spaß bereiten.
Bari wird sichtbar, die tief über das Meer Bari anfliegenden Passagiermaschinen lassen uns nochmals weiter aufs offene Meer ausweichen und bereits eine Viertelstunde später nähern wir uns der Landausbuchtung bei Manfredonia.
Es wird Zeit, eine Landestelle zu suchen.
Hinter der Landausbuchtung von Manfredonia eröffnet sich das Gebiet um den Lago di Varano. Die Gegend ist wenig besiedelt und zunehmend gebirgig. Eine kaum befahrene asphaltierte Straße bietet sich als ideale Landepiste an. Landeklappen ausgefahren, Geschwindigkeit hinunter, wir setzen sanft auf der asphaltierten Straße auf.
Kein Fahrzeug weit und breit, über eine Kiesstraße lassen wir die Cessna, für Automobilisten nicht mehr sichtbar, hinter einem Hügelzug verschwinden.

Der Motor steht still, wir sind in Sicherheit und liegen uns in den Armen. Unser Albtraum hat ein glückliches Ende. Die erlösende Entspannung öffnet alle Schleusen.
Heftig ihre Umarmung, ihre vollen Brüste und weichen Lenden pressen sich an mich, die Glut scheint überzuspringen, aber auch der von der ehemals tief sitzenden Glasscherbe verursachte Schmerz meldet sich in Form eines heftigen Brennens im linken Unterschenkel und die Schnittwunde im rechten Arm verschafft sich nun ebenfalls Gehör.
Erstaunen in ihren geröteten Augen, als ich sie sanft auf Distanz halte.
„Warum willst du mich nicht? Das Verlangen nach dir macht mich völlig verrückt."
„Wir müssen fort von hier, sehr schnell sogar, Geneviève. Niemand darf eine Verbindung zwischen uns und dem Flieger herstellen und dann wäre da noch das ‚kleine' Souvenir vom Hangar, welches sich sehr eindringlich zurückmeldet.
„Entschuldige, Marco, ich wollte nicht so stürmisch sein, aber meine Gefühle haben mir die Kontrolle entzogen."
„Ich werde dir heute Nacht viel Aufmerksamkeit schenken, Geneviève."
Lustvoll gleitet mein Arm zwischen ihre erregten Schenkel, mit angewinkeltem Ellbogen hebe ich sie empor. „Du wirst solange warten müssen, erregend schöne Frau!"
Ungefähr eine Viertelstunde sind wir zu Fuß unterwegs, zuerst über eine Wiese, den Blick mehrmals auf die entschwindende Cessna gerichtet, dann folgt ein kurzer Feldweg und kurz darauf erreichen wir die asphaltierte Straße Richtung Meer.
Mit Genugtuung stelle ich fest, auch für Passagiere eines doppelstöckigen Reisebusses würde die Cessna hinter dem sanften Hügel verborgen bleiben.

Vor dem nächsten Morgen, wenn die Bauern die Felder wieder bestellen, dürfte unser Flugzeug kaum entdeckt werden, die ersten Spuren der Dämmerung bestärken mich zusätzlich in dieser Annahme.
Ein von hinten in langsamer Fahrt heranrollender alter Pickup gesellt sich neben uns.
Herzhaft lachend fordert der Fahrer die beiden Tramper auf, einzusteigen. Er ist ein Ebenbild von Claude, nur dass seine Furchen im Gesicht noch ausgeprägter hervortreten und die ehemals dunkelblaue Berufsschürze mindestens viermal so alt ist wie diejenigen unseres Weinfachmannes.
„Wir sind auf einem Trip durch Europa", erklärt Geneviève in fließendem Italienisch, wobei sie mir übermütig zuzwinkert. „Gestartet sind wir in Belgien, unser Ziel ist Griechenland, gibt es in dieser Gegend auch ein Hotel?" Erneut begleitet von einem aufreizenden Augenzwinkern.
Der Fahrer grunzt lächelnd einige für mich nicht verständliche Worte und kaum zehn Minuten später erreichen wir die touristische Ortschaft Garganico, direkt am Meer.
Vor der Farmacia entsteigen wir dem holprigen Gefährt, der liebenswürdige Weinbauer weigert sich hartnäckig unsere letzten fünf Euro anzunehmen.
Endlich wieder in der zivilisierten Welt, der Bankomat akzeptiert meine EC-Karte und der grauhaarige ältere Apotheker könnte auch in Nizza oder Basel seine verantwortungsvolle Aufgabe ausüben.
„Ich empfehle Ihnen das Hotel Pietre Nere", offensichtlich traut er dem attraktiven Paar eine Vier-Sterne-Herberge zu, „den Taxistand finden Sie beim Bahnhof ums Eck und die Fahrt mit dem Taxi dauert auch nur fünf Minuten."
Die Plastiktragtasche mit Verbandmaterial, Pflaster und Desinfektionsmittel gefüllt, verabschieden wir uns vom freundlichen Herrn.

„Hallo die Dame und der Herr, herzlich willkommen im Pietre Nere. Natürlich haben wir ein Zimmer für Sie mit Meersicht und Blick auf den Park mit Pool, um diese Jahreszeit sind wir nie voll belegt.“
Die Italiener werden mir immer sympathischer, nur die Visa-Karte möchte die in hellblau gekleidete junge Dame kurz konsultieren, keine Frage nach meiner Adresse oder meinem Wohnort.
„Herr Sternenberg, möchten Sie Ihr Gepäck nach oben bringen lassen?“ Ein leichtes Stirnrunzeln lese ich auf ihren Gesichtszügen, als sie unser kaum nennenswertes Gepäck in Form der beiden Rucksäcke zur Kenntnis nimmt.
Das Zimmer ist eine Wucht, herrlicher Blick auf die im Abendlicht tiefblau schimmernde Adria und die einladenden, in Rosafarben gestylten Bettbezüge des großen Doppelbetts.
„Wow.“ Erneut heftig schmiegt Geneviève ihre verführerischen Kurven an meinen Körper und gleich darauf entgeistert; „Bist du verrückt, Marco, wir haben genug Verbandmaterial, du brauchst doch den Kopfkissenbezug nicht zu zerreißen!“
„Wir wollen vorher doch noch duschen, Geneviève.“
Mein schelmisches Schmunzeln verwirrt sie nur einen kurzen Moment, sie versteht, ihr laszives Lächeln ermuntert mich weiterzumachen.
Sanft vor mir herschiebend begleite ich Geneviève ins Badezimmer. Wir helfen uns gegenseitig aus den verschwitzten Kleidern.
„Reichst du mir dein Handgelenk?“
Erwartungsvoll und heftig atmend streckt mir Geneviève beide Arme entgegen. Streng windet sich das Ende des in Steifen gerissenen Kopfkissenbezuges um Genevièves schlankes Handgelenk. Oberhalb der massiven Rohrleitung der Deckenbrause gleitet das Bündel der Textilstreifen hindurch und das zweite Handgelenk ist alsbald ebenso fest verknotet.

Mit erhobenen Armen, unfähig sich zu wehren, steht die erregende Frau in ihrer nackten Schönheit vor mir.
Langsam fließt warmes Wasser über unsere erregten Körper.
„Weißt du, irgendwie verstehe ich dich nicht, Geneviève. Vor Kurzem noch hast du mir eröffnet, wie sehr du mich magst, und nun lässt du mich beim Auswaschen meiner Wunden völlig im Stich."
Keine Antwort, ihr lustvolles Lächeln signalisiert verstanden zu haben.
Genevièves Mund leicht geöffnet, ihre dunkelbraunen Augen sind gerötet und ihr heftiger Atem lässt ihre vollen Brüste beben. Schützend hält meine Hand das Haarshampoo von ihren Augen fern. Weiter gleitet die Hand mit der flüssigen Seife über ihre erregenden Brüste. Die Brustwarzen sind aufgerichtet und hart.
Die Handbrause mit kräftigem Strahl nimmt sich einfühlend und kreisend den lusterfüllten Brüsten an.
Ausdauernd der nächste Schritt zwischen ihren erregenden Schenkeln, der Strahl der Handbrause nun wärmer und stärker als vorhin.
„Marco, bitte, ich halte es nicht mehr aus, erlöse mich, ficke mich bitte, bitte, lass mich nicht weiterleiden."
Geneviève ist nur noch Lust, ihr dumpfes Stöhnen erfüllt das Badezimmer.
„Liebes, es ist Zeit zur intensiven Reinigung." Meine Worte vibrieren mit gleicher Lust, sie stehen ihren erregten Lauten in nichts nach.
Sie schlingt ihre eleganten Beine um meine Hüften, tief und heftig verlaufen die nächsten Minuten, sie reißt mich mit in den Schlund ihrer Lust, endlos ergießt sich der aufgestaute Lavastrom.
Das Badezimmer ist erfüllt von Lauten der in Ekstase versinkenden schönen Frau.

Weißer Nektar fließt ihre eleganten Beine entlang nach unten.
„Da müssen wir nochmals nachbessern, Liebes."
Ich glaube nicht, dass sie meinen Worten folgt, demütig, die Arme am Deckenrohr festgebunden, ergibt sie sich weiter meinem wonnevollen Handeln unter der warmen Dusche. Sanft öffnen meine Finger den Kelch der Lust, kreisend der Duschstrahl und meine Hand an ihrer einladenden Pforte, ihre Lustlaute steuern meine Hand. Mein Mund bedeckt den ihren, unser Atem geht rasend, uns fehlt die Luft zum Atmen.
Heftig presse ich ihre Brüste an meinen Körper, die grenzenlose Erregung erfasst mich aufs Neue.
„Liebes, ich habe unersättliches Bedürfnis, nochmals in deinem wonnevollen Körper zu sein."
Geneviève stöhnt lusterfüllt, ihre schönen Gesichtszüge sind verklärt und offenbaren ihr endloses Verlangen.
„Tief in dir fühle ich mich im Paradies, Geneviève."
Sie schlingt erneut ihre Beine um meine Hüften, meine Hände helfend stützend, alles geht langsamer, aber nicht weniger intensiv.
Eine Lustwelle nach der andern erfasst die zwei Liebenden. Mein Mund versucht vergebens Genevièves Lustschreie zu mildern, die Ekstase führt Regie bis zu unserer völligen Ermattung.
Eingehüllt im weißen Frotteemantel lege ich meine erschöpfte Geliebte auf das weiche Bett.
Mit einem Frotteetuch trockne ich ihr nasses Haar und bilde einen Turban um ihren hübschen Kopf, das rosafarbene Duvet legt sich behutsam über ihren erfüllten, schönen Körper.
Die Dunkelheit hat sich unmerklich ins Zimmer geschlichen, das Meer nun nicht mehr sichtbar, dafür der beleuchtete, von Palmen geschmückte Park mit dem großzügigen Hotelpool.

An ein Nachtessen im Hotelrestaurant ist nicht mehr zu denken, die vergangene halbe Stunde hat uns die letzte Kraft geraubt. Morgen ist auch noch ein Tag.
Am Bettrand sitzend, wandert die im Desinfektionsmittel getränkte Stoffgaze über meine Wunden. Das Pflaster am Unterschenkel selber anzubringen bereitet mir keine Mühe, mehr schon das mit einer Hand schwer zu bewerkstelligende Prozedere mit dem Pflaster am rechten Arm.
Schmunzelnd erinnere ich an meine „beleidigten" Worte unter der Dusche, als ich ihr vorwarf mir nicht die versprochene Hilfe beim Auswaschen der Wunden anzubieten. Helfen konnte sie mir nicht, sie war „verhindert" und nun ist sie vor Erschöpfung nicht mehr in der Lage, meine Wunden zu verarzten.

Irgendwann in der Nacht schrecke ich schweißgebadet aus dem Schlaf.
Der Albtraum der letzten vier Tage hinterlässt schreckliche Spuren, es scheint, als kämpfe ich seit Monaten um unser Leben, diese wenigen Tage brennen sich in meiner Seele fest.
Wie ein Film, den ich nicht stoppen kann, laufen die Ereignisse durch meinen Kopf.
Am Dienstag eröffnet uns der ehemalige Universitätsprofessor Laszlo Cosmatu, dass eine Frau am Steuer des Unfallwagens saß.
In der Nacht auf Mittwoch brennt unser Hotel Carra nieder und am gleichen Tag werde ich im Café Eliot überfallen.
Auf den Fotos des Professors erkennen wir Jelena Pawltow, die Fahrerin des todbringenden Autos.
Geneviève unterbricht mich in meiner Gedankenwelt.
„Warum sitzt du im Bett, Marco, kannst du nicht schlafen? Ich fühle mich so wohl."

Schlaftrunken dreht sich Geneviève zur Seite und Augenblicke später lassen ihre ruhigen Atemzüge ihren erneut erholsamen Schlaf fühlen. Wahrscheinlich wird sie sich morgen nicht mehr an das kurze Intermezzo erinnern.
Der Film läuft weiter: rettender Zimmerwechsel im Hotel Alia, die alte Dame mit ihrem Traktor, der Glücksfall mit dem Zastava und die Übernachtung in der Jagdhütte, dann die brenzlige Flucht aus dem Hangar, der Tankstellenwärter, welcher auf die Cessna schoss, und zuletzt die Notlandung auf der Wiese und das Überfliegen des Balkans bei Sturm und völligem Blindflug.
Es tut mir gut, diese Ereignisse in aller Ruhe und Schritt für Schritt zu verarbeiten. Ein erlösendes Loslassen beflügelt endlich mein Gemüt. Ich falle in den befreienden Tiefschlaf.

Sonnenstrahlen blinzeln durch die Gardinen unseres schönen Hotelzimmers, die rosafarbenen Bettbezüge, die ockerfarbenen Wände und der dunkelbraune Teppich erzeugen jenes Wohlfühlambiente, das die Gäste gerne länger im Hotel verweilen lässt.

Auf einem Felsplateau, kaum 50 Meter über Meer liegt die erhabene Hotelanlage.

Die Uhr zeigt kurz nach neun, lächelnd und übermütig tritt Geneviève aus dem Badezimmer. „Marco, diese Nacht werde ich nicht vergessen. Du bist der größte Schurke der Welt, oh, wie ich diesen Schurken mag., Dann mit einem Augenzwinkern: „Und ganz besonders seine spezielle Art, mich zu duschen."

Erfüllt und glücklich ihr Lächeln.

Das Frühstücksbuffet ist, wie nicht anders zu erwarten, italienisch. Cappuccino mit *brioche vuota con marmellata* oder *crema* und auf besonderen Wunsch auch Käse und Brot, das trockene Brot ungesalzen.

Erstaunt nimmt die Kellnerin den großen Appetit der beiden schlanken Gäste zur Kenntnis. „Wünschen Sie noch Eier oder Lachs, Signora, Signore?"

Sie interpretiert unser Lächeln als Zusage, und kurz darauf gesellen sich zu den Brioches, Broten und Käse auch noch Ei und Lachs.

„Wie wär's, Geneviève, wollen wir noch eine Weile hierbleiben, mir würde es sehr gefallen?"

Lachfalten um ihre dunklen Augen. „Ich finde deine Idee super, vielleicht schaffen wir es sogar einmal vor unser Hotelzimmer."

Ihr einladendes Lächeln und ihr lasziver Blick treiben erneut Wärme in meine Lenden.
Mein Handy meldet sich seit einer Woche das erste Mal. Es ist Claude.
„Hallo ihr beiden Turteltauben, schon die ganze Woche versuche ich euch zu erreichen, offensichtlich hattet ihr viel zu tun und habt den lieben Claude vollkommen vergessen."
Das Viel-zu-Tun betont er auf seine spezielle Weise. Ich sehe sein freches Augenzwinkern. Herzhaft sein Lachen, eine Antwort erwartet er nicht, deshalb lasse ich ihn auch in seinem Glauben.
„Wir haben viel Freude an unserer Arbeit in der Domaine Ruipart, alles verläuft, wie wir es uns in den kühnsten Träumen nicht erwarten durften.
Es spricht sich herum, dass bei uns ein frischer Wind weht, bereits haben sich verlorene Kunden wieder gemeldet, wir werden unsere ehemals erfolgreiche Geschichte fortschreiben, glaubt mir.
Übrigens, Barreau, das Arsch, hat sich nie mehr blicken lassen und auch von der üppigen Jelena habe ich nichts mehr gehört.
Kriegst du unsere Gutsherrin überhaupt noch aus dem Bett?"
Erneut folgt ein breites Grinsen. „Richte ihr auf jeden Fall unsere besten Grüße aus, Eduard und ich freuen uns, euch bald wiederzusehen. Was meint ihr, schafft ihr es noch in diesem Jahr?"
Wieder ertönt sein herzhaftes Lachen durch die Hörmuschel.
Geneviève nimmt mir das Handy aus der Hand.
„Du Schlingel, ich habe alles mitgehört, ich mag dich, Claude, was würden wir nur machen ohne dich?"
Noch ein, zwei Lieblichkeiten werden ausgetauscht, dazu ein vager Hinweis, wo wir uns im Augenblick befinden, wir beenden das Gespräch.

Beinahe vergessen die Gefahren der letzten Tage, in trügerischer Geborgenheit erleben wir die ferienhafte Idylle unseres noblen Hotels.
Ich möchte Genevièves Glücksgefühl nicht zu sehr trüben und formuliere deshalb meine Bedenken sehr vorsichtig.
„Solange die hinterhältigen Interessen der Mafiabande nicht bekannt sind, dürfen wir uns noch nicht absolut sicher fühlen, Geneviève. Wahrscheinlich bist du noch immer in Gefahr, nicht nur in Rumänien, sondern überall auf der Welt."
Begleitet von einem schmerzlichen Lächeln: „Du holst mich wieder zurück, Marco. Darf ich mich nie mehr frei und glücklich fühlen?"
„Das Beweisstück vom Hotel Alia schlummert noch immer in meinem Rucksack, wir sollten es uns nun ansehen."
Die Schublade des Hotel-PCs zieht das Beweisstück in Form der glänzenden Foto-CD in den Diskettenschacht.
Lachende, fröhliche Gesichter der Jubiläumsparty der Bergbaufirma Amanar, im Hotel Alia in Bukarest, am 12. Mai 2005, laufen über den Bildschirm.
Bereits nach wenigen Aufnahmen:
„Da!", ruft Geneviève entgeistert.
Die Bildsequenz erfasst einen Teil der Hotelbar, die auffällige Dame im großzügigen Dekolleté ist uns bekannt, es ist, wie wir erwartet hatten, Jelena. Das Zoom bringt die Aufnahme näher – es verschlägt uns nochmals die Sprache. Auch der Herr an ihrer Seite ist ein alter Bekannter, schlanker als heute, aber er ist es – Fernand Barreau.
„Das darf nicht wahr sein, diese Verbrecher", entsetzt sich Geneviève.
„Scheinbar war der Mord an Pascal aus langer Hand vorbereitet. Ich bin zerschlagen ob dieser Kaltblütigkeit, das sind keine Menschen, das sind Tiere. Vertraue mir", mein Arm

legt sich tröstend um ihre Schultern, „wir werden den Fall lösen und die Verbrecher zur Strecke bringen."
Mehrmals durchkämmen wir die Gästeliste des Hotels Alia, vom 12. bis 14. Mai 2005.
Nirgends lässt sich ein Hinweis auf den Namen Barreau finden.
„Wenn Jelena unter falschem Namen abgestiegen ist, dann dürfte dies auch bei Barreau dasselbe sein."
Ein einziger Franzose erscheint auf der Gästeliste, ein Fernand Bretard. Der gelbe Leuchtstift wandert über die Einträge Jelena Burewista und Fernand Bretard.
Diese Einträge werden zusammen mit den Fotos von der Hotelbar und beim Unfallauto vor dem Hotel Carra einen wichtigen Beitrag zur Überführung dieser Verbrecher leisten. Wiederum zwei Mosaiksteine im immer komplizierter scheinenden Puzzle des von vielen Fragen überschatteten Mordfalles.
Wir schlendern Arm in Arm das tiefblaue Meer entlang.
„Wenn die Cessna auf dem Feld entdeckt wird, werden sofort Nachforschungen über deren Herkunft und den Piloten eingeleitet. Bis es so weit ist, sind wir hier sicher, Geneviève. Bestimmt werden die Zeitungen über das unbekannte Flugzeug berichten, ein gefundenes Fressen für die Presse natürlich. Wir werden also davon erfahren, spätestens dann heißt es für uns, abreisen.
Ich habe mir auch schon einen Plan ausgearbeitet, wohin und womit. Mit dem Zug reisen wir bis vor die französische Grenze. Von dort wird uns Claude mit seinem Wagen abholen, an der Grenze möchte ich nicht noch im Zug unangenehme Fragen über das Verschwinden unserer Pässe beantworten müssen."
Zurück im Hotelzimmer, zuerst ein gegenseitig tiefer Blick, dann ein herzhaftes Lachen. Als ob es immer so gewesen

wäre, zieren erneut zwei rosafarbene Bezüge die einladenden Kopfkissen.
Die für spezielle Zwecke geeigneten Stoffstreifen liegen gut verborgen in meinem Rucksack.

Schmunzelnd sitzen wir uns beim Frühstückstisch gegenüber. Das Lachsbrötchen gefühlvoll in den sinnlichen Mund schiebend: „Woher hast du all deine Fantasien, Marco? Wir sollten doch auch wieder einmal an mein Weingut denken.“
Gleichzeitig gleitet ihr Bein, absolut nicht dem Sinn ihrer Worte entsprechend, unter dem Tisch meine nackten Waden entlang nach oben.
„Diese Anspielung und deine gegenteilige Handlung werden nicht ohne Konsequenzen bleiben, Geneviève.“
Ihr einladendes Lächeln nehme ich nur einen kurzen Augenblick wahr, das Foto in der Zeitung des Herrn am Nebentisch zieht mich in seinen Bann. Spontan folgt Geneviève meinem Blick.
„Ich werde uns diese Zeitung besorgen.“ Sie macht sich auf zum Zeitungsständer.
Dem eleganten, in beigem Veston und dunkler Hose gekleideten Italiener bleibt unser vermeintliches und plötzliches Interesse, er kann ja nicht wissen, dass dieses Interesse nicht ihm, sondern der abgelichteten Cessna gehört, nicht verborgen. Ein Räuspern und nervöses Weiterblättern lassen seine Unsicherheit fühlen.
Wir wollen uns durch das Studium des Berichtes über die Cessna nicht verraten und kurz darauf liegen wir mit der ausgebreiteten Sonntagsausgabe der Gazette Mare Blu auf unserem Hotelbett.
Großformatig erscheint das Foto mit der Cessna auf der grünen Wiese und in einer kleineren Aufnahme auf derselben Seite das Einschussloch im Flugzeugrumpf.

Geneviève übersetzt:

Cessna 182 auf Wiese beim Lago Varano (not)gelandet, wer flog die Maschine?
Bauern aus der Gegend des Lago Varano (Manfredonien) entdeckten gestrigen Samstag die verlassene Cessna 182.
Die in Rumänien immatrikulierte Maschine wurde in den frühen Morgenstunden des 23. April aus einem Hangar bei Bukarest gestohlen. Gemäß Behördenangabe brachen der/die Diebe die Schiebetüre des Hangars auf und starteten zu ihrem Flug nach Italien. Niemand hat den Diebstahl beobachtet und man tappt bezüglich Piloten und dessen Motiv völlig im Dunkeln.

„Das heißt mit anderen Worten, Geneviève, die haben die Mordabsicht uns betreffend noch nicht aufgegeben, warum sonst verschweigen sie das Wissen um die beiden Geflüchteten?“
Sichtlich beunruhigt übersetzt Geneviève weiter.

Die Cessna 182 stand unbetankt im Hangar, die an Bord befindliche Menge Treibstoff hätte für einen Flug nach Italien nicht ausgereicht, sie muss unterwegs betankt worden sein.
Die Behörden von Bulgarien und Mazedonien erkannten auf ihrem Radar das unbekannte, über den Balkan fliegende Flugzeug.
Eine Annäherung mit einem Überwachungsflugzeug war wegen der schlechten Wetterverhältnisse nicht möglich.
Es grenzt an ein Wunder, dass der nur für Sichtflug ausgerüstete Flieger unter diesen misslichen Wetterbedingungen den Überflug über das Balkangebirge überstanden hat, es muss sich um einen sehr erfahrenen Piloten gehandelt haben.

Anerkennend gleitet ihre Hand über mein Haar.

Woher das Einschussloch im hinteren Teil des Rumpfes stammt, ist noch Gegenstand der Untersuchungen. Die Kugel durchschlug die Kabine, streifte den Sitz des Kopiloten und muss dann im vorderen Fußbereich durch irgendetwas aufgefangen worden sein, man fand keine Kugel im verlassenen Flugzeug.

„Dann müsste die Kugel", unterbreche ich ihre Übersetzung, „noch in meinem Rucksack stecken."
Meine Hand durchkämmt das Innere des Rucksacks und fördert das gesuchte Geschoss zutage. Die Spitze vorne eingedrückt, liegt der Todbringer in meiner geöffneten Hand.
„Weißt du, dass uns ein unglaublicher Schutzengel zur Seite stand?"
Erst jetzt, zwei Tage später, wird mir diese kritische Situation wieder bewusst, kalt fühlt sich der Schweiß auf meinem Rücken an.
Nach einer Pause fährt Geneviève fort:

Kurz vor der albanischen Grenze verschwand die Cessna vom Radar. Die mazedonischen Behörden vermuteten einen Absturz und starteten einen Suchflug nach der vermissten Maschine.
Anmerkung der Redaktion
Aufgrund der bisherigen Ermittlungen muss davon ausgegangen werden, dass dieses Flugzeug zur Flucht benutzt wurde. Ob kriminelle oder andere Gründe sich für diese Flucht verantwortlich zeichnen, dürfte erst nach Auffinden und Befragung des oder der Insassen möglich sein.
Die örtliche Polizei bittet um folgende Auskünfte:
Sind Ihnen in der Zeit von Freitagmittag bis Freitagnacht, 23. April, eine oder mehrere Personen aufgefallen, wahrscheinlich zu Fuß, vielleicht auch in fremdländischer Sprache?
Wurden in der fraglichen Zeit Autostopper beobachtet oder hat jemand Autostopper mitgenommen?

Auf dem Pilotensitz fanden sich frische Blutspuren. Die Polizei vermutet eine Verletzung des Piloten im Bereiche Unter- oder Oberschenkel.
Hat jemand in der fraglichen Zeit eine verletzte Person behandelt oder Medikamente und Verbandmaterial an eine unbekannte Person verkauft?
Sind in der näheren Umgebung Gäste in Hotels abgestiegen, deren Herkunft auf mögliche Insassen schließen könnte?
Meldungen, welche vertraulich behandelt werden, richten Sie bitte an die örtliche Polizei unter der Nummer …

Geneviève legt die Mare Blu zur Seite.
„Mit unseren unbeschwerten Ferientagen wird es wahrscheinlich nichts werden, Marco."
„Das sehe ich auch so, komm, lass uns packen."
An der Rezeption empfängt uns dieselbe Dame wie vor zwei Tagen, ihr hellblauer Hoteldress und ihr hellblondes Haar stehen ihr ausgezeichnet ins Gesicht.
„Hat's den Herrschaften bei uns gefallen?" Ihr Lächeln lässt keinen Zweifel offen, es muss uns gefallen haben.
„Es war toll bei Ihnen, leider müssen wir bereits wieder weiter, Griechenland wartet auf uns", schwindelt Geneviève mit gekonnter Überzeugung.
„Da wären einmal die zwei Hotelübernachtungen mit Frühstück, Bezüge aus der Minibar, die Reinigung und das Bügeln Ihrer Wäsche", nun tut sie sich sichtlich schwer, „einen Kopfkissenbezug mussten wir auch erneuern."
„Da müssen Sie sehr entschuldigen, Signora, ich habe ihn aus Unachtsamkeit zerrissen", wende ich ein.
Geneviève steht mit einer Unschuldsmiene neben mir, die beiden Hotelconcierges im Hintergrund drehen sich ab, es gelingt ihnen trotz verzweifelter Anstrengung nicht, ihr Lachen zu unterdrücken.

Auch die Dame an der Rezeption kämpft mit dem Lachen. „Wissen Sie, wir hatten vorher ein Satirevideo angeschaut." Erleichtert nimmt sie unsere ebenfalls schmunzelnde Reaktion zur Kenntnis.
„Soll ich ein Taxi für Sie rufen?"
„Besten Dank, Signora, das ist nicht nötig, wir schauen uns noch ein wenig in der wunderschönen Gegend um."
In der grünen Hotel-Parkanlage, von der Rezeption nicht einsehbar, liegen wir uns in den Armen. Unser Lachen steht demjenigen der Hotelconcierges in nichts nach.
„Wie haben die das wohl herausgefunden? Vielleicht waren wir in den letzten beiden Nächten einfach etwas zu laut." Heftig kneife ich Geneviève in ihren sexy Hintern.

Um Viertel nach elf fährt der Zug vom Bahnhof Garganico Richtung Norden bis Ventimiglia, Ankunft in Ventimiglia um halb sieben. Wir haben genügend Zeit, ein Taxi benötigen wir nicht, gemütlich das Meer entlangspazierend nehmen wir die zweieinhalb Kilometer unter die Füße.
Der nicht sehr freundliche Herr am Bahnschalter übergibt, ohne irgendwelche Fragen an die beiden Rucksacktouristen zu richten, unsere Erstklass-Fahrkarten bis zur französischen Grenze.
„Ich kaufe uns noch schnell etwas im Kiosk, Geneviève." Wiederum verblüffe ich sie mit den beiden Musik-CDs, welche nun in meinem Rucksack Unterschlupf finden. „Ich bin Fan von Eros Ramazzotti." Begleitet von einem breiten Lächeln, nehme ich ihr den Wind für weitere Fragen aus dem Segel.
Das Erstklass-Abteil ist nur wenig belegt. Ein Paar um die vierzig setzt sich auf unserer Höhe in die Sitzreihe nebenan. Pescara und Ancona liegen bereits hinter uns, herrlich ist die Fahrt dem dunkelblau schimmernden Meer entlang. Am Weißwein nippend verfliegen die Stunden im Nu.

Unsere Mägen wollen gesättigt werden, wir machen uns auf in den Speisewagen.
„Würden Sie so nett sein und kurz auf unser Gepäck aufpassen?“ Die Worte richte ich an das Paar neben uns. Ihr Nicken signalisiert ihr Einverständnis und dass sie uns verstanden haben.
Der Kellner weist uns den Tisch.
„Findest du es nicht etwas fahrlässig, deinen Rucksack mit dem Beweismaterial allein zurückzulassen?“, fragt Geneviève.
„Genau das wollte ich. Die beiden Sitznachbarn sind mir bereits am Bahnhof Garganico aufgefallen, den beiden traue ich überhaupt nicht über den Weg.
Als ich vorher auf die Toilette ging, habe ich die Fotos vom Zeitungsverlag Libertul und die CD mit den Fotos vom Hotel Alia und auch die Adressliste aus dem Rucksack genommen und hier in meiner Jacke versteckt.“
„In der Hülle der Foto-CD befindet sich nun der ‚Eros‘, das Cover mit seinem Bild habe ich auf der Toilette entfernt. Auch die Pistole“, meine Hand weist auf die Ausbuchtung meiner Jacke, „ist bei mir in Sicherheit.“
Das Essen will uns nicht so recht schmecken, zu groß lastet der Druck, was uns nach der Rückkehr ins Abteil erwarten könnte.
Mein bildhaftes Gedächtnis leistet Höchstarbeit.
Der Rucksack scheint unverändert am selben Ort und das Nicken der beiden Sitznachbarn signalisiert keine besonderen Vorkommnisse.
Aus dem Lautsprecher rieselt eine weiche Frauenstimme: „Halt in Bologna in fünf Minuten.“
Der Zug steht im Bahnhof, die Türen öffnen sich, erst jetzt, völlig überraschend, wenn nicht sogar überstürzt, erheben sich die Sitznachbarn und eilen, unter einem kaum verständlichen Adieu, dem Ausgang entgegen.

Erst als der Zug wieder fährt, öffne ich meinen Rucksack. Alles scheinbar unberührt und am selben Ort wie vorher, beinahe! Die CD in der Hülle fehlt.
„Stell dir vor, was die für Augen machen, wenn ihnen Eros Ramazzotti entgegenschmachtet. Jetzt wissen wir aber auch um die nach wie vor existierende Bedrohung und die beunruhigende Erkenntnis, dass sie unsere Spur wieder aufgenommen haben, Geneviève. Beim nächsten Halt werden wir den Zug verlassen."
Der Lautsprecher meldet: „Halt in Modena in fünf Minuten."
Wir stehen auf dem Bahnsteig. Die Hertz-Autovermietung sei kaum hundert Meter entfernt auf der Via Filippo Paolucci, erklärt der Bahnhofsangestellte. Und bereits zwanzig Minuten später fahren wir im rassigen Alfa Romeo Giulietta Richtung Frankreich.
Nach problemloser Fahrt ohne Feindkontakt und bei einsetzender Dämmerung erreichen wir Nizza.
Die Hertz-Autovermietung in Nizza ist um sieben Uhr noch geöffnet, wir übergeben den roten Alfa-Romeo-Flitzer. Das Gefühl, wieder zu Hause zu sein, ist überwältigend, eine Woche waren wir unterwegs, es scheint eine Ewigkeit. Mehrere Male sind wir dem Tod von der Schippe gesprungen, Gottes Segen und das Glück, in entscheidenden Momenten das Richtige getan zu haben, ließen uns überleben. Dieses Abenteuer Rumänien wird nie mehr aus unseren Gedanken zu löschen sein.
„Morgen machen wir uns an die Arbeit, Geneviève. Unser Belastungsmaterial ist erdrückend. Staatsanwalt Philippe Dosseau wird leichtes Spiel haben, Barreau und Jelena der Justiz zuzuführen."
Das Taxi bringt uns zum Flughafen Nizza.
Unverändert, für einen Außenstehenden sowieso nicht wahrnehmbar, zeigen sich die von mir vor einer Woche in den

Türspalten des Mietwagens eingeklemmten, dunkelbraunen Haare von Geneviève.
Die Fahrzeugtüren wurden während unseres Rumänienabenteuers nicht geöffnet, da bin ich mir sicher. Nichts lässt darauf schließen, dass am Miet-Citroën C5, Manipulationen vorgenommen worden sind.
Eines Besseren belehrt mich mein auf Peilsender eingestellter Detektor. Heftig schlägt die Anzeige bei den Wagenschürzen vorne links und hinten links aus.
„Ich traue der Sache nicht, Geneviève. Den Wagen sollten wir nicht mehr fahren. Wir lassen ihn vom Vermieter abholen, als Grund melde ich den Verlust des Wagenschlüssels.“
Die Wagenvermietung auf dem Flughafen ist ebenfalls noch offen und kurz darauf trägt uns ein hellgrüner Renault Espace 2,2 l Diesel Richtung Mandelieu-la-Napoule.
Beunruhigt durch die Erkenntnis, dass die Verbrecher meinen Miet-Citroën auf dem Flughafen ausfindig machen konnten, lasse ich die Rücksicht nicht mehr aus den Augen.
Niemand folgt uns, der Feind ist unsichtbar, und das macht die Angelegenheit noch unheimlicher.
Endlich erreichen wir die Stelle vor meiner Wohnung, an welcher der Laptop mit Aufzeichnung der Videoüberwachung meiner Wohnung beginnt.
Auch die laufenden Bilder geben keinen Hinweis auf Außergewöhnliches, in der Parkgarage erscheinen die mir bekannten Bewohner mit ihren Fahrzeugen und vor meinem Wohnungseingang hielt sich während unserer Abwesenheit niemand auf.
„Barreau und seine Mafia-Organisation haben uns in Rumänien auf Schritt und Tritt verfolgt, hier in Mandelieu-la-Napoule ist ihnen dies bisher nicht gelungen, Geneviève.“
Der Lift bringt uns in unser kleines Paradies.

Aus dem Kühlschrank genehmigen wir uns einige Kleinigkeiten, bevor wir uns abgespannt von der aufreibenden heutigen Reise mit Wohlgefühl in unser eigenes Bett sinken lassen.
Halb im Einschlafen, Genevièves Hand gleitet sanft über meine Brust: „War das mit den CDs von Eros Ramazzotti Zufall oder auch geplant, Marco?“
„Nach dem Zeitungsbericht über die auf der Wiese entdeckte Cessna 182 war mir klar, dass die rumänischen Verbrecher bereits vierundzwanzig Stunden vorher wussten, wo wir gelandet waren. Sie hatten also genügend Zeit, nach Garganico zu reisen.
Für unsere Weiterreise nach Frankreich kam nur die Bahn infrage, ohne Pass hätten wir das Flugticket nicht lösen können, wahrscheinlich hat die Mafia unsere Pässe vor dem Abbrennen des Hotels Carra beschlagnahmt. Eine Durchforstung der Hotels in der Gegend von Garganico wäre für die Verbrecherbande ebenfalls zu aufwendig gewesen. Sie wussten, dass wir nur mit der Bahn reisen konnten, also konzentrierten sie sich auf die umliegenden Bahnhöfe.
Das eigenartige Paar fiel mir bereits beim Betreten des Bahnhofes durch sein unnatürliches Verhalten auf. Also entschloss ich mich kurzfristig für das ‚Manöver‘ mit den CDs. Übrigens, ich liebe die Musik von Eros Ramazzotti wirklich.“
Ruhige Atemzüge der friedlich neben mir schlafenden Geneviève nehme ich jetzt zur Kenntnis, wahrscheinlich werde ich ihr die Geschichte mit der CD morgen nochmals erzählen müssen.

Wohlig im weichen Bettzeug rekelnd empfängt uns die neue Woche.

Heute erwartet uns ein dicht gedrängtes Programm: Zuerst werden wir Claude und Eduard auf dem Weingut besuchen, anschließend meine Hausbank in Nizza. Dort werden wir die Originalfotos mit Jelena neben dem Unfallfahrzeug und die Foto-CD vom Nobelhotel Alia mit Jelena und Fernand Barreau an der Bar sitzend in meinem Bankfach in Sicherheit bringen. Und als Drittes ersuche ich um einen Termin bei Maître Philippe Dosseau.

Die Vervollständigung des Radarbildes und das Kopieren und Einscannen des aus Rumänien mitgebrachten Fotomaterials beanspruchen nochmals fast eine Stunde und um halb zehn brechen wir auf nach Tourrettes-sur-Loup.

Unterwegs wähle ich die Nummer von Maître Dosseau.

Der unterkühlte Eindruck der Sekretärin bei Maître Dosseau, damals bei meinem ersten Besuch, erfährt nun eine Steigerung in die Eiszeit, als ich sie um einen Termin bei Maître Dosseau ersuche.

„Maître Dosseau hat ein volles Programm und kann Sie nicht empfangen. Wir werden uns melden."

„Mein Anliegen ist sehr wichtig, Madame, Maître Dosseau wartet auf meine Informationen, bitte geben Sie mir schnellstmöglich einen Termin."

Unsanft knallt sie den Hörer auf die Gabel.

„Irgendetwas scheint nicht mehr zu stimmen", meint Geneviève nach dem kurzen Wortwechsel mit der Sekretärin.

„Den Eindruck habe ich auch, Maître Dosseau brannte darauf, weiteres Belastungsmaterial gegen Barreau zu er-

halten, und nun diese unverständliche Reaktion seiner Sekretärin."
Grasse liegt bereits hinter uns, in einer Viertelstunde werden wir Tourrettes-sur-Loup erreichen.
„Nach dem Besuch bei Claude und Eduard werde ich nochmals um einen Termin bei Maître Dosseau nachfragen, und sollte sich die ‚charmante Sekretärin' wieder querstellen, gehe ich persönlich vorbei."
„Oh, là, là, Geneviève. Du siehst blendend aus, die Flitterwochen lassen die Blume in schönster Pracht erblühen", und als kleine Zugabe, „dein Geschäftsführer versteht offenbar auch noch etwas neben betriebswirtschaftlichen Zahlen."
Herzlich die Umarmung der beiden.
„Habt ihr weiteres Belastungsmaterial gegen Barreau herausbekommen? Ich will den Kerl in der Kiste schmoren sehen."
„Noch sind wir nicht so weit, aber auf gutem Weg. Du hast doch Eduard noch nichts gesagt, oder?", fragt Geneviève.
„He, ihr beiden, ihr solltet mich doch kennen, ein Wort ist ein Wort."
Gemeinsam, Eduard ist inzwischen auch dazugestoßen, begeben wir uns auf Betriebsbesichtigung. Jeder begangene Meter führt uns die Aufbruchsstimmung im Weingut Ruipart eindrücklich vor Augen, angefangen bei der Sauberkeit im Betriebsgebäude bis zum Fehlen jeglichen Unkrautes zwischen den Rebenzeilen. Wir sind beeindruckt.
Gemütlich in Genevièves Wohnstube lassen wir die Canapés und den weißen Domain Ruipart munden.
Eduard und Claude schwelgen in ihren Ausführungen.
„Und ich sage euch, wenn du mit der schönen Blume", sein gewinnendes Lächeln gilt natürlich der Dame zu meiner Seite, „unsere ehemaligen Kunden besuchst, werden die Auftragsbücher voll sein wie zu den besten Zeiten."

Einfühlsam, um nicht alte Wunden aufzureißen, unterlässt Claude dieses Mal den Hinweis auf Pascal.
Nach unseren erfreulichen Eindrücken auf Genevièves Weingut steht nun der Besuch meiner Bank auf dem Programm. Zuvorkommend begleitet uns der distinguierte Bankangestellte in den Bereich mit den Schließfächern.
Er zieht die Türe hinter sich zu und Augenblicke später verschwinden die zwei wichtigen Fotodokumentationen aus Bukarest in der sicheren Umgebung meines Schließfaches. Erleichtert und mit der Gewissheit, diese Dokumente könnten mir nicht mehr gestohlen werden, verlassen wir gemeinsam die Bank.
Mein erneutes Telefongespräch mit der ‚charmanten Sekretärin' von Maître Dosseau blieb, wie nicht anders zu erwarten war, ebenso erfolglos wie dasjenige einige Stunden zuvor.
„Begleitest du mich zu Maître Dosseau, Geneviève?"
„Wenn ich dich nicht störe, komme ich gerne mit."
Vertieft in ein Telefongespräch, den Kugelschreiber zwischen den Fingern hin und her wippend, erschrickt die Sekretärin heftig und lässt den Kugelschreiber fallen, als sie uns beim Betreten des Empfangs wahrnimmt. „Einen Moment bitte", unterbricht sie das Gespräch, gefasst und nun mit bissigem Ton, „ich habe Ihnen doch gesagt, dass Maître Dosseau nicht zu sprechen ist. Er wird sich zu gegebener Zeit bei Ihnen melden.
Maître Dosseau ist im Moment an einer wichtigen Verhandlung, sie wird nicht vor Mittag zu Ende sein. Unangemeldete Termine nimmt er sowieso nie wahr", ihre erneut schnippische Bemerkung.
„Dann werden wir trotzdem bis am Mittag warten, Madame."
Meine Uhr zeigt kurz vor halb zwölf.
Auf der Sitzgruppe beobachten wir ihr verstohlenes Gespräch am Telefon, wahrscheinlich mit ihrem Chef.

„Es ist Mittag, Monsieur, Madame, wir schließen nun, darf ich Sie bitten, unsere Advokatur zu verlassen. Wie ich schon sagte, haben wir keine freien Termine.“ Sie würdigt Geneviève dabei keines Blickes.

„Was erlauben Sie sich!“, verblüfft stellt sie sich in den Weg und vor die Türe ihres Chefs.

„Würden Sie mich bitte durchlassen, Madame, ich werde auch ohne Ihr Einverständnis diese Türe öffnen.“

Erschrocken schnellt Maître Dosseau von seinem Pult hoch. Es ist Maître Dosseau, aber es ist nicht derselbe Mann, welchen ich vor zwanzig Tagen in seiner Anwaltskanzlei kennengelernt habe.

Wie von mir vermutet, ist er allein in seinem Büro, die ‚wichtige Verhandlung‘ fand offensichtlich ohne Verhandlungsmitglieder statt.

Ein gebrochener Mann, um Jahre gealtert, hält sich verkrampft an der Pultplatte fest. Die markanten Gesichtszüge sind knochig, die gerade Nase steht unverhältnismäßig im Gesicht und das vorstehende Kinn lässt nun jede Dynamik vermissen.

„Ich könnte Sie wegen Hausfriedensbruch einklagen“, seine Worte eher entschuldigend als drohend.

Geneviève ist mir unter die Türe gefolgt.

„Und diese Dame ist Frau Ruipart, nehme ich an.“ Ein gequältes Lächeln versucht zu verbergen, was den Herrn um Jahre altern ließ.

Seine Handbewegung fordert uns auf Platz zu nehmen.

Längere Zeit ruht sein Blick auf Geneviève und mir.

„Sie sind nicht verheiratet“, eröffnet er das Gespräch, „und Sie haben keine Kinder.“

Andächtig fließen seine Worte über die schmalen Lippen, unablässig haftet sein Blick in unseren Augen. „Und ich habe Frau und Kinder: eine fünfzehnjährige Tochter und

einen zwölfjährigen Sohn", fährt er fort. Wort für Wort nachhaltig betont.
Wieder Schweigen.
„Ich kann", er korrigiert sich, „ich werde den Fall Barreau nicht weiter verfolgen. Weshalb, möchte ich nicht kommentieren, ich überlasse es Ihnen, sich eine eigene Meinung zu bilden. Für meine bisherigen Aufwendungen stelle ich Ihnen keine Rechnung."
Fühlbar erleichtert, seine Sitzhaltung aufrechter als vorhin, scheint seine Gebrochenheit etwas gemildert. Maître Dosseau erhebt sich und streckt uns die Hand, mehr zur Versöhnung als zum Abschied, entgegen.
Ich glaube ihn verstanden zu haben und unterlasse es, ihn mit weiteren Fragen zu belästigen, bis auf eine. „Können Sie mir einen Anwalt nennen, welcher unser Anliegen weiterverfolgt und in Ihrem ursprünglichen Sinne handelt?"
„Ich werde es mir überlegen."
An der unterkühlten Sekretärin, nun mit einem undefinierbaren Gemisch aus Fragen, Sorgen und Erleichterung im Gesicht, vorbei, verlassen wir die Advokatur von Maître Philippe Dosseau.
Eine Querstraße später empfängt uns die herrliche Promenade des Anglais mit den vielen Straßencafés.
Am Klubtisch mit Blick auf das Auf und Ab der sich am Strand brechenden Wellen bestellen wir kleine Köstlichkeiten der französischen Küche.
„Weißt du, ein bisschen empfinde ich mich wie im luftleeren Raum, Marco. Scheinbar haben wir alles geklärt und trotzdem stehen wir völlig am Anfang." Ihre Finger gleiten dabei sanft über meine Hand.
„Mir geht es nicht anders, Geneviève. Dosseau muss unter gewaltigem Druck stehen.
Wahrscheinlich ist diese Mafia viel mächtiger, als wir es uns vorstellen können.

Sein Hinweis auf Frau und Kinder solle uns klarmachen, dass seine Familie bedroht ist, vielleicht sind schon Ereignisse eingetreten. Die Veränderung dieser Person in nur zwanzig Tagen lässt einen solchen Vorfall sehr wahrscheinlich erscheinen."
Ohne richtig genießen zu können, führen wir die feinen Happen zu Gemüt.
„Was sollten wir deiner Meinung nach nun tun, Marco?"
„Im Moment weiß ich es auch nicht. Warten wir einmal ab, ob uns Dosseau einen gewieften Staatsanwalt vermitteln wird. Ich gelange immer mehr zur Überzeugung, dass irgendwo eine große Sache schlummert, die mit dir zu tun haben muss, und ich glaube nicht mehr daran, dass die Gründe für Pascals Tod und die Tötungsabsicht gegen dich primär in deinem Weingut zu suchen sind.
In Rumänien wollte man uns beide beseitigen, entweder um lästige Nachforschungen am Morde von Pascal zu verhindern oder um diese viel größere Sache durchziehen zu können, in welcher wir, oder wahrscheinlich du, ohne es zu wissen, eine Schlüsselposition einnehmen."
Mein Handy meldet sich, es ist Rolf Brücklin, mein Geschäftspartner der Survtec AG in Basel. „Hallo Kumpel, was hast du auf dem Kerbholz, Marco? Die Polizei aus Nizza hat mich angerufen und wollte wissen, wer den Citroën gemietet hat. Irgendetwas scheint mit diesem Wagen nicht in Ordnung zu sein."
„Hast du ihnen meinen Namen genannt?"
„Nein, natürlich nicht, ich weiß ja, dass du einem Verbrechen auf der Spur bist."
„Was würde ich machen ohne dich, Rolf?", dermaßen übertrieben meine Betonung. Das nun folgende Lachen zeugt von Geschäftsfreunden, die sich bestens verstehen.
Ich erzähle in kurzen Zügen die Geschichte mit dem Mietwagen und warum ich ihn auf die Adresse der Survtec AG

gemietet hatte. „Die Fahrzeugtüren wurden am Flughafen nicht geöffnet, aber die beiden Peilsender ließen es ratsam erscheinen, den Wagen stehen zu lassen. Wahrscheinlich hat die Mietwagenfirma die Sender entdeckt und nun die Polizei verständigt.

Ich werde auf dem Polizeiposten vorbeigehen und den Ahnungslosen spielen."

Das Taxi fährt uns um Viertel vor zwei an die Rue de Roquebillière zur Gendarmerie National.

„Monsieur Sternenberg", der Beamte bekundet Mühe mit dem Aussprechen meines Namens. „Sie melden sich wegen des Citroën-Mietwagens, le Commissaire Vallone bearbeitet den Fall, einen Moment bitte, ich werde Sie anmelden."

„Mir gefällt der Ausdruck ‚Fall' überhaupt nicht, Geneviève."

Ähnliches lese ich aus ihren fragenden Augen.

„Wegen zweier versteckter Peilsender wird ein Polizist das Wort ‚Fall' kaum gebrauchen."

Sichtlich beunruhigt betreten wir das Bureau unmittelbar rechts neben dem Lift im zweiten Stock mit der Namensplakette „Commissaire Vallone".

„Guten Tag, Monsieur, Madame, nehmen Sie bitte Platz."

Wir befinden uns in einer typisch französischen Beamtenstube aus der Zeit der Fünfzigerjahre: Holzstühle, Schreibpult aus Nussbaum, nur der Chef darf auf Leder sitzen.

Die inzwischen etwas verblichenen, ehemals hell getünchten Wände sind behangen mit Fotos der Maginot-Linie, der Kapitulationsunterzeichnung der deutschen Wehrmacht im Bahnwagen in Reimes und natürlich fehlen die Fotos vom französischen Helden im Zweiten Weltkrieg, Charles de Gaulle, nicht.

Commissaire Vallone, ein gesetzter, gutmütiger Mittfünfziger lässt uns die Zeit zum Studium der heldenhaften französischen Taten.

„Wir sind da auf etwas gestoßen, welches uns beschäftigt", eröffnet er in ernsthaftem Ton das Gespräch. „Bevor ich ins Detail gehe", nachdenklich blättert er in den Unterlagen des Protokolls vom Empfang, „möchte ich einige Fragen an Sie richten, Monsieur Sternenberg. Sie sind Schweizer, und wie ich sehe, seit März dieses Jahres Besitzer einer Eigentumswohnung in Mandelieu-la-Napoule. Können Sie mir den Grund nennen für Ihren Entscheid, hier in Südfrankreich einen Wohnsitz zu nehmen?"

Meine Ausführungen halten sich sehr oberflächlich, wobei ich speziell den Wunsch nach einer neuen beruflichen Herausforderung, dies in der wunderschönen Provence, besonders erwähne.

„Und Sie, Madame Ruipart, welche Umstände ließen Sie zur Anstellung von Herrn Sternenberg bewegen?"

Ihr leises Schmunzeln bleibt dem uniformierten Herrn nicht verborgen.

Er versteht auch nicht gesprochene Worte und begnügt sich mit Genevièves kurz zusammengefassten Ausführungen.

„Seit Mai 2005 sind Sie Witfrau, Madame. Woran ist Ihr Mann gestorben?"

Diese Frage schmerzt, es fällt Geneviève sichtlich schwer, den Unfalltod ihres Mannes in Bukarest ohne Emotionen zu kommentieren.

Commissaire Vallone lehnt zurück, prüfend sein Blick.

„Haben Sie Feinde, Monsieur Sternenberg, Feinde, die nach Ihrem Leben trachten?"

Diese Frage überrascht umso mehr, als ich mir nicht vorstellen kann, wegen zweier Peilsender, welche die Vermietfirma vermutlich entdeckt haben muss, Rückschlüsse darüber zu ziehen, dass mir jemand nach dem Leben trachten könnte.

„Nein, nicht dass ich wüsste." Das Lügen gelingt mir in diesem Moment überzeugend.

„Nun, offensichtlich ist dem nicht so.“ Seine erneut ernst gemeinten Worte.
„Weshalb haben Sie den Miet-Citroën am Flughafen in Nizza nicht abgeholt?“, und nach einer kurzen Gedenksekunde, „darf ich Sie fragen, wo Ihr Reiseziel lag?“
Geneviève und ich schauen uns in die Augen, wir verstehen uns, ich antworte.
„Es war der Wunsch von Madame Ruipart, den Ort, an welchem ihr Mann das Leben lassen musste, nochmals zu besuchen. Den Mietwagen konnten wir am Flughafen Nizza nach unserer Rückkehr nicht übernehmen, weil ich den Wagenschlüssel in Rumänien verloren hatte.“
„Ich sehe in Ihnen einen gut organisierten Mann, Monsieur Sternenberg. Ein kurzes Telefon hätte genügt und die Mietwagenfirma, sie hat den Sitz nur wenige Hundert Meter vom Flughafengelände, würde einen Ersatzschlüssel bereitgestellt haben.“
„Leider habe ich den Verlust des Schlüssels erst hier am Flughafen in Nizza bemerkt.“ Dieses Mal gelingt mir die Lüge weniger überzeugend.
Ein Räuspern.
Keine Frage, ich glaube zu erraten, in welcher Richtung die Gedanken von Commissaire Vallone im Moment durch seinen Kopf gehen.
Länger als vorhin verweilt sein Blick in unseren Augen.
„Sie sind nur knapp einem Mordanschlag entgangen, Monsieur Sternenberg, Madame Ruipart.“
Diese Aussage trifft uns wie ein Schlag. Mit vielem hatten wir gerechnet, aber nicht mit einer solch vernichtenden Mitteilung. Geneviève, ebenso fassungslos, klammert sich an meine Schultern.
„In Ihrem Mietwagen war ein Sprengsatz versteckt. Es ist kein gewöhnlicher Sprengsatz“, fährt er fort, „sondern ein

hoch entwickeltes System, über dessen Herkunft wir uns noch nicht ganz im Klaren sind. Wahrscheinlich ein Produkt mit osteuropäischer Provenienz. Der Sprengsatz war gekoppelt mit einem Peilsender. Die Sprengung wäre erst nach viermaligem Starten des Motors erfolgt. Offensichtlich wollten die Bombenleger zuerst erfahren, wohin sich der Citroën bewegt. Nur einen einzigen Tag war er aktiv, der Anschlag galt gezielt Ihnen und nicht einem späteren Mieter des Citroën."

Deprimiertes Schweigen herrscht im Büro des Commissaire.

„Haben Sie Feinde, Monsieur Sternenberg, Feinde, die nach Ihrem Leben trachten?" Es ist dieselbe, wie vor einigen Minuten schon gestellte Frage.

Zögerlich und wenig überzeugend bestätige ich die Aussagen von vorhin, nicht die geringste Ahnung zu haben, wer uns bedrohen könnte.

Warum sage ich dem Commissaire nicht die Wahrheit? Völlig hin- und hergerissen, mit quälenden Gedanken erleben Geneviève und ich diesen Moment auf den unbequemen Holzstühlen im Office von Commissaire Vallone.

„War der Sprengsatz im Fahrzeug versteckt?"

„Spielt das eine Rolle für Sie, Monsieur Sternenberg?"

Commissaire Vallone kann meine Frage nicht einordnen.

„Der Wagen wurde scheinbar nicht geöffnet, die Sprengladung fand sich neben dem Peilsender unter dem Wagen. Nun, Monsieur Sternenberg und Madame Ruipart, gegen Sie liegt nichts Belastendes vor und Sie sind auch nicht verdächtigt", fährt er fort, „Sie können sich frei bewegen. – Aus Ihrem Zögern entnehme ich jedoch, dass Sie irgendeine Vermutung haben, und ich rate Ihnen, uns alles anzuvertrauen. Ich denke sogar, dass Ihr Besuch in Rumänien und dieser vereitelte Anschlag in irgendeiner Beziehung stehen, dafür spricht auch die Herkunft des Sprengsatzes. Aus Er-

fahrung wissen wir, ein professioneller Anschlag wie dieser nur knapp verhinderte wird mit Sicherheit seine Wiederholung finden. Sie befinden sich wahrscheinlich in großer Gefahr.
Sofern Sie es wünschen, sind wir bereit ein Beschattungsprogramm zu starten, dazu müssten Sie uns jedoch weitere Angaben über ihr berufliches und persönliches Umfeld liefern."
„Dürfen wir uns Ihren Vorschlag überlegen, Commissaire Vallone? Ich würde gerne mit Madame Ruipart diese ernste Angelegenheit besprechen. Auf jeden Fall danken wir Ihnen für Ihr Angebot."
„Einverstanden, seien Sie vorsichtig. Melden Sie uns jede noch so kleine Ungereimtheit."
Er schiebt uns seine Visitenkarte über den Tisch. „Unter dieser Nummer bin ich jederzeit erreichbar, wenn nicht, wählen Sie die Nummer der Präfektur."
Bedrückt machen wir uns auf den Weg ins Parking. Wir stehen am Fußgängerstreifen und warten, bis die Ampel auf Grün wechselt.
„Weshalb wolltest du wissen, wo der Sprengsatz im Wagen versteckt war?"
„Das war mir sehr wichtig, mein ganzes kriminaltechnisches Wissen wäre erschüttert gewesen, wenn sich die Bombe im Fahrzeug befunden hätte. Du erinnerst dich an deine Haare in den Türspalten? Was mich ebenfalls beschäftigt, er sprach von einem gefundenen Peilsender, weshalb hat er den zweiten nicht erwähnt?"
Meine Wohnung in Mandelieu-la-Napoule empfängt uns in den herrlichsten Farben der im Abendlicht im Westen entschwindenden Sonne. Trotzdem vermag sie unsere Gemüter nicht aufzuheitern. Zu sehr lastet der Druck des soeben Erfahrenen auf uns.

Geneviève befasst sich mit dem Durchstöbern der angesammelten Zeitungen, derweilen ich mit einem Glas Rosé auf der Terrasse zu vergessen versuche.
„Marco." Sie betritt mit dem „Martin du Var" den Balkon. „Mir ist ein Artikel aufgefallen, den solltest du mal durchlesen. Ich habe dir doch erzählt, dass Pascal vor unserer Hochzeit zusammen mit Freunden den Kilimandscharo bestieg. Dieser Artikel hier", sie hält mir die aufgeschlagene Seite vor die Augen und zeigt auf den im ewigen Schnee glänzenden Kilimandscharo, „lässt mich an eine Ansichtskarte von Pascal erinnern, lies ihn doch bitte einmal durch."
Der Bericht widmet sich dem in Tansania verehrten höchsten Berg Afrikas und den in diesen Breitengraden von der West- bis zur Ostküste enormen touristischen Möglichkeiten.
„Geneviève, mir fällt nichts Besonderes auf. Ich vermute, die Ansichtskarte von Pascal entsprach genau der Ansicht des Kilimandscharo, wie sie hier abgelichtet ist, wolltest du mir das zeigen?"
„Hier, das meine ich."
Ich lese laut vor: „Der große Regengürtel erstreckt sich vom Kilimandscharo bis in die von Bodenschätzen reich gesegneten Gebiete im Westen Afrikas nach Burkina Faso. Die hier gefundenen seltenen Erden werden nebst dem boomenden Tourismus die Wirtschaft des Landes nachhaltig verändern.
Die größte industrielle Bedeutung haben Neodym, Yttrium, Lanthan; mit diesen Rohstoffen ist eine Produktion von Lithium-Ionen-Hochleistungsbatterien wie sie in Smartphones und Hybrid-Autos zur Anwendung kommen, erst möglich. China als größter Lieferant dieser Rohstoffe erhält durch die in Burkina Faso entdeckten Vorkommen ernsthafte Konkurrenz."
„Das meinte ich, Marco."

Mein Erstaunen scheint Geneviève nicht zu irritieren.
„Auf der damaligen Ansichtskarte von Pascal mit dem Kilimandscharo stand auch etwas von seltenen Erden und Glück für die Zukunft."
„Ich verstehe nicht, worauf du hinauswillst, Geneviève."
„Vielleicht ist das Unbekannte, nach dem wir suchen, in Pascals Ansichtskarte verborgen!"
„Hast du diese Karte noch?" Mein Puls beginnt zu steigen.
„Ich habe noch alle Briefe und Ansichtskarten von Pascal, sie sind an einem sicheren Ort in meinem Hause in Tourrettes-sur-Loup."
„Wie sicher?", meine nachdenkliche Bemerkung, „Jelena hat jeden Winkel deines Hauses durchkämmt, dann dürfte sie auch die Liebesbriefe von Pascal entdeckt haben."
„Pascal selber hat mir seinerzeit dieses Versteck eingerichtet, er wollte unsere liebsten Sachen vor Einbrechern in Sicherheit wissen. Noch vor unserm Abflug nach Bukarest warf ich einen Blick in meine ‚Schatzkammer', es schien alles unversehrt am gleichen Ort."
„Mir brennt es unter den Nägeln, Geneviève, lass uns noch heute diese Ansichtskarte holen."
Unser hellgrüner Renault Espace 2,2 l Diesel hat es sehr eilig mit uns. Den Geschwindigkeitstafeln widme ich wenig Beachtung, dafür umso mehr dem im Rückspiegel hinter uns liegenden Straßenbereich.
Dunkle Nacht begleitet uns auf den letzten Kilometern vor Tourrettes-sur-Loup, die Straßen sind um diese Zeit beinahe menschenleer, es folgt uns kein Fahrzeug.
Wagenscheinwerfer erfassen die glänzenden Lettern „Domaine Ruipart"; vorsichtig die Einfahrt hinunterrollend, parkiere ich den Mietwagen auf dem nur dürftig beleuchteten Kiesareal vor Genevièves Haus. Das Eingangstor schließt mit einem gut hörbaren „Klack".

Unbeschwert und voller Lebensfreude öffneten wir heute Morgen beim Begrüßungsdrink mit Claude und Eduard Genevièves Haustüre und jetzt, nur wenige Stunden später, die mahnenden Worte von Commissaire Vallone in bester Erinnerung, mit Gänsehaut und aufgerichteten Rückenhaaren.
„Geneviève, trete einige Meter in den Hintergrund, man kann nie wissen, was passiert."
Ich drehe den Schlüssel und trete ein, wir fliegen nicht in die Luft, unsere Geschichte kann weitergehen.
Geneviève eilt vor mir die Treppe nach oben.
„Meine kleine Geheimkammer befindet sich im Schlafzimmerschrank unmittelbar am Fenster zum Hof."
„Warte, Geneviève, kein Licht, schließe zuerst die Jalousien."
Mit wenigen gekonnten Handgriffen entfernt sie den raffiniert eingepassten Holzdeckel zur Geheimkammer. Pascal muss sehr viel handwerkliches Geschick an den Tag gelegt haben, diese Schatzkiste konnte ohne Wissen niemand entdecken. Wie groß ihre Liebe gewesen sein muss, zeigen die vielen Liebesbriefe, die Geneviève ans Licht befördert. Sie füllen mindestens zwei Schuhkartons, Pascals Karte vom Kilimandscharo liegt nun zuoberst.
„Dich scheint die Karte nicht sonderlich zu interessieren." Genevièves Erstaunen, sogar Enttäuschung spricht aus ihrer Stimme.
„Warte einen Moment, Geneviève. Ich bin mir nicht ganz sicher, ich möchte noch etwas klären. Hast du den Make-up-Spiegel?"
Aus dem Badezimmer tretend, hält sie mir den kleinen Spiegel entgegen. „Was möchtest du mit diesem Spiegel?"
Ihr Erstaunen artikuliert sich in fragender Tonlage und ist wie vorhin nicht zu überhören. „Deine Schatzkammer ist nicht vollständig einsehbar, vielleicht lässt sich sonst noch was darin entdecken."

Mithilfe der Taschenlampe und des Spiegels wandert das Innere des „Liebestresors“ über die Sehnerven in mein Gehirn.
„Versuch’s selber einmal, Geneviève, fällt dir etwas auf?“
Halb im Innern des Schrankes, auf den linken Arm abgestützt, mit der Rechten den Spiegel und die Taschenlampe haltend, erforscht sie das Geheimfach.
„Ich weiß nicht, worauf du hinausmöchtest, Marco. Mir fällt nichts Außergewöhnliches auf.“
„Nimm einmal den Boden ins Visier, was siehst du?“
„Außer dem grünen Filz nichts Besonderes.“
„Da ist eine kleine Wölbung unter dem Filz.“
„Jetzt sehe ich sie auch.“
„Es könnte sich etwas darunter befinden, versuche den Filz zu entfernen.“
Augenblicke später hält Geneviève den grünen Filz in der Hand und noch etwas metallisch Glänzendes.
„Wahnsinn!“, ihr entgeisterter Ausruf.
Der Schlüssel, den mir Geneviève nun entgegenstreckt, ist kein gewöhnlicher, die Komplexität, wie er geformt ist, lässt auf ein Hochsicherheitsschloss schließen.
Atemlos und völlig perplex liegen wir uns in den Armen. Wir wagen die Frage nicht auszusprechen, aber denken dasselbe: Sind wir dem unbekannten Geheimnis auf der Spur?
Weiter Hinweise, vor allem wo das Schloss auf den Schlüssel wartet, finden wir nicht.
„Vielleicht sind wir daran, den Gordischen Knoten zu lösen, lass uns zurück nach Mandelieu-la-Napoule fahren, in meiner Wohnung sind wir sicher.“
Die Momente beim Verlassen von Genevièves Haus, anschließend im parkierten Renault Platz nehmen und das Warten darauf, bis sich das Eingangstor öffnet und wieder schließt, scheinen endlos und sind von einer unglaublichen Anspannung geprägt.

Wenn uns Barreau und seine Mafia jetzt auflauern, flattert ihnen alles in die Hände, nach dem sie wahrscheinlich schon lange suchen, wobei dem Schlüssel eine entscheidende Rolle zukommen dürfte.
Ohne Zwischenfall erreichen wir die Straße, jetzt bei zunehmender Geschwindigkeit gewinnt auch meine Zuversicht Oberhand, lebend Mandelieu-la-Napoule zu erreichen.
Niemand ist uns gefolgt, der Check vor meiner Wohnung mit dem Laptop verläuft ohne beunruhigende Feststellung und wenig später befinden wir uns in der Geborgenheit meiner Wohnung.
Mehrmals überfliegt Geneviève Pascals Karte vom Kilimandscharo. „Hier die Worte mit den seltenen Erden: ‚Seltene Erden werden uns Glück für unsere gemeinsame Zukunft bringen, Liebes.'"
Das „Liebes" wollte sie eigentlich nicht mehr vorlesen, zaghaft ihr sanftes Lächeln.
„Wir waren damals sehr verliebt, und ich habe Pascal nie nach dem Sinn seines Textes gefragt, für mich waren seine Zeilen ein Hinweis auf sinnliche und endlose Liebe. Erst jetzt durch diesen Zeitungsbericht wurde mir bewusst, dass seltene Erden real existieren und Pascals Zeilen auch einen anderen Sinn haben könnten als den von mir vermuteten."
Wortlos sitzen wir uns längere Zeit am Klubtisch gegenüber.
„Lass uns ins Bett gehen, Geneviève, morgen ist auch noch ein Tag."

Auch die herrlichen, durch die Schlafzimmergardinen fallenden Sonnenstrahlen können nichts daran ändern; die vergangene Nacht war ein Albtraum.
Noch während des Einschlafens habe ich verschiedene Varianten durchgespielt, wieder verworfen, neue konstruiert und nun finden wir uns, Geneviève ist es nicht anders ergangen, übernächtigt und erschlagen in unseren Betten.
Der Morgenkaffee schafft etwas Linderung und wie nicht anders zu erwarten, führt das Thema um den mysteriösen Schlüssel Regie.
„Ich meinte, es müsste sich um ein Bankschließfach handeln. Aber wo sollten wir ohne irgendwelche Anhaltspunkte nach einem Bankschließfach suchen?"
„Mit der Kündigung und dem entsprechenden Schreiben an deine Hausbank, Barreau sämtlicher Funktionen über das Weingut Ruipart zu entheben, wäre auch ein allfälliges, auf Pascal lautendes Schließfach in dem Rückbestätigungsschreiben der Bank aufgetaucht. Trotzdem sollten wir deiner Hausbank einen Besuch abstatten; auch wenn der Schlüssel dort nicht zu einem Schließfach passt, könnten sie uns vielleicht einen Hinweis geben, wo wir suchen sollten."
Die unerträgliche Situation lässt uns kaum mehr Zeit zum Atmen, vielleicht stehen wir zum Greifen nah vor der Aufklärung des hinterhältigen Mordkomplotts und trotzdem tappen wir noch immer völlig im Dunkeln.
Wird dieser Schlüssel zur Schicksalsfrage?
Der Bankdirektor persönlich wird uns um Viertel vor zehn begrüßen, lässt die Sekretärin am Telefon der Credit Lyon ausrichten.

„Guten Tag, Madame Ruipart, schön, dass ich Sie wieder einmal bei uns begrüßen darf. Wie mir meine Sekretärin ausrichten ließ, gilt Ihr Besuch einem Schließfach unserer Bank. Und Sie sind Monsieur Sternenberg?" Wir reichen uns die Hand. „Sie sind der neue Geschäftsführer auf der Domaine Ruipart? Darf ich gleich mit einem Kompliment beginnen, Madame."
Wir sitzen uns inzwischen auf den gediegenen Ledersesseln im Direktionsbüro von Alphonse Morrier gegenüber.
„Die Umsätze und der Ablauf der administrativen Vorgehensweise lassen auf eine effiziente betriebswirtschaftliche Führung Ihres Weinguts schließen. Man spürt die Handschrift Ihres neuen Geschäftsführers."
Anerkennend sein Lächeln.
„Ich habe sämtliche Korrespondenz der letzten fünfzehn Jahre zwischen Ihnen und Ihrem verstorbenen Mann eingesehen und sie auch gleich mitgebracht. Das letzte Schreiben Ihres Mannes datiert vom 5. Mai 2005."
„Das ist unglaublich", Genevièves Gefühlsausbruch, „das war ein Tag vor seiner Abreise nach Bukarest."
„In diesem Schreiben hat er uns beauftragt, sein Schließfach auf Sie, Madame Ruipart, übertragen zu lassen. Hier, sein Schreiben vom 5. Mai 2005."
Ungläubig lässt Geneviève Pascals handschriftliche Zeilen über sich ergehen.
„Dann müsste ich also bei Ihnen ein Schließfach haben."
„So ist es, Madame."
„Nun, da scheint doch etwas nicht ganz korrekt verlaufen zu sein."
Aufs Äußerste angespannt saugen wir die Worte Alphonse Morriers in uns auf.
„Nämlich", fährt er fort, „bereits zwölf Tage später, am 17. Mai, erhalten wir ein weiteres Schreiben, dieses Mal von

Ihrem Treuhänder, Fernand Barreau, in welchem er uns, als verantwortlicher Treuhänder und Nachlassverwalter für die privaten Geschäfte von Madame Ruipart, die Verwaltung des Schließfaches mitteilt."
Auch dieses Schreiben von Agence Fiduciaire Barreau legt er vor uns auf den Mahagoni-Tisch.
„Und hier ..."
Geneviève fällt Direktor Morrier aufgeregt ins Wort. „Hatte Barreau Zugriff zum Schließfach und wurde es in dieser Zeit geöffnet?"
„Da kann ich Sie beruhigen, Madame", fährt er in gefasstem Ton fort, „ohne diesen Schlüssel", wohlwollend hebt er unseren mitgebrachten Tresorschlüssel in die Höhe, „konnte niemand dieses Schließfach öffnen."
Heftig schüttelnd und mit Tränen kämpfend klammert sich Geneviève an meine Schulter. Die erlösenden Worte rauben ihr beinahe den Verstand.
Monsieur Morrier weiß nicht so recht, wie er Genevièves Gefühlsausbruch deuten soll. „Habe ich irgendetwas Falsches gesagt, Madame? Und Sie haben nie etwas von diesem Schließfach gewusst?"
„Nein, ich habe auch nie einen Antrag unterzeichnet, in dem ich die Verwaltung eines Schließfaches der Agence Fiduciaire Barreau übertragen hätte."
Nachdenklich legt Bankdirektor Morrier das Schreiben der Agence Fiduciaire Barreau vom 17. Mai 2005 vor uns auf den Tisch.
„Sehen Sie, Madame, hier Ihre Unterschrift und die Unterschrift des beglaubigenden Notars, Notaire Daniel Petit."
Ungläubiges Staunen in Genevièves Gesichtszügen. „Das darf einfach nicht wahr sein, ich kenne weder diesen Notar Petit, noch habe ich jemals eine solche Urkunde unterzeichnet."

„Warten Sie einen Moment." Direktor Morrier nimmt den Hörer zur Hand. „Ja, Alphonse, Daniel Petit, bist du da ganz sicher, Notaire Daniel Petit?"
Nachdenklicher als vorher, tiefe Sorgenfalten im Gesicht, legt er den Hörer auf die Gabel.
„Das war mein Rechtsdienst, der Name Notaire Daniel Petit war mir irgendwie bekannt, mein Rechtsdienst hat mir meine Vermutung bestätigt."
„Notar Daniel Petit wurde als Betrüger vor Gericht gestellt und zu sieben Jahren Haftstrafe verurteilt. Urkundenfälschung, Nötigung und Aufträge für die Ostmafia wurden ihm zur Last gelegt. Ich fühle mich moralisch mitverantwortlich und stehe in Ihrer Schuld, Madame. Diese Weisung der Agence Fiduciaire Barreau vom 17. Mai 2005 als Ihr Treuhänder und Nachlassverwalter wurde mit Ihrer gefälschten Unterschrift bewerkstelligt. Unsere interne Kontrolle hat hier offensichtlich versagt. Ich möchte mich zutiefst bei Ihnen entschuldigen.
Ihr seinerzeitiges Schreiben, Barreau aller Funktionen zu entheben, galt der Geschäftstätigkeit mit dem Weingut Domaine Ruipart; das ohne Ihr Wissen und auf Ihren Namen lautende Schließfach war davon nicht betroffen. Die jährlich anfallende Miete für dieses Fach wurde regelmäßig von der Agence Fiduciaire Barreau bezahlt."
Längeres Schweigen.
„Als kleinen Trost darf ich Sie wenigstens beruhigen, dass ohne diesen Schlüssel niemand dieses Fach hatte öffnen können.
Folgende Maßnahme möchte ich Ihnen vorschlagen, Madame: Wir setzen nun ein eingeschriebenes Schreiben an Fiduciaire Barreau auf, in welchem Sie ihn per sofort als Ihren persönlichen Treuhänder, Nachlassverwalter und Verwalter Ihres Schließfaches entlassen.

Inzwischen möchten Sie wahrscheinlich Ihrem Schließfach einen Besuch abstatten, anschließend können Sie dann gleich den Brief an Barreau unterzeichnen.
Herr Lacroix wird Sie in den Tresorraum begleiten.
Ich habe mich beim bisherigen Dialog nicht eingemischt.
„Etwas ist mir nicht ganz klar, Monsieur Morrier. Wenn Barreau keinen Zugriff auf das Schließfach hatte, weshalb dann dieser Aufwand mit dem gefälschten Schreiben vom 17. Mai 2005?“
„Nun, das beschäftigt mich im Moment ebenfalls, Monsieur Sternenberg. Nur bei einem Ableben von Madame Ruipart würde die Nachlassfunktion in Kraft treten, ab diesem Moment hätte der Treuhänder Zugriff auf das Schließfach. Sie sind eine junge Frau, erlauben Sie mir, eine außerordentlich attraktive Frau zudem“, erstmals gleitet wieder ein Lächeln über sein Gesicht, „Barreau müsste also voraussichtlich Jahrzehnte warten, um an das Schließfach zu gelangen. Mir ist diese Angelegenheit ebenfalls völlig schleierhaft.“
Unsere Blicke treffen sich, wir wissen, was wir uns sagen möchten.
Herr Lacroix führt uns die Treppe hinunter in den Tresorraum für Schließfächer.
„Dürfte ich Ihren Schlüssel haben, Madame?“ Zusammen mit Herrn Lacroix’ Bankschlüssel findet auch Genevièves Schlüssel Aufnahme im schmalen Schlitz.
Wir sind außer Atem und entsprechend hoch pocht unser Puls.
Herr Lacroix fühlt unsere Nervosität; diplomatisch, ohne irgendwelche Anmerkung über unsere Gemütsverfassung macht er sich daran, die beiden auf der Vorderseite des Schließfachs steckenden Schlüssel zu drehen.
Meine Atmung scheint zu versagen, Geneviève presst sich an meine Schulter. Ihr geht es nicht besser.

Noch vor wenigen Stunden glaubten wir kaum an die Möglichkeit, herauszufinden, zu welchem Schloss dieser Schlüssel gehört, und jetzt, Herr Lacroix dreht am Schlüssel, haben wir die hundertprozentige Gewissheit, dass der in Genevièves Geheimfach gefundene Schlüssel dieses Schließfach öffnen wird. Eine Zentnerlast fällt von unseren Schultern.

„Rufen Sie mich durch Drücken dieses Knopfes, ich werde Sie dann wieder nach oben begleiten; möchten Sie allfällige Dokumente kopieren, der Fotokopierer steht zu Ihrer Verfügung.“ Mit der Handbewegung zum Kopierer verlässt Herr Lacroix den Raum.

Respektvoll, als ob ein gefährliches Tier in der Tiefe lauert, schwenken wir gemeinsam den Türflügel auf die Seite.

Die Kunststoffkassette im Innern findet nun in der Mitte Platz auf dem schlichten Holztisch im Tresorraum.

„Öffnest du, Marco?“, Genevièves zögerliche Frage.

„Du bist Besitzer des Schließfaches, es wird uns schon keine Giftschlange entgegenspringen.“

Keine Schlange, dafür viele Papiere und Zertifikate fördert Geneviève nun zutage. Ein gebundener Plastikordner mit transparentem Deckel und der Aufschrift „Burkina Faso“ hebt sich auffällig von den übrigen Dokumenten ab.

Das Dokument ist in englischer Sprache abgefasst und von mehreren Personen einer amtlichen Stelle in der Hauptstadt von Burkina Faso, Ouagadougou, sowie von Pascal Ruipart unterschrieben.

Basiert alles Leid der letzten Jahre auf diesem Dossier?

Unsere Blicke verweilen im Gegenüber, wir wagen diese schicksalhafte Frage nicht zu stellen.

Die übrigen Unterlagen interessieren uns im Moment nicht, sie betreffen Verträge und Vereinbarungen mit Kunden und Lieferanten des Weingutes Domaine Ruipart.

Der Fotokopierer tritt in Aktion und in kurzer Zeit sind die fünfzehn Seiten des Schriftstücks Burkina Faso kopiert und in meiner Schreibmappe untergebracht. Herr Lacroix findet sich nach unserem Signal im Tresorraum ein und nach erneutem Drehen der beiden Schlüssel wissen wir das wichtige Dossier in Sicherheit.
„Hier, Madame“, die Sekretärin von Bankdirektor Morrier legt das in wenigen Zeilen abgefasste Kündigungsschreiben an Fiduciaire Fernand Barreau Geneviève zur Kontrolle und Unterschrift auf ihren Empfangstisch.
Gemeinsam lesen wir den Kündigungstext.

Nizza, 27. April 2010

Monsieur Barreau,
Madame Geneviève Ruipart wird das Schließfach, lautend auf Geneviève Ruipart, Domaine Ruipart, Tourrettes-sur-Loup, ab sofort selbstständig verwalten.
Ihre Funktionen als verantwortlicher Treuhänder und Nachlassverwalter im Zusammenhang mit Bankgeschäften unserer Bank für die privaten Geschäfte von Madame Ruipart sind per sofort gekündigt.

Credit Lyon, Direktor/Alphonse Morrier
Geneviève Ruipart

Das kalt abgefasste Schreiben mit Verzicht auf „Sehr geehrter Herr“ oder am Schluss ohne „Mit freundlichen Grüßen“ lässt keinen Zweifel an der von der Bank erkannten verbrecherischen Handlung Barreaus.
„Sind Sie mit diesem Scheiben einverstanden, Madame?“ Geneviève sucht meinen Blick, wir nicken. „Nur einen Moment bitte.“
Die Sekretärin nimmt den Hörer zur Hand und Augenblicke später gesellt sich Direktor Morrier an unseren Tisch. „Ich

bin sehr erleichtert, dass dieser Betrug ohne Schadenfolge aufgedeckt wurde, Madame, als kleine Entschuldigung", er greift unter den Tisch und zaubert einen riesigen buntfarbigen Rosenstrauß hervor, „hoffe ich", fährt er fort, „dass Sie uns diesen fatalen Fauxpas entschuldigen werden."
Die Überraschung ist geglückt, herzhaft der Händedruck und schwungvoll die nun folgenden Unterschriften von Direktor Morrier und Geneviève Ruipart auf dem Kündigungsschreiben an Fiduciaire Barreau.

Von unterwegs wähle ich den Telefonanschluss von Paul Duront, dem Anwalt für Erbschaft und Familienrecht.
„Ah, schön, wieder von Ihnen zu hören, Monsieur Sternenberg", meldet sich die freundliche Sekretärin von Paul Duront, „ich stelle Sie gleich durch, nur einen kleinen Moment bitte."
„Hallo Monsieur Sternenberg, womit kann ich Ihnen dieses Mal dienen? Hat Ihnen mein Anwaltskollege, Maître Philippe Dosseau, weiterhelfen können?"
„Die Angelegenheit hat sich kompliziert, Monsieur Duront. Sie entwickelt sich in eine neue, größere Dimension, mit welcher wir nicht gerechnet haben. Dies ist auch der Grund meines Telefons an Sie. Was den Staatsanwalt, Maître Philippe Dosseau, betrifft, er hat sich zurückgezogen und verfolgt den Fall nicht mehr."
„Das tönt sehr beunruhigend, Monsieur Sternenberg, Philippe Dosseau ist der schärfste Ankläger, den ich kenne. Wenn der sich zurückzieht, muss wirklich Außergewöhnliches vorliegen."
Es folgt eine Gedenksekunde, Monsieur Duront fährt fort: „Geht es in Richtung Ostmafia?"
„Ich vermute, ja."
Nochmals kurzes Schweigen. „Wenn sich Philipp Dosseau zurückgezogen hat, wird es wirklich sehr gefährlich, seien

Sie auf der Hut, Monsieur Sternenberg." Nach einer weiteren Pause und wieder mit aufmunternder Stimme: „Nun zu Ihrem Anruf, was darf ich für Sie tun, Monsieur Sternenberg?"
„Ich bin, das heißt, Madame Ruipart und ich sind auf brisante Dokumente gestoßen, die von einem Wirtschaftsanwalt begutachtet werden sollten."
„Sehen Sie diese Dokumente auch in Zusammenhang mit dem Fall Domaine Ruipart?"
„Ja, so ist es."
„Dann ist die Angelegenheit dringend, nehme ich an."
Erneut mein kurzes: „Ja, sehr dringend."
„Ich werde Sie raschmöglichst zurückrufen, vielleicht schon heute Mittag, ich sehe da eine kurzfristige Möglichkeit", und nach einigen Höflichkeiten, „und lassen Sie Madame Ruipart von mir grüßen", beenden wir das Gespräch.
Kurz nach Mittag meldet sich eine mir unbekannte Telefonnummer auf meinem Handy.
Eine angenehme Damenstimme: „Spreche ich mit Monsieur Sternenberg?"
„Ja, um was geht es, Madame?"
„Ich bin die Sekretärin von Wirtschaftsanwalt Louis Delacroix, Herr Delacroix möchte Sie sprechen."
„Guten Tag, Monsieur Sternenberg, mein Kollege, Anwalt Duront, hat mich ersucht, Ihnen einen kurzfristigen Termin einzuräumen, es handle sich um eine brisante Angelegenheit, ich hätte da für Sie in einer Stunde noch einen Termin frei."
Pünktlich um drei Uhr betreten wir das Büro von Avocat Louis Delacroix an der Rue du Maréchal Joffre in Nizza.
Dieses Mal haben wir kein Auge für die gediegene Büroeinrichtung, zu sehr beschäftigt uns das Geheimnis um den gebundenen Plastikordner mit transparentem Deckel und der Aufschrift „Burkina Faso".

„Ich schlage Ihnen vor", beginnt er nach kurzer Durchsicht der Fotokopien, „im Bistro unten einen Kaffee zu trinken, inzwischen werde ich mich in das Dokument einarbeiten, und in einer halben Stunde erwarte ich sie wieder in meinem Büro."

Die Zeit scheint stillzustehen. Geneviève und ich erleben diese halbe Stunde wie damals im Flughafenhangar südlich von Bukarest, mit der unerträglichen Anspannung und dem Nichtwissen, wann sich das Hangartor öffnet und ob es sich überhaupt öffnet.

Nach einer endlos langen halben Stunde sitzen wir erneut Anwalt Delacroix gegenüber.

Zurückgelehnt im edlen Ledersessel, die Arme über seinem leicht gewölbten Bauch verschränkt und mit einem tiefgründigen längeren Blick empfängt uns Avocat Delacroix aufs Neue.

„Madame Ruipart, ich halte hier die Kopie eines Dossiers in meinen Händen, haben Sie auch das Original davon?"

„Ja, in meinem Bankschließfach."

Wieder verstreichen Sekunden.

Er lehnt nach vorne, seine Hände nun auf dem Pult aufgestützt.

„Wenn dieses Dossier echt ist, woran ich nicht zweifle, sind Sie, Madame, eine sehr, sehr reiche Frau."

Diese letzten Worte betont er mit sichtlichem Nachdruck.

Nun sprudelt es förmlich aus ihm heraus.

„Sie besitzen 100 Hektar Land, das entspricht einem Quadratkilometer, in einer Gegend in Burkina Faso, in welchem reiche Schätze an seltenen Erden entdeckt wurden.

Können Sie mit dem Begriff ‚seltene Erden' etwas anfangen, Madame?"

„Ja, wir wissen, um was es sich handelt", melde ich mich dazwischen.

Erneut herrscht Schweigen und unter anerkennendem Nicken: „Da hat Ihr verstorbener Mann seinerzeit einen unglaublichen Volltreffer gelandet."
Perplex sitzen Geneviève und ich in den weichen Sesseln im Office von Anwalt Delacroix, wir können das soeben Erfahrene noch nicht richtig zuordnen.
Wir blicken uns in die Augen, sehr lange, und ohne es auszusprechen, fühlen wir einander. Der Gordische Knoten hat sich endlich gelöst.
„Ich würde mich freuen, wenn Sie mir die weiteren Abklärungen anvertrauen würden, vorerst entwerfe ich einen Ablaufplan über das Vorgehen mit Kostennote, nachher liegt es an Ihnen zu entscheiden, ob ich Sie weiter betreuen darf."
Sein Vorschlag wird akzeptiert, wir schütteln uns die Hände.
Die Erkenntnis von Avocat Delacroix stürzt Geneviève in tiefe Melancholie, zu groß waren das Leid und der Blutzoll für diesen vermeintlichen Glücksfall.
Unsicheren Schrittes und beinahe ein wenig in Trance empfängt uns die Rue du Maréchal Joffre. Regen hat inzwischen eingesetzt, das sonst so lebensfrohe Nizza, jetzt in dumpfen Farbtönen und mit wogendem Mittelmeer, wirkt düster, genauso wie unsere momentane Stimmung.
„Lass uns etwas trinken, Geneviève, ein Glas Wein wird uns guttun."
Der weiße Bandol mundet und am Schluss wird aus dem „einen Glas Wein" eine ganze Flasche.
„Jetzt liegt es an uns, das gesammelte Wissen umzusetzen und Barreau und seiner Ostmafia jede Grundlage für einen weiteren Mordanschlag gegen uns zu entziehen. Jede Stunde zählt, wir sollten noch heute damit beginnen."
Am Klubtisch in meiner Wohnung mit dem aufgeklappten PC und ausgebreitetem Radarbild erstellen wir ein Schreiben an Fernand Barreau, Agence Fiduciaire, Rue Bottero in Nizza.

Tourrettes-sur-Loup, 27. April 2010

Ermordung meines Ehemannes Pascal Ruipart/Mordversuch an mir, Geneviève Ruipart

Fernand,
wir sind auf schreckliche Verbrechen gestoßen, an welchen Du maßgeblich beteiligt warst oder die Du sogar inszeniert hast.
Begonnen hat das Verbrechen bereits im Herbst 1999, durch Deine damalige Hilfeleistung und erfolgte Wiederbeschaffung der verloren geglaubten Gelder einer großen Weinlieferung an ein Restaurant in Marseille.
Dieses Geschäft war von Dir geplant und öffnete Dir das Tor zu unserem Weingut.
Heute wissen wir, dass Deine Absicht darin bestand, Dir unser Weingut Domaine Ruipart in Tourrettes-sur-Loup anzueignen.
Dein Plan bestand darin, nach dem Tode Pascals mein Weingut zu ruinieren und es Dir als Treuhänder dann günstig einzuverleiben.
Parallel dazu, um allfälligen Komplikationen auszuweichen und die Sache zu beschleunigen, wurde ab März 2009 eine andere Lösung forciert, nämlich diejenige, mich umzubringen.
Mit dem im menschlichen Körper später nicht mehr nachweisbaren Gift Troagnin sollte ich vergiftet werden. Mit der Ausführung der Tat wurde Jelena Pawltow, Deine Geliebte, welche Du im März 2009 als Haushälterin in mein Weingut eingeschleust hast, beauftragt.
Die Filmaufnahmen mit dem Versetzen meines Kaffees mit Troagnin durch Jelena Pawltow und die Analyse des tödlichen Kaffeegemisches sind an einem sicheren Ort hinterlegt.
Auch der fragwürdige Todesfall von Pascal in Rumänien schien uns verdächtig, Monsieur Sternenberg und ich sind in der Folge für Abklärungen nach Bukarest gereist.
Bereits einen Tag nach unserer Ankunft, in der Nacht auf Mittwoch, 21. April 2010, brannte das Hotel Carra ab, vor diesem Hotel fand

Pascal am 14. Mai 2005 den Tod. Wir entkamen dem Brandanschlag nur, weil wir die Nacht in einem andern Hotel verbrachten.
Unsere Nachforschungen brachten Schreckliches an den Tag.
Die Fahrerin des Todeswagens, damals noch mit Kurzhaarfrisur, welche Pascal in den frühen Morgenstunden des 14. Mai 2005 mit dem Auto vor dem Hotel überfuhr, war Jelena Pawltow, oder, wie sie sich in Bukarest nannte, Jelena Burewista.
Sie war nicht allein in Bukarest, sondern in Begleitung eines Herrn Fernand Bretard.
Wer dieser Herr Bretard ist, muss ich Dir nicht erklären.
Fotomaterial von euch beiden an der Bar des Hotels Alia in Bukarest und von Jelena neben dem Todesauto sind ebenfalls an einem sicheren Ort hinterlegt.
Ein weiterer missglückter Anschlag auf uns im Hotel Alia haben wir filmisch festgehalten und an dem bereits genannten sicheren Ort hinterlegt.
Die Szene zeigt die Verbrecher beim Verlassen des Treppenhauses und beim Stürmen unseres ehemaligen Hotelzimmers.

„Ich wusste nicht, dass du Filmmaterial vom Angriff auf unser Hotelzimmer hattest, Marco“, unterbricht mich Geneviève.
„Habe ich auch nicht, Geneviève, aber aufgrund meiner detaillierten Ausführung muss die Mörderbande davon ausgehen, dass auch diese Aussage stimmt.“
Erstmals seit Langem zeigt sich ein Lächeln auf Genevièves edlem Gesicht.
„Ich werde mich in der Küche nützlich machen, sicherlich knurrt auch dir der Magen, Marco.“
Ihre beschwingten Schritte in Richtung Küche lassen ihre wiederkehrende Lebensfreude fühlen.
Weiter vertiefe ich mich mit dem Schreiben an Barreau.
Wie du inzwischen weißt, gelang uns die Flucht mit einem Flugzeug nach Italien.

Den beiden Agenten, welche uns im Zug nach Frankreich auflauerten, durften wir anstelle des gesammelten Belastungsmaterials eine CD von Eros Ramazzotti überlassen.
Inzwischen wissen wir auch von den Verträgen mit Burkina Faso, die im Schließfach von Pascal Ruipart auf der Credit Lyon hinterlegt sind, Bescheid.
Mit meiner gefälschten Unterschrift des wegen Betruges und Urkundenfälschung verurteilten Notaire Daniel Petit beglaubigt, Dich als Treuhänder und Nachlassverwalter einzusetzen, hast Du versucht dieses Schließfach an Dich zu reißen.
Es gab nun einen weiteren Grund, mich umzubringen.
Inzwischen wirst Du die Kündigung sämtlicher ertrogener Verpflichtungen von der Credit Lyon erhalten haben.
Das Belastungsmaterial gegen Dich und Jelena ist dermaßen umfangreich, es würde genügen, um Euch beide für Jahre hinter Gitter zu bringen.
Ich schlage Dir nun einen Handel vor:
Diese Schreiben mit Originaldokumenten und mehreren Kopien werden an einem sicheren Ort aufbewahrt.
Sollte mir, oder Monsieur Sternenberg, etwas zustoßen, erfolgt der Versand dieser Dokumente automatisch an französische Polizeibehörden, Staatsanwaltschaft und rumänisches Konsulat; ein Kläger ist bereits von uns bestimmt, es ist nicht Staatsanwalt Maître Philippe Dosseau.
Ich werde mich nun, zusammen mit der Unterstützung von Monsieur Sternenberg, voll dem Wiederaufbau meines Weingutes widmen.

Geneviève Ruipart

Der Duft aus der Küche ist verheißungsvoll, meine Speichelfunktion reagiert entsprechend, das Wasser läuft mir im Munde zusammen. Die stolze Köchin betritt schwer beladen das Wohnzimmer: Rinderfilet auf provenzalische Art,

garniert mit gedünstetem Spinat, Blumenkohl und Erbsen, dazu gebratene Kartoffeln und natürlich ein roter Domaine Ruipart beflügeln die wiedererwachte Lebenslust.
„Morgen werden wir deinen Brief an Barreau versenden und die restlichen Dokumente mit den für die Behörden bestimmten Exemplaren gehen an meinen Anwalt in der Schweiz, sicher ist sicher!"
Die Originale werden wir persönlich nach Basel bringen, ich denke da bereits an morgen, kommst du mit mir, Geneviève?"
Ihr bezauberndes Lächeln sagt Ja.
Entspannt am liebevoll dekorierten und mit Kerzenlicht beleuchteten Abendtisch genießen wir vis-à-vis sitzend ihre Köstlichkeiten.
Noch immer fällt Regen. Das wohlige Geräusch der aufprallenden Tropfen auf den Steinplatten im Balkon, das sinnliche Licht der Kerzen und Genevièves aufflackerndes Leuchten ihrer schönen Augen verleihen dem Essen jene Sinnlichkeit, die für den Fortlauf des Abends noch einiges erwarten lässt.
Eine volle Stunde laben wir uns an ihren Köstlichkeiten und huldigen dem roten Domain Ruipart in großen Schwenkern.

„Lass uns auf die neue, unbelastete Zukunft mit einem Glas Champagner anstoßen, Geneviève. Ich lade dich ein ins Oasis, eine trendy Bar, sie liegt nur wenige Kilometer von hier entfernt.
Als Zeichen des Neuanfangs und zur Feier des Tages möchte ich, dass du dich für mich extravagant schminkst und entsprechend kleidest. Dein schwarzer sexy BH, das schwarze Seidenhöschen, dazu die schwarzen Netzstrümpfe mit den dunkelblauen High Heels und als Krönung der enge rote Pullover mit dem dunkelblauen Lederjupe würden mir sehr gefallen."

Die sinnlichen Falten um ihre Mundwinkel und die leichte Rötung ihrer dunklen Augen lassen ihr Wohlwollen an meinem Anliegen fühlen.
Entspannt im Wohnzimmer-Fauteuil sitzend mit dem Glas roten Domaine Ruipart in der Hand harre ich der Dinge, die da kommen.
Die Erscheinung aus dem Schlafzimmer reißt mich vom Fauteuil.
Feuerrot geschminkte Lippen, dunkelblaues intensives Augen-Make-up, endlos verlängerte Lidschatten, ihr schulterlanges, schwarzes Haar streng nach hinten gekämmt und ihr hautenger, prall gefüllter roter Pullover mit dem kurzen Lederjupe, den Netzstrümpfen und den High Heels würden nicht nur mich zur Strecke bringen.
Wackligen Schrittes auf hohen Stelzen, bewegt sich die Offenbarung auf mich zu, von einem lustvollen Lächeln begleitet und scheinheilig formuliert die Frage: „Gefalle ich dir ein wenig, Marco?"
„Und wie, Geneviève."
Inzwischen stehe ich wie sie, wir begegnen uns auf Augenhöhe. „Du bist die schönste Frau Frankreichs, da würde jede Miss neben dir verblassen. Nun mache ich dich noch zur erregendsten Frau!"
Lustvoll ihr Lächeln und erwartungsvoll ihre sinnlichen Züge. „Wow, da hast du einiges vor, Marco." Angst und Erregung sprechen aus lustvollem Munde, als sie den Lederarmsack in meinen Händen entdeckt.
„Dreh mir bitte den Rücken zu, Geneviève, und lege deine Arme nach hinten."
Streng umschließt fein duftendes, schwarzes Leder ihre Arme, der Armsack reicht bis zu Genevièves Schulterblättern. Von unten arbeite ich die Schnürung nach oben, noch sind ihre Ellbogen nicht eng genug geschnürt.

Der zweite Durchgang ist intensiver und verlangt nach vermehrtem Krafteinsatz.
Lustvolles Stöhnen, der Armsack zwingt jetzt auch ihre Schulterblätter unnachgiebig nach hinten. Im hohlen Kreuz ragen ihre prallen Brüste majestätisch in die Höhe.
Vor dem Spiegel in der Ankleide darf Geneviève das erregende Kunstwerk bewundern.
„Gefällst du dir, Geneviève?"
Ein seufzendes Hauchen gleitet über ihre Lippen. „Oh, wie ich es liebe, von dir beherrscht zu werden, strenger Meister."
„Dann lass uns aufbrechen."
„Du willst mich doch nicht etwa mit dieser Aufmachung in diese Bar entführen, mir wird es heiß und kalt bei dem Gedanken."
Dem Garderobenschrank entnehme ich Genevièves eleganten dunkelbraunen Regenmantel, lasse ihn sanft über ihre Schultern gleiten und knöpfe ihn vorne zu.
Der Lift führt uns in die Parkgarage. Das Einsteigen in den Renault erfordert meine Hilfe, mühsam mit lustvollem Stöhnen findet Geneviève endlich eine einigermaßen vernünftige Sitzposition. Das Gurtband legt sich bestimmt zwischen die im Regenmantel auffällig emporragenden Rundungen.
„Marco, lange halte ich diese Prozedur nicht aus. Ich glaube die Kontrolle über mich zu verlieren, ich bin schon jetzt völlig nass."
Mit meiner tatkräftigen Mithilfe gelingt auch das Aussteigen aus dem Renault vor dem Oasis, galant halte ich Geneviève die Wagen- und Bartüre offen.
Viele neugierige Blicke verfolgen das auffällige Paar, speziell die in dunkelbraunem Regenmantel auf unsicheren Beinen wankende Dame auf dem Weg zum Tresen.
Gedämpftes Licht, in sanftem Rot ausgeleuchtete Decke, dunkle Ledersessel, edle Klubtische und der matt glänzende

Granitboden verleihen dem Lokal jenen Charme, bei welchem Männlein und Weiblein gerne zusammenfinden und auch das Portemonnaie länger offen bleibt als sonst.

„Zum Wohl, Monsieur, Madame", der dunkelhäutige Kellner stellt die gewünschten zwei Gläser Moët & Chandon auf den schwarz glänzenden Granit.

Musik berieselt das Lokal, im Moment haucht Jane Birkin den Liebessong „Je t'aime ... moi non plus" aus dem Lautsprecher.

Ich hebe das Glas, Geneviève nicht.

„Liebes, warum stößt du nicht an mit mir, du bist doch sonst immer mit mir einig, und ausgerechnet heute ...?"

Geneviève hört mir nicht zu, sie ist zu sehr mit sich beschäftigt, ihre Augen hält sie geschlossen, ihr Atem geht hektisch, die im Gang befindende Entwicklung ist nicht mehr zu stoppen.

Ich muss sie stützen, unter dem Regenmantel fühle ich ihre hinter dem Rücken zusammengeschnürten Arme, dem jungen Pärchen neben uns ist die in Ekstase versinkende attraktive Frau ebenfalls aufgefallen, fasziniert und erregt verfolgen sie die sich im Lustrausch windende Geneviève.

Dreißig Euro darf der dunkelhäutige Kellner in Empfang nehmen, gebannte Gästeblicke folgen uns beim Verlassen des Lokals.

Der zurückgeklappte Liegesitz im Renault erleichtert das Einsteigen, und wenig später in meiner Wohnung liegt die erregende Frau mit erwartungsvollen geröteten Augen in den Armen ihres Liebhabers. Feuer lodert in ihrem erregten Körper auf meinem Schoß im Schlafzimmer.

„Ich liebe deine Kraft, Marco. Sei streng zu mir, lass mich mit dir verschmelzen, presse mich an dich, nimm mir den Atem."

Den sexy Pulli nach oben geschoben, der von vorne zu öffnende BH beengt sie nun auch nicht mehr, liegen ihre flach gedrückten, erregenden Brüste an meinem Körper. Rhythmisch und heftig bewegen sich Genevièves wonnevolle Hüften auf meinem Schoß.
Genevièves Atem geht stoßend, und lustvoll stöhnend …
„Wirst du mich auch noch als reiche Frau mögen, Marco?"
„Ja, das werde ich, Liebes, auch in Zukunft …"
Mich ereilt dasselbe Schicksal wie Geneviève, der Luststurm führt nun Regie und lässt uns beide im Orgasmusrausch versinken.

Der Autor

Der Schweizer Autor Patrick Salm ist verheiratet und Vater zweier erwachsener Söhne. Seine positive Lebenseinstellung und sein Einsatzwille haben es ihm ermöglicht, ein namhaftes Unternehmen aufzubauen. Er liebt die Geselligkeit und treibt regelmäßig Sport. Radfahren und Skilanglauf sind seine Favoriten.
Kürzlich gab er Teile der Führungsaufgaben ab, um Zeit für seine neue Passion, das Schreiben, zu finden. Nach seinem ersten Roman „Die Bedrohung fährt hinterher" ist dies bereits sein zweites Werk.